SASCHA MACHT

DER KRIEG
IM GARTEN
DES KÖNIGS
DER TOTEN

SASCHA MACHT

DER KRIEG IM GARTEN DES KÖNIGS DER TOTEN

Roman

DUMONT

FSC
www.fsc.org
MIX
Papier aus verantwortungsvollen Quellen
FSC® C083411

Erste Auflage 2016

Umschlag: Lübbeke Naumann Thoben, Köln
Satz: Fagott, Ffm
Gesetzt aus der Baskerville und der BigNoodle
Druck und Verarbeitung: CPI books GmbH, Leck
Gedruckt auf säurefreiem und chlorfrei gebleichtem Papier
Printed in Germany
ISBN 978-3-8321-9827-5

www.dumont-buchverlag.de

Für meine Freunde

Ein Mann aus Skagafjörðr
träumte, er käme in ein großes
Haus, in dem zwei Frauen sich
wiegten. Sie waren blutbedeckt,
und Blut regnete gegen die Fenster.

Eliot Weinberger,
Eine Archäologie der Träume

DIE INSEL, AUF DER ICH GEBOREN WURDE,

erhob sich während der 1940er Jahre aus den kalten, finsteren Tiefen des Ozeans. Vulkanische Aktivitäten und tektonische Erschütterungen, ausgelöst durch die Atomwaffentests des US-amerikanischen Militärs, brachten innerhalb kurzer Zeit an einem vergessenen Ende der Welt neues Land hervor, leuchtende Berge, öde Ebenen, flüsternde Steilküsten und bunte Sümpfe. Gras begann zu wuchern, Bäumchen kringelten sich in den Himmel, Sträucher breiteten sich aus. Weiße Bienen, fleischfressende Laufvögel und schwimmfähige Säugetiere bewohnten diese Insel bereits, als der erste Mensch seinen Fuß auf sie setzte, ein moderner Pirat vielleicht, ein verrückt gewordener Ornithologe, ein desertierter Soldat oder ein europäischer Oligarchenspross auf Irrfahrt mit seiner Jacht. Ein altes, seltsames Stück Erde war aus den Wassern getaucht, die es vor Millionen von Jahren verschluckt hatten, eine fadenscheinige Republik wurde errichtet und wieder zerstört, der Wind wehte über den Strand, ein Flughund schrie, jemand griff nach der Hand eines anderen.

Zu jener Zeit, als meiner Insel erneut der Untergang bevorstand, war ich gerade siebzehn geworden und hatte entschieden, mein bisschen Zukunft einzig und allein den Horrorfilmen zu widmen, die mir den Atem, den Schlaf und unaufhaltsam auch den Verstand raubten. Ich war ein großer Bewunderer des schmalen Werkes von Marcel Kürten, das eine Reihe furchterregender Episodenfilme bildete, in denen Tiere, Pflanzen und Gegenstände durch kosmische Einflüsse menschliche Form annehmen und ihre Umwelt zugrunde richten. Auch nach den Arbeiten der israelischen Regisseurin Jael Guldenburg war ich verrückt, die allesamt in ziemlich unwirtlichen Gegenden spielen, am Grunde des Toten Meeres, auf einem fernen, finsteren Planeten aus blank poliertem Metall, im verzweigten Kellersystem eines Hochhauses mitten in der Wüste, auf einem Kreuzfahrtschiff, das in der Unendlichkeit des Pazifischen Ozeans verschollen ist, am Rande einer Eislandschaft, bewohnt von pelzigen Riesen mit roten Augen, oder in der entzündeten Bauchhöhle eines Sterbenden. Regelrecht schwindlig machten mich auch die kurzen Streifen Roberto Madrigals, Neuinterpretationen japanischer Gespenstergeschichten, in denen Gruppen einfacher Leute zufällig aufeinandertreffen und sich unheimlicher Gestalten erwehren müssen, die sich aus einer uralten Natur geschält haben, aus singenden Bächen, dichten Waldstücken, dem hohlen Inneren grüner Hügel oder feuchten Erdmulden.

All diese Filme besaß ich und noch viele mehr, hatte die VHS-Kassetten in einem Regal geordnet und sah sie mir immer und immer wieder an, am Morgen nach dem Aufstehen, beim Mittagessen, an heißen Nachmittagen oder tief in der Nacht, wenn ich nicht einschlafen konnte. Hin und wieder schaute ich beim Schönen Hans vorbei, Inhaber einer winzigen Filiale der Ladenkette *Schönheit & Hoffnung*, der neben Körperpflegeprodukten aus sowjetischen Beständen, Staubmänteln, bulgarischen Zigaretten, Konservendosen, alten Fernsehzeitschriften und Haarteilen eben auch Videokassetten verkaufte, Hollywoodklassiker, Pornos, lateinamerikanische TV-Serien, Animes und Horrorfilme. Lastwagen westlicher Hilfsorganisationen brachten die Waren auf die Insel, bewaffnete Banditen aus den umliegenden Hügeln und Wäldern überfielen die Konvois und verscherbelten das Zeug weiter an Leute wie den Schönen Hans, der es in seinem Laden lagerte. Meistens schenkte er mir die Filme, die ich gerne haben wollte, war ich doch sowieso der Einzige, der sich dafür interessierte.

Bruno, sagte er dann, nimm den Scheiß und geh, ich will ihn nicht länger in meinen Regalen haben.

Das Dorf, in dem ich aufwuchs, trug den Namen Kajagoogoo und war 1989, als im Rest der Welt das fahle Kerzenlicht des Kommunismus zu erlöschen begann, von meinen Eltern und einer Handvoll ihrer Freunde gegründet worden als eine Art New-Age-Zuflucht am Ende der Geschichte. Dies war die Zeit, als auch auf meiner Insel die Regierungen halbjährlich wechselten, die Nationalisten von den Sozialisten, die Sozialisten von den Liberalen, die Liberalen von den letzten Kommunisten und die letzten Kommunisten wiederum von den Nationalisten abgelöst wurden. Niemand in der nahen Provinzhauptstadt Savannah oder in der fernen Hauptstadt unserer Republik scherte sich darum, dass irgendwo in der Einöde ein Dorf gegründet worden war, und genau deshalb gelang es meinen Eltern, weitgehend unbehelligt am Rande der Großen Savanne zu überleben, dem toten Auge eines Orkans, den die Politiker unserer Insel in den folgenden Jahren gehörig wirbeln ließen.

Als ich vierzehn war, bekam ich von meinem Vater einen Camcorder geschenkt, den er einem norwegischen Rucksacktouristen gestohlen hatte, der durch unser Dorf gekommen war. Es war ein einfaches Ding mit flachem, aufklappbarem Bildschirm und Minikassetten, die ich erst auf unserem Fernseher abspielen konnte, als in Hans' Laden ein spezieller Videorekorder aufgetaucht war, den er mir überließ, nachdem ich ein Jahr lang für ihn geschuftet hatte. Filme schneiden konnte ich dann, nachdem ein weiterer Tourist, ein Spanier, Chilene oder Argentinier (so genau wusste das niemand), eine einsame Nacht in unserem Dorf verbracht hatte und ohne seinen Laptop weiterziehen musste. Von da an war ich nicht mehr zu halten: Ich filmte die Landschaft rund um das Dorf, die Sonnenauf-, die Sonnenuntergänge, den Wind, der die Sträucher schüttelte, das Vieh auf den Weiden, die Hasen und Rehe im Wald, die Fische im Fluss und die Schwalben am Himmel, nahm die Dorfbewohner bei ihrer Arbeit auf, die Autos, die in der Ferne die Nationalstraße entlangfuhren, die Müllhaufen, die überall aufgetürmt waren und in denen die Ratten wühlten. Abends dann unterlegte ich am Laptop die Bilder mit meiner Stimme, die von dem erzählte, was mir in der letzten Zeit passiert war, ohne dass es etwas mit dem Gefilmten zu tun gehabt hätte. Später ließ ich den Ton ganz weg, denn die Bilder erschienen mir zunehmend fremd und undeutlich, und ich war mir unsicher, ob sie wirklich das abbildeten, was ich gesehen hatte, obwohl es ja das alltägliche Leben in unserem Dorf zu sein schien, was sie zeigten. So führte ich mehr ein filmisches Tagebuch, als mich wirklich mit dem Filmemachen zu beschäftigen. Meine Faszination für den Horror entwickelte ich erst, nachdem meine Eltern verschwunden waren.

Die Nacht, in der meine Eltern nicht mehr nach Kajagoogoo zurückkehrten, war die Nacht vor meinem sechzehnten Geburtstag. Ab und zu fuhren die beiden morgens mit dem Bus in die Provinzhauptstadt, um irgendwelche Dinge zu erledigen, den Kopf freizubekommen, Zeit miteinander zu verbringen, doch immer waren sie am frühen Abend wieder da, mit einem kleinen Geschenk für mich. Nichts deutete an diesem Tag darauf hin, dass sie nicht wieder zurückkommen würden: Meine Mutter bereitete den Reiseproviant vor, während mein Vater mir erklärte, dass ich die Hühner einfangen solle, wenn es dunkel wurde, aber wahrscheinlich seien sie beide bis dahin eh längst zurück. Ich filmte sie, als sie unser Haus verließen und sich auf den Weg zur Bushaltestelle machten, meine Mutter in ihrem langen, grauen Kleid, mein Vater mit Strohhut auf dem Kopf und einem Einkaufsbeutel in der Hand, wie sie die staubige, von der Sonne beschienene Straße hinuntergingen, am Brunnen, am Laden des Schönen Hans und am Bauwagenplatz vorbei. Als ich sie nicht mehr sah, ging ich ins Haus zurück, legte mich in mein Bett und nahm mich zum ersten Mal beim Masturbieren auf, ein merkwürdiges, nervöses Gefühl, gemischt aus Neugier, Übermut und Scham. Den Rest des Tages brachte ich damit zu, im Haus zu filmen, und abends saß ich vor dem Laptop und erkannte nichts auf den Bildern wieder, die über das Display flimmerten. Gegen zwei Uhr ging ich ins Bett, freute mich auf meinen Geburtstag und wunderte mich, dass meine Eltern noch nicht zurück waren. Auch am Morgen fand ich keine Spur von ihnen im Haus. Die Hühner waren ebenfalls nicht mehr da, weil ich vergessen hatte, sie in ihr Gatter zu sperren. Ich aß zum Frühstück eine Banane, trank Kaffee und blickte zum Fenster hinaus. Ein paar Dorfbewohner waren unterwegs, verräumten Gerümpel, fegten vor ihren Haustüren oder standen starr am Straßenrand und blickten zu Boden. Ich filmte sie durch die schmutzige Fensterscheibe, dann ging ich hinunter ins Dorf, um nach dem Verbleib des letzten Busses zu fragen.

Der ist gestern vorgefahren, sagte der Schöne Hans, zur Abwechslung sogar mal pünktlich.

Ich erklärte ihm, dass meine Eltern nicht nach Hause gekommen seien.

Der Schöne Hans zuckte mit den Schultern und meinte, ich solle mich entspannen, meine Eltern seien im Grunde ihrer Herzen unerschrockene Hippies, die sicher noch irgendwo Arm in Arm mit ein paar anderen nackten Leuten in einem großen Bett lägen und ihren Rausch ausschliefen.

Ich fragte Hans, ob er das noch einmal wiederholen könne und ich ihn dabei filmen dürfe, doch er jagte mich davon.

Die folgenden Monate vergingen wie im Flug: Menschen verließen das Dorf, um anderswo ihr Glück zu suchen, ein paar

Alte starben, ein paar Kinder wurden geboren, es gab manchmal sehr schlechtes Wetter, oft jedoch schien einfach nur die Sonne und nichts geschah. Kurz nach dem Verschwinden meiner Eltern beschäftigte ich mich einige Wochen lang mit den Nachrichten aus anderen Teilen der Insel, hörte Radio oder las die anarchistische Tageszeitung *Lampion*. So erfuhr ich vom Sturz des zwölfjährigen Staatsoberhauptes Immanuel Sullus durch seine Vizepräsidentin Emmy Jaeger, der es gelungen war, das Militär auf ihre Seite zu ziehen, von der überraschenden Unabhängigkeitserklärung der nordwestlichen Bergprovinz, die von der Zentralregierung nicht anerkannt wurde, und vom Bröckeln unserer republikanischen Gesellschaft, das eigentlich kein Bröckeln mehr war, sondern ein ausgewachsener Zusammensturz, wie manche Kommentatoren zu wissen meinten. Nicht nur schien es sehr reiche Leute in der Republik zu geben, deren Zahl konstant niedrig war, es gab auch sehr viele arme Leute, deren Zahl sprunghaft anstieg; und neben diesen armen und reichen Leuten gab es ein paar abtrünnige Gouverneure, die gemeinsame Sache mit der organisierten Kriminalität auf dem Land machten und wie verrückt gewordene Kriegsfürsten die Befehlsgewalt über kleine Teile der verschiedenen Provinzen an sich gerissen hatten. Als ich eines Tages davon hörte, dass auch Expräsident Sullus unauffindbar verschwunden sei, gab ich es auf, mich weiter mit meiner Insel und ihrer arglistigen Politik zu beschäftigen, da ich begriffen zu haben glaubte, dass das Verschwinden meiner Eltern und das Verschwinden von Expräsident Sullus einer schwarzen Lagune glichen, auf deren Grund man nicht zu blicken vermochte, einzig und allein, weil die

Revolutionäre aus den Bergen, die republikanischen Politiker, die Gangsterbosse in den verrotteten Dörfern oder wer auch immer Abertausende Tonnen Scheiße in ihr Wasser gekippt hatten. Außerdem hörte ich auf, meine Umgebung zu filmen und mit meinem Schweigen zu garnieren, denn ich hatte keine Lust mehr, die Wirklichkeit kommentarlos abzubilden – dazu war sie viel zu eitel und undurchsichtig. Wenn ich weiterhin filmen wollte, und das wollte ich, mehr als alles andere, dann musste ich etwas finden, um dieser Wirklichkeit beizukommen, sie in ihre Schranken zu weisen, ihr den ganzen Hass und Zorn meiner jugendlichen Existenz entgegenzuschleudern in der Hoffnung, dass sie zerbrechen und etwas anderes hinter ihr zum Vorschein kommen würde. In diesen Tagen litt ich wie ein Hund, konnte nicht schlafen, heulte und schrie einsam in meinem Haus und zerschlug die Einrichtung. Wenn ich damals nicht in Hans' Laden auf die Horrorfilme von Marcel Kürten, Jael Guldenburg, Roberto Madrigal, Natalia van Vijfeijken, Jim Wu, Alejandro Filippo Zeissiger, Ferenc Lima oder Terrence Nadongo gestoßen wäre, dann, wer weiß, hätte ich vielleicht, über kurz oder lang, den letzten Lastenaufzug zu den Sternen genommen, wie meine Mutter es ausgedrückt hätte.

Der Schöne Hans bewahrte die Videokassetten in einer Kiste im hinteren Teil seines Ladens auf. Sie waren bei einer Sachspende aus Europa dabei gewesen, einem Container voll mit allem möglichen Zeug. Die Banditen, denen er die Spende abgekauft hatte, bestanden darauf, dass er ihnen alles abnahm, nicht nur die Dinge, die er ganz bestimmt im Dorf loswurde. Bei einem meiner Streifzüge nach Kleidung und etwas Essbarem rief er mich von Weitem zu sich, führte mich in den Abstellraum seines Ladens und zeigte mir die Kiste.

Schau mal, ist das vielleicht was für dich?, fragte er.

Wir knieten uns hin und durchwühlten die Kiste.

Was ist das?, fragte ich und sah Hans mit meinen geröteten Augen an.

Lauter Filme, seltsames Zeug. *Die tote Universität. Die Kakerlaken Phrygiens, die Ratten Dalmatiens. 3 Kurzfilme: Kontrabassisten – Ledermenschen – Fleischhauer. Bulbin der Zertrümmerer. SS-Standarte Zombie II.* Und so weiter. Sagt dir das was?

Nein.

Mir auch nicht. Sieht nach dem allerletzten Dreck aus. Kannst sie haben, wenn du willst. Ich kriege sicher bald noch mehr rein, fürchte ich.

Ich nickte, hob die Kiste an und trug sie nach draußen.

Hör mal, Bruno, sagte Hans.

Ja?

Nichts. Mach dir keine Sorgen.

Die folgenden Tage verbrachte ich damit, das Material zu sichten. Alles davon war entsetzlich schlecht, der Ton unverständlich, das Bild zittrig, die Effekte billig und die Schauspieler unterirdisch. Nicht wenige schienen schwere Alkoholiker zu sein oder unter harten Drogen zu stehen. Meist waren die Filme in Schwarz-Weiß gedreht. Manche brachen mitten im Satz einfach ab, ohne dass es einen erzählerischen Grund dafür gab, ich vermutete aber, dass den Regisseuren schlicht und einfach das Geld ausgegangen war. Und dennoch hinterließen sie bei mir einen tiefen Eindruck, eine Art von Ausblick in eine fremde, bedrohliche Welt, die unabhängig, aber nicht unendlich weit entfernt von meiner alltäglichen Realität aus Essenbesorgen, stundenlangem Grübeln, Schlafenmüssen und kurzen, grauenvollen Träumen existierte, ein schwarzer, gesprungener Spiegel, der all das zeigte, was es nicht gab, vor langer, langer Zeit gegeben hatte oder erst in Zukunft geben würde. *Ledermenschen* von Marcel Kürten hatte es mir besonders angetan, ich sah ihn mir bestimmt dreißig Mal an: Ein Sonnenblitz führt dazu, dass auf der Erde alle Gegenstände, die aus Leder gefertigt sind, eine menschenähnliche Statur annehmen, zu Wesen mit knittrigen, rechteckigen Köpfen, Reißverschlussmäulern und langen Armen werden, die in spitzen Haken enden; sie sind plötzlich überall, verstecken sich in dunklen Winkeln, stehen tatenlos auf den Straßen herum oder schleichen durch die Wälder, aber niemand kann sich mit ihnen unterhalten oder verstehen, was sie sagen. Ungefährlich sind sie und beinahe mitleiderregend in ihrer Begriffsstutzigkeit, trotzdem beschließen die Menschen, die Wesen in großen Fabriken in ihren Ausgangszustand zurückzuversetzen, aus ihnen wieder Handtaschen, Geldbörsen, Schuhe, Reitsättel, Jacken, Handschuhe oder Fußbälle zu machen; ein großes Töten beginnt, an dessen Ende die Ledermenschen die Oberhand gewinnen und ihrerseits die Körper der menschlichen Bevölkerung zu Dingen des täglichen Gebrauchs umfunktionieren, zu Stühlen, Tischen, Schränken, Häusern und Dekorationselementen.

In der darauffolgenden Zeit dachte ich über viele wichtige Dinge nach: Wie würde meine Zukunft aussehen? Würde ich für immer in Kajagoogoo bleiben? Was war aus Marcel

Kürten, Alejandro Filippo Zeissiger, Roberto Madrigal und all den anderen geworden? Gab es außer mir überhaupt jemanden auf dieser Welt, der ihre Filme sah? Was würde der andauernde Konsum dieser schauderhaften, überwiegend ekelerregenden, zynischen und faschistoiden Machwerke mit meiner jungen Seele anrichten? In diesem Moment hatte ich keine Antwort auf nur eine einzige meiner Fragen und besorgte mir erst einmal vier neue Hühner vom Hof der alten Madame Iljuschina, um jeden Morgen frische Eier zu haben.

Bald schon übergab mir der Schöne Hans eine neue Kiste mit Filmen aus einer Schiffsladung, die Hunderte Kilometer ins Landesinnere transportiert worden und kurz vor Erreichen ihres Ziels den Banditen in die Hände gefallen war. Es waren einige Fortsetzungen dabei, Zeissigers *Rückkehr in die tote Universität*, Nadongos *Bulbin mäht sie alle nieder!* und Limas *SS-Standarte Zombie, Teil III – VII*, aber auch Filme einiger Regisseure, die ich noch nicht kannte: Junior Galante, Donata Michalczuk, Sabine Oslow, Eddie from Outer Space, Buster Lee, die Geschwister Bulli und X Wohlff. Es fiel mir schwer, zu bestimmen, aus welchen Jahren die Filme stammten, denn oft waren sie so simpel und dilettantisch, dass sie gut und gerne siebzig, achtzig Jahre auf dem Buckel haben oder erst gestern noch schnell gedreht worden sein konnten. Auch kam mir der Gedanke, zur Abwechslung mal etwas anderes zu schauen, vielleicht so etwas wie *Harry und Sally*, *Gladiator*, *Star Trek V – Am Rande des Universums*, *Bodyguard* oder *Rain Man*, die ganz vorne und originalverpackt in Hans' Videofilmregal standen. Ich sah sie mir alle an, kehrte aber schnell zu meinen quälenden Machwerken zurück, die mir etwas zu geben vermochten, was keiner dieser Produktionen gelang: jenes sprachlos machende Wunder, das die Beschränktheit, finanzieller sowie intellektueller Natur, zuweilen gebiert.

Nebenbei begann ich, wohl zum ersten Mal in meinem Leben, die Menschen um mich herum bewusst wahrzunehmen: Manchmal unterhielt ich mich lange mit dem Schönen Hans, den ich zwar kannte, seit ich denken konnte, für den ich mich aber nie interessiert hatte. Ich erfuhr, dass er früher ein paar Jahre lang in der Republikanischen Hauptstadt gelebt hatte und vorsichtshalber aufs Land gezogen war, nachdem er die Machenschaften des Geheimdienstes am eigenen Leibe erfahren musste.

Ich habe vielen Menschen sehr wehgetan, und viele Menschen haben mir sehr wehgetan, sagte er, blickte lange auf einen Punkt in der Ferne und wollte nicht weiter darüber reden.

Madame Iljuschina brachte mir bei, Tiere zu hüten. Obwohl ich immer noch nur meine vier Hühner besaß, erklärte sie mir, wie man einer Kuh dabei half, ihr Kälbchen auf die Welt zu bringen, wie man Affen zum Stehlen abrichtete, wie man Falken dressierte, um ihnen befehlen zu können, sich auf andere Menschen zu stürzen, wie man Ziegen richtig tötete, um möglichst wenig Blut zu verlieren, was Schweine fraßen (nicht alles, aber von allem ein bisschen), unter welchen Bedingungen sich Gürteltiere wohlfühlten und wie man Schwäne dazu brachte, das zu tun, was man von ihnen verlangte. Ihre Enkeltochter Lissa war in meinem Alter, und zweimal schliefen wir miteinander, einmal auf dem Fußboden in meinem Zimmer, das andere Mal in einem ausgetrockneten

Bachbett außerhalb Kajagoogoos, ich verlor aber schnell das Interesse an ihr und sie wohl auch an mir.

Im Dorf gab es einen anderen Jungen, Perry Hartwig, mit dem ich meine Freizeit verbrachte, wovon ich reichlich besaß. Meistens sah ich ihm dabei zu, wie er mit seinem Luftgewehr um sich schoss, oder hörte mir seine Witze an, die er sich selbst ausgedacht hatte, kurze, langweilige Geschichten ohne Pointen. Perry nahm schreiend Reißaus, nachdem wir uns gemeinsam die erste Viertelstunde von Ferenc Limas *Süßes Schlachthaus, mon amour* angeschaut hatten. Später entschuldigte er sich bei mir, er habe einen schwachen Magen, sei aber prinzipiell offen für alle Formen von Kunst. Daraufhin zeigte ich ihm *Schöne Körper, rote Nächte, blinde Würmer* von Donata Michalczuk und musste seine Eltern herbeirufen, die Perrys ohnmächtigen Leib in einer Schubkarre heimfuhren.

Am Haus begann ich, Umbauarbeiten durchzuführen. Ich erneuerte die Regenrinne, ölte die Scharniere der Eingangstür, schmirgelte die Holzplatten der Veranda blank, flickte den altersschwachen Wasserboiler mit verbrannter Reispampe und machte den Garten flott, um den sich meine Eltern nie gekümmert hatten. Im Wald fand ich ein paar gut erhaltene Möbel, zwei Stühle, ein Gästebett, eine Kommode und einen Esstisch, und verteilte sie auf die Zimmer meines Hauses. Außerdem entdeckte ich am Rande der Savanne ein kleines, grünes Auto, das ich aufknackte und zuerst schrottreif fahren wollte, dann aber in der Einfahrt parkte, um damit vielleicht einmal endgültig von hier abzuhauen.

Zaghaft fing ich wieder zu filmen an. Ich konzentrierte mich auf Details, nahm das Aufplatzen der Frühstückseier im kochenden Wasser auf, ein Huhn beim Scheißen, meine Haut unter dem Kinn, aus der die ersten Bartstoppel sprossen, Dreck, der sich in den Zimmerecken sammelte, den tropfenden Wasserhahn in der Küche, eine Mücke, die sich in einem Spinnennetz verheddert hatte. Die Gewissheit, irgendwann meinen eigenen Horrorfilm drehen zu müssen, um nicht verrückt zu werden, saß mir dabei die ganze Zeit über im Hinterkopf als ein misstrauisches, transparentes Gespinst aus schwarzen Seidenfäden.

Eines Nachts saß ich lange im Wohnzimmer herum, und weil ich nicht einschlafen konnte, schaltete ich das Staatsfernsehen ein. Die Nachrichten um halb drei Uhr morgens bestanden aus einem Zusammenschnitt der Urlaubserlebnisse von Präsidentin Emmy Jaeger, der ehemaligen Grundschullehrerin aus dem Süden der Insel, wie sie mit ihrer Familie am Strand spazieren ging, wie sie müde lächelnd einem uralten Elefanten einen Flaschenkürbis ins Maul schob, wie sie als ein vermummtes Phantom in den Ruinen eines Mehrfamilienhauses umherging, das bei einem Terroranschlag zerstört worden war, wie sie mit ausgestrecktem Arm schweigend und streng aufs graue Meer deutete, in Richtung des Sonnenuntergangs, als würde sich dort draußen etwas verbergen, das es zu suchen und zu finden galt, ein im Sturm verloren gegangenes Schiff, ein mythisches Ungeheuer, das imstande wäre, alle Feinde der Republik auf einmal zu verschlingen, oder eine kleine Insel, bewohnt nur von einer Herde stiller Affen, die tagein, tagaus im Schatten eines Sandelholzbaumes sitzen und die Bewegungen der Wellen beobachten.

Die dritte Kiste erhielt ich kurz vor Weihnachten, ein Dreivierteljahr nach dem Verschwinden meiner Eltern. Der Schöne Hans weigerte sich zunächst, sie mir zu überlassen, fürchtete er doch mittlerweile, dass die Filme mich unaufhaltsam in einen Strudel des Wahnsinns hinabziehen und nicht wieder freigeben würden. Ich erklärte ihm mit ernster Stimme, dass ich schon längst am Rande dieses Strudels um mein Leben schwimmen würde und diese Filme das Einzige seien, das mich davon abhalte aufzugeben. Hans erwiderte, dass man den Strudel des Wahns nicht mit dem Strudel der falschen Hoffnung verwechseln dürfe, denn beide führten unweigerlich auf den Grund ein und desselben schweigsamen, leeren Ozeans, aus dem es kein Entrinnen gebe, doch dann mussten wir beide feststellen, dass wir uns leichtfertig in einem Dickicht scheinheiliger Metaphern verrannt hatten, und kopfschüttelnd reichte mir Hans die Kiste. Diesmal waren viele Filme dabei, die ich schon kannte und bereits in meine Sammlung aufgenommen hatte, daneben einige Fortsetzungen und drei Kassetten, von denen ich glaubte, dass ihre Bänder Schaden genommen hatten, zeigten sie doch nur eine schwarze Fläche mit Lichtpunkten darin, durchzogen von weißen, schnurgeraden Streifen, die mal von unten nach oben, mal von oben nach unten über den Bildschirm wanderten. Einzig der Film *Sonnenstunde* von Adelaide Turner ließ mich über Tage hinweg paralysiert vor dem Fernseher sitzen, ein fünfstündiges Martyrium, das in nahezu völliger Dunkelheit spielt, in der sich Hunderte Gestalten, die weder als Menschen noch als etwas anderes zu erkennen sind, auf die Suche nach einem geheimnisvollen Ding begeben, das sie in ihren schrillen Gesprächen mal als *Fluchtstein*, mal als *Sauren Saft der Hermeneutik*, mal als *Unbekanntes Geschlecht* bezeichnen. Nachdem ich mir den Film zum vierten Mal angesehen hatte, sprang ich in meinem Haus umher, lachte, schrie und trommelte auf den Möbeln herum, denn die plötzliche Erkenntnis, dass ich mich zum ersten Mal verliebt hatte, war mit aller Gewalt über mich hereingebrochen. Dabei war mir egal, dass ich nicht zu sagen wusste, ob ich mich nun in die Regisseurin Adelaide Turner, in ihren Film, in die darin vorkommenden schwatzenden, tapsigen, ratlosen, aber nicht minder mordlüsternen Kreaturen oder in die sie umgebende ewige Finsternis verliebt hatte. Vermutlich einfach in alles zusammen. Ich stellte mir vor, dass Marcel Kürten und Adelaide Turner geheiratet hätten und mich in Kajagoogoo besuchen kämen, um mich zu adoptieren, mit mir durch die endlose Savanne zu spazieren und mich abends mit ihren eiskalten Stimmen in den Schlaf zu singen.

Die ersten Stunden des Weihnachtsfestes verbrachte ich allein und ging dann später zum Hof von Madame Iljuschina. Auf meiner Insel hatte man eine ganz besondere Vorstellung von der Heiligen Nacht, die darin bestand, sich zwei Tage lang gehörig zu besaufen, Feuerwerk in den Himmel zu jagen und die Müllhaufen anzuzünden, die sich überall im Dorf finden ließen, weshalb man Weihnachten in Kajagoogoo hauptsächlich als *Nacht der brennenden Ratte* bezeichnete.

Im Frühjahr entdeckte ich die Wunder und Freuden des Internets, als der Schöne Hans mir eines Tages seinen neuen Computer zeigte, dem einzigen mit Netzzugang im ganzen Dorf. Er wolle sich, erklärte er mir, ein zweites Standbein aufbauen, indem er die Hälfte seines Ladens zum Internetcafé umfunktioniere, denn den neuen Technologien gehöre schließlich die Zukunft, das wisse jeder Wasserkopf. Mehrmals in der Woche hing ich nun also bei Hans herum, besuchte Horrorfilmseiten, wühlte mich durch Horrorfilmforen, las Horrorfilmrezensionen und war nach kurzer Zeit ziemlich gut über die Biografien meiner Regisseure und deren Œuvre informiert, fühlte mich aber auch bestärkt darin, nach wie vor der Einzige zu sein, der diesen Werken wirklich etwas abgewinnen konnte. Außerdem begann ich mit den Drehvorbereitungen meines ersten Spielfilms, *Die Befürchtung*, dessen Buch ich den Winter über geschrieben hatte, fünf lose Blätter nur, die aber, so glaubte ich, alles enthielten, was mir zu dieser Zeit am Herzen lag. Ich wollte den Film gänzlich in der Savanne drehen, nur den Himmel und einen schmalen Horizontstreifen Gras in der Ferne als Hintergrund. Ein andauerndes Wasserrauschen würde über die gesamte Filmlänge hinweg zu hören sein, denn die Protagonisten, ein Kannibalenkind, ein Kannibalenteenager, ein Kannibale mittleren Alters und ein sehr, sehr alter Kannibale, sollten fest davon überzeugt sein, in einer Welt zu leben, die nur aus kilometerhohen Wasserfällen, rauschenden Kaskaden und grenzenlosen Stromschnellen bestand, auf deren engen Felsvorsprüngen und ständig vom Untergang bedrohten Inselchen verschwindend wenige Menschen sich häuslich eingerichtet hatten. Ich erzählte Perry von meinen Plänen, doch er verstand nicht, weshalb ich den Film unbedingt in der Savanne drehen wollte und nicht an einem Fluss oder See oder seinetwegen auch an einer größeren Pfütze.

Weil es ein Film über Irrtümer ist, erklärte ich ihm. Die Kannibalen glauben daran, in einer Welt zu leben, die es eigentlich gar nicht gibt; und außerdem glauben sie daran, einzelne Personen unterschiedlichen Alters, unterschiedlicher Lebenserfahrung und unterschiedlicher Denkweisen zu sein, obwohl sie alle vier nur das Abbild eines einzigen Menschen sind, und dieser Mensch bin ich, Bruno Hidalgo.

Perry hielt mich für verrückt, versprach aber, mir beim Dreh zu helfen, auch wenn er selbst keine Lust hatte, vor der Kamera zu stehen.

So sah ich mich mit dem großen Problem konfrontiert, Darsteller für mein Projekt zu finden, nicht nur geeignete Darsteller, sondern überhaupt irgendwelche Menschen, die bereit wären, aufzutreten. Den Schönen Hans würde ich sicher überzeugen können, da hatte ich gar keine Zweifel. Perry weigerte sich nach wie vor beharrlich. Madame Iljuschina würde ich als alten Kannibalen besetzen können, wenn ich sie dazu überredet bekam, ihre langen, strohigen Haare unter einem riesigen Hut zu verbergen. Ich selbst wollte nicht mitspielen, allerhöchstens in der Endsequenz, wenn die müden Augen der vier Kannibalen zu meinen eigenen Augen werden würden, in denen sich das blutrote Grasmeer der Savanne spiegelte. Lissa hätte sich gut als jugendlicher Kannibale gemacht, aber ich wusste nicht, wie sie zu diesem Zeitpunkt zu mir stand; seit Langem schon glaubte ich, dass sie meine obsessive Sammelleidenschaft inbrünstig hasste, und weil ich nicht damit aufhörte, diese Filme zu gucken, hasste sie wohl mittlerweile auch mich. In einem der Bauwagen lebte ein dürrer, glatzköpfiger Typ namens E. T. der Außerirdische, der einen der älteren Kannibalen hätte übernehmen können, doch im Dorf hieß es, er sei unberechenbar und könne von einer Sekunde auf die andere in einen Blutrausch verfallen, dem niemand standhalte. So kam mir nur noch Perrys Vater Ignacio in den Sinn, der aber saß im Rollstuhl, weil er während eines kurzen Aufenthaltes im Untersuchungsgefängnis der Provinzhauptstadt beide Beine verloren hatte. Alle anderen Bewohner Kajagoogoos kannte ich nicht gut genug oder hielt sie für hinterwäldlerische Hasenfüße, die eher sterben würden, als in einem poetischen Kannibalenfilm mitzuspielen.

Bald zog der Sommer herauf, und mein Vorhaben verlief allmählich im Sand. Hinzu kam, dass das Ersparte meiner Eltern langsam ausging, das sie in einem Schuhkarton im Schlafzimmer versteckt hatten. Ich fragte den Schönen Hans, ob ich eine Zeit lang bei ihm als Aushilfe arbeiten könne, doch er meinte, das Geschäft laufe seit Kurzem so schlecht, dass er ernsthaft überlege, seinen Laden niederzubrennen, um wenigstens noch die kleine Versicherungssumme von der Republikanischen Genossenschaft zu kassieren. Weil ich mir nicht anders zu helfen wusste, richtete ich am Brunnen ein Lager ein, wo ich einige meiner Möbel zum Verkauf anbot. Einmal wäre es mir fast gelungen, mit E. T. dem Außerirdischen ein Geschäft abzuschließen, doch nachdem er minutenlang eine Vase zornig in seinen Händen gedreht und schnaubend in die dunkle Öffnung gestarrt hatte, schenkte ich ihm das Gefäß und bedankte mich für seine Aufmerksamkeit. Drei Tage später brachte ich alles wieder zurück nach Hause, denn im Dorf scherte man sich einen Dreck um mich und die Dinge, die meine Eltern vor ihrem Verschwinden benutzt hatten. Abends saß ich am Küchentisch und zerbrach mir meinen kleinen

Kopf darüber, wie ich möglichst schnell an eine große Summe Geld kommen könnte, ohne mir mein restliches Leben zu versauen. Es half wohl nichts: Ich musste mit dem Auto in die Provinzhauptstadt Savannah fahren, wie so viele andere junge Leute, um dort mein Glück zu versuchen.

Die Straße von Kajagoogoo in die Provinzhauptstadt führte durch eine Hügellandschaft, die mit kurzen, kräftigen Gräsern bewachsen war, anders als die Gräser der Savanne, die eher kümmerlich und blass wirkten und nach jedem Gewitter vom Erdboden verschwunden waren. Antilopenherden zogen in der Ferne auf den Ebenen zwischen den Hügeln umher, riesige, aasfressende Vögel kreisten über ihnen, mein grünes Auto wirbelte Sand und Staub auf, die in großen Wolken landeinwärts wehten. Die Sonne schien, Echsen hockten reglos am Fahrbahnrand. Von einem Heißluftballon aus betrachtet, bildeten die Straßen der Provinzhauptstadt zufällig das heilige Kreuz der russisch-orthodoxen Kirche: eine lang gezogene Chaussee mit zwei parallel zueinander verlaufenden Querstraßen und einer kurzen, schräg ausfallenden Gasse. Zwischen ihnen drängten sich unzählige Häuschen, Hütten und Garagen aneinander wie bunte Steine, geworfen auf das Brett eines Spiels, in dem es um Leben und Tod ging.

Am Marktplatz, der voller Menschen war, stellte ich meinen Wagen ab, stieg aus und sah mich um. Vor dem Gouverneurspalast, einer Baracke mit dem Emblem der Savannenprovinz über der Tür – eine weite, grüne Ebene, blauer Himmel und zwei gekreuzte Macheten – pickten ein paar Hühner in einem Schlagloch herum. Einen Moment lang spielte ich mit dem Gedanken, hineinzugehen und um Arbeit zu bitten, doch dann dachte ich an den Schönen Hans und Perrys Vater Ignacio und entschied, eher nach Kajagoogoo zurückzufahren und als Bauer auf einem winzigen, unfruchtbaren Feld meine Gesundheit zu ruinieren, als mich in den Dienst der Regierung zu stellen. Eine Weile schlenderte ich zwischen den Marktständen herum, an denen Früchte, alte Spielkonsolen und Hochzeitskleidung aus chinesischer Produktion feilgeboten wurden. Tagelöhner standen rauchend neben einer abgebrochenen Mauer, telefonierten mit ihren Handys oder unterhielten sich. Ein bisschen hoffte ich, dass ich einem der schlecht gelaunt dreinblickenden Verkäufer ins Auge fiel und er mich zu sich rufen würde, um mich für den Rest des Tages seinen Stand übernehmen zu lassen, während er sich in einer nahen Kneipe die Kante gab, doch nichts dergleichen geschah. Also ging ich selbst in eine Kneipe, jedoch nicht, um dort nach Arbeit zu fragen, sondern weil ich Lust darauf bekommen hatte, mir selbst die Kante zu geben. Auch glaubte ich, dass zwei, drei Gläser Lakritzlikör es mir einfacher machen würden, später auf einen potenziellen Arbeitgeber zuzugehen, doch gleich darauf befürchtete ich, in besoffenem Zustand jeden Scheiß mitzumachen, den man mir auftrug. So beschloss ich, mich einfach nur kurz hinzusetzen, ein Bier zu trinken und dann wieder nach Hause zu fahren, um es am nächsten Tag erneut zu versuchen. In Kajagoogoo hatte sich mein Interesse für Alkohol in Grenzen gehalten; ein paarmal hatten Perry und ich den Palmschnaps seines Vaters getrunken, und Lissa war es einmal gelungen, mich mit tschetschenischem Sekt, Calvados und dem Schwarzgebrannten ihrer Großmutter gefügig zu machen, doch die Vorräte meiner Eltern hatte ich nicht angerührt, nicht einmal zu jener Zeit, als es mir so ungeheuer dreckig ging.

Die Kneipe trug den Namen *Herrlichkeit der republikanischen Landschaft* und war in einem engen Bretterverschlag untergebracht, in den gerade mal ein kurzer Tresen, zwei Hocker und ein Tisch mit drei Plastikstühlen hineinpassten. Der Ort erinnerte mich an den Film *Stern im Nichts* von Eddie from Outer Space, einem Regisseur aus Wyoming, der die Hälfte seines Lebens in einer Psychiatrie in den französischen Alpen verbracht hatte: Darin eröffnet der transsexuelle Vampir Hermelin die winzige Bar *Hell's Paradise* am Rande einer gänzlich aus Industrieruinen bestehenden Stadt, wartet monatelang vergeblich, dass irgendein Trunkenbold sich zu ihm verirrt, verliert sich in seiner Einsamkeit und seinem Selbstmitleid und will sich, die lähmende Gewissheit im toten Herzen, keinerlei Kraft für jegliche Veränderung mehr aufbringen zu können, am Ende selbst richten, indem er bei geöffneter Türe den Sonnenaufgang erwartet, nur um nach einigen weiteren Monaten festzustellen, dass die Sonne aus unerfindlichen Gründen wohl nicht mehr aufgehen und er notgedrungen in seiner leeren, langsam, aber sicher zu Staub zerfallenden Bar der Ewigkeit entgegendämmern wird.

Hinter dem Tresen stand ein Mädchen, putzte Gläser mit einem fleckigen Fetzen und grüßte mich, als ich eintrat. Ich bestellte ein Bier, das Mädchen fragte nach meinem Alter, ich sagte, dass ich vor ein paar Monaten siebzehn geworden sei, ich würde es aber zu meinem achtzehnten Geburtstag nach Kajagoogoo einladen, ganz bestimmt.

Kajagoogoo?, fragte es. Was zum Teufel soll denn das sein?

Keine Ahnung, sagte ich, nahm mein Getränk und setzte mich an den Tisch in der Ecke.

Erst jetzt bemerkte ich, dass noch jemand in der Bar war, hinter einem Lautsprecher kauerte er, die Beine an den Oberkörper gezogen, das Gesicht blass und verschwitzt.

Was hat der denn?, fragte ich das Mädchen.

Ich weiß auch nicht, antwortete es, vielleicht Malaria. Kam vor ein paar Stunden rein, trank ein paar Gläser Schnaps und verkrümelte sich dann. Hat sich nicht mehr gerührt seitdem, der arme Bursche.

Ich stand auf, ging zu ihm, rüttelte an seiner Schulter und kühlte ihm mit meiner Bierflasche die Stirn.

Alles in Ordnung, *compañero*?, fragte ich ihn, erhielt aber keine Antwort. Schweißperlen glänzten über seiner Oberlippe.

Ich sah das Mädchen an, und wir zuckten beide zeitgleich mit den Schultern. Da bekam der Typ einen Hustenanfall, schüttelte sich, streckte die Beine aus und kippte zur Seite. Ich gab ihm ein paar Ohrfeigen, rief dem Mädchen zu, es solle ihm ein Glas Wasser bringen, und hievte ihn auf einen der freien Stühle. Nach einigen Minuten schien es ihm wieder etwas besser zu gehen, er öffnete die Augen und bewegte langsam den Kopf hin und her.

Tot ist er schon mal nicht, sagte ich zu dem Mädchen, das sorgenvoll zur Tür hinausblickte. Offenbar befürchtete es, dass jeden Moment ein Polizist hereinspazieren könnte, was uns alle in eine ziemlich missliche Lage bringen würde.

Diese beschissene Hitze, flüsterte der Typ, der fraglos ein Tourist sein musste, der sich auf direktem Weg ins Verderben befand.

Ich stellte mich ihm vor und schwieg, bis er irgendwann nach meiner Hand griff und sie leicht drückte. Da begann ich, ein bisschen was über diese von allen guten Geistern verlassene Gegend zu erzählen, fragte ihn, woher er komme, wie er heiße und was er sich dabei gedacht habe, bei diesem höllischen Wetter zu wenig Wasser zu trinken.

Er nannte sich *der Preuße*, machte eine Rundreise durch die Republik und kam aus Deutschland, genauer gesagt aus dem äußersten Osten Deutschlands, aus einer flachen, bräunlichen Landschaft namens Oderbruch, von der ich noch niemals etwas gehört hatte. Und dann sagte er, dass er mir eine Geschichte erzählen müsse, eine alte, merkwürdige, grausame Geschichte, und er müsse sie mir jetzt und sofort aus dem einfachen Grund erzählen, weil er sich davor fürchtete einzuschlafen, wenn er nicht spräche, und einzuschlafen, meinte er, würde in seinem Zustand den Tod bedeuten. Ich wollte ihm sagen, dass das großer Quatsch sei, dass er einfach sein Glas Wasser trinken und die Schnauze halten solle, doch er ließ mich nicht zu Wort kommen, und nach mehreren Ansätzen, in denen er das Leben der Menschen im Berlin der Kaiserzeit, die Witterungsbedingungen im äußersten Norden Norwegens und die Tier- und Pflanzenwelt am Grunde des Schwarzen Meeres beschrieben hatte, kam er zum eigentlichen Punkt seiner Erzählung und zu ihren Figuren: einer Gruppe kleiner Beamter, NSDAP-Mitglieder der ersten Stunde, die sich, in Begleitung ihrer Familien, im August 1937 zur

Sommerfrische an der Ostseeküste Pommerns aufhielten, was auch immer das alles bedeuten sollte. Die fünf Männer verband eine Art langjähriger Freundschaft, zweifelsohne aus einer bitteren Enttäuschung heraus, waren sie doch gemeinsam im letzten Augenblick des Ersten Weltkrieges als junge Soldaten des Deutschen Heeres eingezogen und aufgrund des Waffenstillstands im Wald von Compiègne sofort wieder aus dem Dienst entlassen worden. Fern ihrer Familien hatten sie damals im Schützengraben nahe eines französischen Kaffs beieinandergelegen, sich in den Armen gehalten und dem Ende ihrer Träume und Hoffnungen entgegengeblickt, nicht ahnend, dass ihnen das Schicksal fünfzehn Jahre später eine erneute Möglichkeit gewähren würde, die Eroberung der Welt in Angriff zu nehmen. Doch noch ließ der Krieg auf sich warten, und so wurde erst einmal ausgiebig Urlaub gemacht. Ein Dampfschiff brachte die fünf Männer, die inzwischen auf unbedeutenden Posten in verschiedenen Berliner Behörden versauerten, und ihre Familien auf eine kleine Insel in Küstennähe mit einem beliebten Ausflugslokal. Außer dem Wirt, der Revierförster und Leuchtturmwärter in Personalunion war, seiner alten Mutter und einem leicht schwachsinnigen Knecht lebte niemand sonst hier. Beim Nachmittagskaffee auf der Terrasse begannen die drei pubertierenden Töchter der Familien sofort, dem schielenden, kräftigen Knecht, der stets irgendwelche Lasten irgendwohin zu schleppen hatte, schöne Augen zu machen. Sie baten ihre Eltern darum, zum Strand hinuntergehen zu dürfen, und waren schon davongestürzt, noch bevor sie die Erlaubnis dazu erhalten hatten. Die fünf Männer, die sich bis aufs Haar glichen, wie der Preuße ausdrücklich betonte, und eine besondere Nervosität an den Tag legten, bestellten derweil Unmengen von Bier und Perlwein, malten sich aus, in welche entfernten Regionen der Welt die deutschen Heeresgruppen einstmals vorstoßen würden, und erzählten schmutzige Witzchen, die ihre Frauen zum Seufzen brachten. Währenddessen hatten sich die Töchter am Strand kichernd ihrer Kleider entledigt und es sich auf den von der Sonne beschienenen Steinen bequem gemacht; lang ausgestreckt lagen sie da, die weißen Körper wie Schneeflecken auf dem dunklen Geröll. Der Knecht arbeitete ganz in ihrer Nähe, hackte Holz, sammelte tote Möwen ein oder blickte stumm aufs Meer hinaus. Es sei völlig undenkbar, meinte der Preuße nachdenklich, dass er die Mädchen nicht gesehen habe, aber er ignorierte sie, aus purem Trotz, totaler Überforderung oder schlicht aus Begriffsstutzigkeit. Am späten Nachmittag verstreute sich auch die übrige Gesellschaft. Einige verzogen sich ins Innere des Gasthauses, lasen am Kamin und aßen Früchte, andere begaben sich auf einen Spaziergang in den nahen Wald oder zum Leuchtturm auf dem Kliff. Der Wirt schickte den Knecht von einem Ende der Insel zum anderen, um die Gäste zu versorgen. Kam er hinter einem Felsen hervor, aus dem Dickicht gekrochen oder einen Abhang hinauf, trafen die Blicke der Töchter sogleich sein Geschlechtsteil, das prall die einfache Hose aus Leinen wölbte, in der seine dürren Beine steckten. Murmelnd übergab er dann einen Korb mit Proviant, einen Sonnenschirm oder eine leichte Decke, rieb sich die Stirn, scheiterte an einer Verbeugung und machte sich wieder davon. Gegen neunzehn Uhr zog überraschenderweise ein Gewitter auf. Über Funk erhielt der Wirt die Nachricht, dass bei einem solchen Unwetter kein Dampfer übersetzen werde, um die Gäste abzuholen. Zusammen mit seiner Mutter begann er, den Familien ein Abendbrot zuzubereiten, richtete ein Nachtlager für alle im oberen Stock des Gasthauses ein und überbrachte mit schlotternden Knien den fünf Beamten die Nachricht, dass sie erst am Morgen aufs Festland gebracht werden würden. Die Männer zuckten nur mit den Schultern, ließen sich ein Kartenspiel geben, drückten ihre besorgten Frauen an sich und sagten ihnen, dass sie sich noch in hundert Jahren von diesem Abenteuer erzählen würden, was für ein herrlicher Spaß. Während die Erwachsenen den Abend in der Gaststube verbrachten und die kleineren Kinder längst im Bett waren, schlichen sich die drei Mädchen in die Kammer des Knechts, der bereits auf seiner Pritsche gelegen und von einer schneeweißen Nachtigall im Baum vor seinem Fenster geträumt hatte, lockten ihn auf den Dachboden, fesselten ihn auf einem Stuhl und streichelten, kitzelten, küssten, beschimpften, prügelten und missbrauchten ihn, bis er um Gnade flehte. Danach rauchten sie gestohlene Zigaretten, sangen jedes für sich leise ein Lied und wichen gegenseitig ihren Blicken aus. Als sie später in die Gaststube hinabgingen, um ihren Eltern eine gute Nacht zu wünschen, fanden sie den Raum leer vor. Sperrangelweit stand die Haustür offen, dahinter tobten Wind und Regen in der Finsternis. Barfuß und in Nachthemden traten sie in die Nacht hinaus, riefen nach ihren Eltern und stellten mit Erschrecken fest, dass der Wald bis dicht an die Mauern der Gasthauses herangerückt war und mit den spitzen Ästen seiner Bäume nun nach ihnen zu greifen schien, um sie in sein

Inneres zu ziehen und nicht mehr freizulassen. Ein starker Lichtschein blendete zwischen den Stämmen auf und erhellte die feuchten, bleichen Gesichter der Mädchen, und nur hundert Schritte von ihnen entfernt erblickten sie plötzlich den Leuchtturm, der seinen Platz am Rande der Steilküste verlassen hatte, schwankend über den Wipfeln des Waldes, das Leuchtfeuer ein glühendes, rotes Auge. Krachend stürzte er Bäume um, drückte Sträucher zur Seite, zermalmte flüchtende Rehe, Füchse und Wildschweine unter sich, schob einen Berg Erde vor sich her und näherte sich unaufhaltsam den Mädchen, die sich, fest aneinandergeklammert, die kaputten Seelen aus den jungen Leibern wimmerten. Zwei Wochen später, so erzählten es einige Fischer aus der Region nach Ende des Krieges der Entnazifizierungskommission, sei die Gestapo gekommen und habe auf der kleinen Insel jeden Stein umgedreht, doch alles, was sie gefunden habe, seien aufgetürmter Schutt, ein umgeknickter Wald, gleichmütig grasende Rehe gewesen.

Diese armseligen Männer, schloss der Preuße erschöpft, mögen vielleicht niemals weitreichende Entscheidungen getroffen haben, und vielleicht könne man sogar sagen, dass jeder andere für den Ausbruch des Zweiten Weltkrieges verantwortlich gewesen sei, nur gerade sie nicht, doch ihr Verschwinden zu diesem Zeitpunkt beweise in aller Deutlichkeit, dass der Nationalsozialismus aufgrund seiner gewissermaßen autistischen Züge weder damals noch heute, weder vor fünftausend noch in fünfhunderttausend Jahren auch nur den Hauch einer Chance gehabt habe, länger als einen Weltkrieg zu bestehen.

Aha, sagte ich. Klingt einleuchtend.

Wir saßen noch eine Weile schweigend beieinander und tranken. Ich konnte mir nur schwer vorstellen, dass der Preuße mir eine wahre Geschichte erzählt hatte, wusste selbst aber viel zu wenig über Deutschland, seine Inseln und Leuchttürme, um mir ein endgültiges Urteil zu bilden. Es war später Nachmittag geworden. Auf dem Marktplatz räumten die Verkäufer ihre Waren zusammen, die Tagelöhner, zu denen ich mich bereits zählte, ohne auch nur einen Finger gerührt zu haben, zogen unverrichteter Dinge ab, Kinder kamen und besetzten die Straßen, um Fußball zu spielen, Hunden nachzulaufen oder sich mit Stöcken zu schlagen. Ich bezahlte am Tresen unsere Getränke mit dem allerletzten Geld, das meine Eltern mir hinterlassen hatten, und fragte den Preußen, was er nun vorhabe. Er wusste es nicht und schien mehr und mehr in seinem Plastikstuhl zusammenzuschrumpfen, überwältigt vielleicht von der Befürchtung, weiterhin für eine lange Zeit allein in diesem fremden Land unterwegs sein zu müssen, der Ungewissheit, ob er sich eine schwere Krankheit eingefangen hatte oder nicht, der keimenden Panik, auf ewig verfolgt zu sein von solch schlimmen Geschichten aus der Vergangenheit, giftigen, leuchtenden Käfern, die ihre warmen Kriechgänge und weichen Schlafkammern fortwährend in unser aller Gehirne fressen.

Ich bot ihm an, ihn mit nach Kajagoogoo zu nehmen, wo er die Nacht verbringen und, wenn er Lust dazu habe, sich mit mir einen Film ansehen könne. Er nickte und schulterte sein Gepäck, wir verabschiedeten uns von dem Mädchen hinter dem Tresen, gingen über den Marktplatz und stiegen in mein Auto.

Darfst du überhaupt schon fahren?, fragte der Preuße und blickte sich im Wagen um.

Keine Ahnung, sagte ich und startete den Motor.

Auf der Fahrt fragte ich ihn, was denn bitte schön ein *Preuße* sein solle. Er antwortete, dass es dafür nur eine komplizierte Erklärung gebe, die etwas mit der allgemeingültigen Vorstellung zu tun habe, dass das Land Preußen aus historischer Sicht längst nicht mehr existiere. Aber wer von uns könne das heute schon mit hundertprozentiger Gewissheit beweisen? Es gehe also letztendlich darum, wie man sich in einer von Vergangenheit, Gegenwart und Zukunft gleichermaßen geprägten Wirklichkeit positioniere. Irgendwann müsse man als denkendes Individuum eben die Entscheidung treffen, ob man sich radikal den herrschenden Verhältnissen widersetze oder nicht, und genau das habe er getan, als er eines Tages seine Mitmenschen aufgefordert habe, ihn fortan nur noch *den Preußen* zu nennen.

Ich sah ihn an und sagte, dass ich keine Ahnung hätte, was er da rede, und dass er lieber die Fresse halten solle, als mir einen Bären aufzubinden.

Schon gut, sagte der Preuße. Vielleicht ist es ja auch bloß ein alberner Spitzname. So wie *der Dicke* oder *die Brille* oder *das liebe Häufchen Elend.*

Hast du auch einen richtigen Namen?, fragte ich.

Der Preuße wartete eine ganze Weile mit seiner Antwort.

Natürlich, sagte er schließlich, ich heiße Eike.

Da bekam ich einen Lachanfall und rief, dass ich ihn lieber weiterhin *den Preußen* nennen würde.

Wir erreichten Kajagoogoo nach Einbruch der Dunkelheit. Bevor ich das Auto zu meinem Haus steuerte, fuhr ich uns beide noch eine Runde durchs Dorf, zeigte dem Preußen den Laden vom Schönen Hans, den Brunnen, den Bauwagenplatz, das Haus von Perry und seinen Eltern und den Hof von Madame Iljuschina.

Zu Hause angekommen, sagte ich ihm, er könne gern in meinem Bett übernachten, ich würde ins Schlafzimmer meiner Eltern ziehen.

Sind deine Eltern verreist?, fragte er, während ich ihm dabei half, seinen Rucksack und eine enorm schwere Reisetasche ins Haus zu tragen.

Kann schon sein, antwortete ich.

Was denn nun? Sind sie verreist oder nicht?

Ich weiß es nicht. Sie fuhren eines Morgens in die Provinzhauptstadt und kamen abends nicht zurück. Vielleicht sind sie einfach weitergefahren, mit dem Bus zum Flughafen und dann nichts wie weg von hier.

Ohne dich? Das glaube ich nicht.

Ich stöhnte auf und sagte ihm, er solle endlich die Klappe halten, wie könne man nur so blöd sein. Für ein paar Sekunden stand der Preuße nutzlos im Wohnzimmer herum, dann ging er in mein Zimmer, um seine Sachen auszupacken. Währenddessen brachte ich etwas Ordnung in meinen Saustall, stopfte haufenweise gebrauchte Kleidungsstücke in die Abstellkammer neben der Küche, warf all die leeren Cola-Dosen, Chipstüten, Zigarettenschachteln, Plastikflaschen, Keksverpackungen, Joghurtbecher und Konserven aus dem Fenster in den Vorgarten, kochte dem Preußen und mir einen Topf Reis mit Pfeffer und Tomatensauce und holte Natalia van Vijfeijkens Meisterwerk *Die Toten und die Toten* aus dem Regal mit den Videokassetten. Der Preuße kam ins Wohnzimmer, lächelte, sah sich um und schien wieder nicht zu wissen, wohin mit sich. Ich sagte ihm, er solle am Küchentisch Platz nehmen, das Abendessen sei fertig, nichts Besonderes, etwas, wovon man satt werde, aber mehr auch nicht. Wir aßen schweigend und tranken Wasser dazu, und als wir fertig waren, klärte ich ihn auf, dass mein Leben aus dem Anschauen von Horrorfilmen bestehe, aber nicht irgendwelchen Horrorfilmen, sondern den furchtbarsten Horrorfilmen aller Zeiten, geschmacklosem, bösartigem, Auge und Seele beleidigendem Schund, und dass ich selbst nicht sagen könne, wohin mich dies eines Tages führen werde.

Aber, sagte ich und streckte dem Preußen meine Handflächen entgegen, es ist eigentlich ungerecht, so abfällig über diese Filme zu sprechen, denn wie jeder Idiot weiß, gibt es einen bodenlosen Abgrund, über den wir alle hinübermüssen, weil es niemals ein Zurück gibt, und der einzige Weg, der über diesen Abgrund führt, ist eine gespannte Angelsehne, und sie wird, was wirklich auch der allerletzte Idiot weiß, *Anstand* genannt.

Wie bitte?, fragte der Preuße.

Genau, sagte ich. Niemand kann sagen, was hier eigentlich vor sich geht, und wer es doch kann, der hat nicht mehr alle Nägel im Gebälk. Und aus diesem Grund schauen wir jetzt gemeinsam van Vijfeijkens *Die Toten und die Toten*, der all das falsch macht, was eine Menge Schwachköpfe für richtig halten.

Ich räumte das Geschirr in die Spüle, der Preuße setzte sich derweil auf die Couch und las in einer vergilbten Ausgabe der Tageszeitung *Lampion*. Dann schob ich die Kassette in den Videorekorder und kniete mich vor den Fernsehapparat.

Van Vijfeijkens Film spielt unter der Erde, in einem System natürlicher Höhlen, die nahtlos in ein Bergwerk übergehen, das wiederum zu einer ausgedehnten Bunkeranlage mit mehreren Ebenen wird. Es gibt weder sichtbare Protagonisten noch Schnitte, die Kamera wandert dreieinhalb Stunden lang ununterbrochen durch die unterirdische Einsamkeit, endlose Schächte und Korridore entlang, die in die Finsternis führen, schwach beleuchtete Treppen hinab und hinauf, durch zahllose Räume, mal so eng wie eine Gefängniszelle, mal so hoch und weit wie die Halle einer evangelikalen Megakirche. Hier und da kann man einen schnellen Blick auf die Spuren von früheren Bewohnern werfen, Unrat, zerschlagene Möbel, Kleidung, und obwohl man niemals ein anderes Lebewesen in seiner Nähe sieht, lassen huschende Schatten, ausgepustete Kerzen, ferne Schritte, Klopfgeräusche, leise Schreie und unverständliches Geflüster einen ständig befürchten, auf keinen Fall allein zu sein. Der Film endet vor einer verschlossenen Sicherheitstür mit der Aufschrift *Hier*, die vielleicht nach draußen, vielleicht aber nur tiefer in die Erde führt.

Als ich die Kassette aus dem Rekorder zog, seufzte der Preuße: Was für ein schrecklicher Film, langweilig und deprimierend.

Ich bin mir übrigens nicht sicher, fügte ich nach einem Moment der Stille hinzu, ob van Vijfeijken uns wirklich weismachen will, dass irgendwelche Monster mit uns dort unten sind. Vielmehr glaube ich, dass es die Erde selbst ist, die dem Zuschauer etwas ins Ohr flüstert, das er nicht verstehen kann und vor dem er sich vor Angst in die Hose macht.

Und das Ende?, fragte der Preuße aufgebracht. Was soll der Blödsinn?

Im Internet steht, dass ein Director's Cut mit einer weiteren Schlussszene existiert, in der die Tür von Geisterhand geöffnet wird. Dahinter soll ein lichtdurchfluteter Garten zu sehen sein, wo der blutjunge Mel Gibson, verkleidet als Romulus Augustulus, der letzte Kaiser des Weströmischen Reiches, in einem Beet steht und blaue Rosen schneidet.

Ach du Scheiße, sagte der Preuße.

Den nächsten Tag verbrachten wir damit, im Haus herumzuhängen, zu lesen, aus dem Fenster zu schauen und aufzuräumen. Am Abend gingen wir zum Schönen Hans, um eine neue Kiste Filme abzuholen. Der Preuße wunderte sich, dass Entwicklungshilfe in solch hoffnungslosen Zeiten wie diesen anscheinend auch die Weitergabe von Horrorfilmen einschloss, die in Europa und den USA niemand mehr sehen wollte.

Ja, ja, sagte Hans, rollte mit den Augen und präsentierte dem Preußen vollmundig seine anderen Waren, in der Hoffnung, der Deutsche würde ihm den Laden leer kaufen, während ich im Hinterzimmer Kassetten für meine Sammlung zusammensuchte. Ich hoffte, etwas Neues von Adelaide Turner zu finden, aber es war nichts dabei. Immerhin entdeckte ich *Zirkus der Nadeln* von Ferenc Lima, *Königreich Zombiemark* von Krister Kristiansborg, *Schaum und Knochen* von Roberto Madrigal und *Die traurigen Kinder des Tapirmanns* von Yoshiko Nakamura.

Die musst du aber heute bezahlen, Bruno, sagte Hans, ich kann es mir nämlich nicht leisten, weiterhin Dinge zu verschenken.

Da ich kein Geld mehr hatte, wollte ich die Filme schon zurückstellen, aber da zog der Preuße einen Zehn-Dollar-Schein aus seiner Hosentasche und drückte ihn dem Schönen Hans in die Hand.

Die reichen Freunde meines armen Freundes sind natürlich auch meine reichen Freunde, sagte Hans.

Ich verstaute die Filme in einer Plastiktüte, dann verließen der Preuße und ich den Laden. Wir spazierten die Straße zurück, gingen aber nicht gleich nach Hause, denn ich wollte ihm die Savanne zeigen, die bis dicht an das Dorf heranreichte.

Das, sagte ich und zeigte auf die unter der Abendsonne dösende farblose Graslandschaft mit ihren paar Sträuchern und einigen großen Steinen, ist die Savanne.

Ich weiß, sagte der Preuße. Vor einigen Tagen habe ich hier in der Nähe einen der Nomadenstämme besucht. Sie laden Touristen dazu ein, eine Nacht bei ihnen zu verbringen, und haben mir erzählt, vor Jahrzehnten aus den Weiten des Weltraums hierhergekommen und zu den Ureinwohnern dieser Insel geworden zu sein. Stimmt das?

Weiß ich nicht, sagte ich. Aber die meisten hier glauben, dass die Nomaden in Wahrheit Geheimdienstmitarbeiter sind, die Touristen in ihre Zelte locken und ihnen Plastikschmuck, Haschisch oder gefälschte Elfenbeindöschen andrehen, um sie anschließend einbuchten und ihre Regierungen erpressen zu können. Ehrlich gesagt, ich würde mich lieber von diesen Leuten fernhalten. Haben sie dich beklaut?

Nein. Aber sie haben wirklich viel Haschisch geraucht, unbeschreiblich viel. Und sie haben mir erzählt, dass die riesigen Raumschiffe, die sie einst hierhergebracht hätten, heute noch überall auf der Erde zu finden seien, zum Beispiel das Opernhaus in Sydney, das Kolosseum in Rom, die Christusstatue in Rio de Janeiro oder das Reichsparteitagsgelände in Nürnberg, und dass sie derzeit alle ihre Kräfte sammeln würden, um sich endlich zurückzuholen, was rechtmäßig ihnen gehörte. Außerdem haben sie mir zum Abschied gesagt, ich hätte zwar das Kreuz eines Tintenfischs, aber die Eier eines Berglöwen.

Na dann ist ja alles in bester Ordnung, sagte ich und kickte einen Kieselstein zur Seite.

In der Nacht wartete ich, bis der Preuße eingeschlafen war (er schnarchte wie ein im Sterben liegendes Nilpferd), öffnete vorsichtig die Tür zu seinem Zimmer, schlich am Bett vorbei und fand den Rucksack und die Reisetasche unter dem Schreibtisch. Im Rucksack stieß ich neben einer unangebrochenen Packung Kondome auf ein gefälschtes Elfenbeindöschen und einen Brustbeutel, in dem ein paar Scheine waren, zwanzig Dollar, dreißig Euro und ein paar Republikanische Münzen, noch mit dem kindlichen Profil von Expräsident Immanuel Sullus. Ich nahm ein bisschen von dem Geld, den Rest ließ ich im Beutel, und öffnete die Reisetasche, die voller Bücher war, kramte in ihnen herum, las die Rückseiten und die Klappentexte, alles in allem eine, soweit ich es überblicken konnte, stattliche Sammlung an Biografien – von Josef Stalin, Mao

Zedong, Pol Pot, Adolf Hitler, Saddam Hussein, Benito Mussolini, Francisco Franco, Josip Broz Tito, Kim Il-sung und Kim Jong-il und Kim Jong-un, Muammar al-Gaddafi, Ante Pavelić, Mengistu Haile Mariam, Alberto Fujimori, François und Jean-Claude Duvalier, Erich Honecker, Jorge Rafael Videla, Ion Antonescu und Nicolae Ceauşescu, Siad Barre, Jozef Tiso, Fulgencio Batista und Fidel Castro, Idi Amin, Augusto Pinochet, Baschar al-Assad, Enver Hoxha, António de Oliveira Salazar, Charles Taylor, Manuel Noriega, Saparmyrat Nyýazow, Kaiser Bokassa I., Hugo Banzer Suárez, Ferdinand Marcos, Robert Mugabe, Aljaksandr Lukaschenka, Haji Mohamed Suharto, Juan Perón, Mobutu Sese Seko, Alfredo Stroessner und Slobodan Milošević.

Alles klar bei dir?, fragte der Preuße, und ich fuhr herum. Er hatte sich aufgesetzt und beobachtete mich, dessen Hände noch in seiner Reisetasche steckten.

Ich weiß nicht, sagte ich, ging zu ihm und sank auf die Bettkante. Ich merkte, dass ich kurz davor war, am ganzen Leib zu zittern, holte schnell sein Geld aus meiner Hosentasche, zeigte es ihm und legte es auf dem Nachttisch ab. Dann streckte ich mich neben dem Preußen aus, drehte mich von ihm weg und spürte das Kribbeln aufsteigender Tränen über meiner Nasenwurzel.

Was hast du?, fragte der Preuße. Er rückte näher an mich heran, berührte mich aber nicht.

Lass mich in Ruhe, du Penner, sagte ich. Sein steifer Schwanz drückte gegen den dünnen Stoff meiner Hose, doch bevor ich noch länger darüber nachdenken konnte, war ich auch schon eingeschlafen.

Als ich aufwachte, war ich allein in meinem Bett. Ich kroch aus den Federn und sah durch das Fenster den Preußen, wie er im Garten stand und mit der Fußspitze in der Erde wühlte.

Was für ein Trottel, dachte ich, wankte in die Küche, setzte Kaffee auf und sank gähnend auf einen der Küchenstühle. Zehn Minuten später kam er herein, drei Eier in den Händen.

Hier, sagte er und zeigte mir stolz seine Beute.

Ich nickte und deutete auf den Topf, in dem er die Eier kochen konnte. Er füllte Wasser hinein, stellte den Topf auf den Herd, fummelte an den Gaskochfeldern herum, drehte die Knöpfe hin und her und blickte mich dann hilflos an. Ich stand auf, schob den Preußen zur Seite und zündete den Gasherd mit einem Feuerzeug an. Irgendwann trudelten die Eier lustig im Topf herum, die Sonne schien zum Fenster herein, und alles war in Ordnung.

Bruno, sagte der Preuße und berührte meinen Arm.

Was?, fragte ich.

Fährst du heute wieder arbeiten?

Welche Arbeit? Ich arbeite nicht.

Aber du könntest dir in Savannah welche suchen, oder?

Ja, das könnte ich. Ich könnte aber auch einfach zu Hause bleiben, einen Film schauen und später im Garten herumsitzen.

Beim Frühstück erzählte ich ihm vom Schicksal des blinden Regisseurs Jim Wu, dessen Werk sich auf drei Filme beschränkte, die ich selbstverständlich alle in meinem Regal stehen hatte: *Der Untergang von La Felicidad*, *Die Dame mit den Chamäleonaugen* und *ASTRONAE 414*. Man könnte meinen, dozierte ich, dass die Blindheit Jim Wus ein guter, wenn nicht gar ein perfekter Zugang ins poetische Reich des Horrors gewesen wäre, doch leider erwiesen sich seine drei einzigen Filme als harmlose Wiederholungen uralter Gespensterklischees, gepaart mit erbärmlich choreografierten Martial-Arts-Kämpfen, kurz gesagt: Sie seien mehr oder weniger Scheißdreck, aseptisch und ideenlos. Deshalb, führte ich unter den müden Augen des Preußen aus, ist es ein kleines Wunder, dass Jim Wu im Alter von vierundvierzig Jahren dennoch Berühmtheit erlangte, und sei es nur, weil er im Namen des Bundesstaates Delaware mit der Giftspritze hingerichtet wurde. Er lebte in einem großen Haus am Rande der Kleinstadt Elsmere, gemeinsam mit seinen aus China eingewanderten Eltern, betreut von einer Krankenschwester namens Dorothy McIntosh und treu begleitet von einem zum Blindenhund ausgebildeten Königspudel namens Alfalfa. Seine Filme entstanden in einem Zeitraum von fünfzehn Jahren, Schulfreunde, Verwandte und verarmte Schauspieler aus der Region übernahmen die Rollen, Dorothy assistierte ihm bei der Regie, die Eltern sorgten für die Finanzierung. An einem winterlichen Sonntagmorgen jedoch trat Wu aus seinem Zimmer, griff sich einen Vorschlaghammer, der zu diesem Zeitpunkt für Arbeiten im Treppenhaus genutzt wurde, und erschlug seine Eltern im Schlaf, ebenso die Krankenschwester und den Hund. Dann rief er seelenruhig die Polizei, setzte sich bei minus fünfzehn Grad und nur mit einem Morgenrock bekleidet auf die Veranda und erwartete gespannt seine Verhaftung. Vor dem Gericht verteidigte er sich selbst, plädierte auf schuldig, wies darauf hin, im Vollbesitz seiner geistigen Kräfte zu sein, und erklärte den anwesenden Prozessbeteiligten, sein Leben lang Dinge gesehen zu haben, wunderschöne Hexen etwa oder brennende Schlingpflanzen oder Gefährte aus der Zukunft oder unförmige, lauernde Tiere, die plötzlich in seinem toten Blickfeld aufgetaucht und wieder verschwunden seien. Dinge, die freilich nicht in unserer Wirklichkeit existierten, wohl aber in dieser finsteren, nicht vorhandenen Welt, die Jim Wu tagein, tagaus mit seinen blinden Augen sah. Einen Zusammenhang zwischen seinen Visionen und seiner Tat schloss er vehement aus, äußerte sich aber auch nicht weiter zu seinem Motiv, weshalb den Geschworenen nichts anderes übrig blieb, als ihn der mordlüsternen Heimtücke zu bezichtigen und das Todesurteil zu verhängen. Dreizehn Jahre später starb er durch die Injektion eines tödlichen Medikamentencocktails. Aus heutiger Sicht, sagte ich und schlug derweil ein zweites Frühstücksei auf, zerreiße es einem schier das Herz, wie viel Mühe Jim Wu sich über die Jahre hinweg gemacht habe, um seinen Traum zu verwirklichen, ein waschechter Regisseur zu sein, und wie wenig schlussendlich dabei herumgekommen sei, ganz zu schweigen von der bleiernen Sinnlosigkeit seines blutrünstigen Fanals, Höhepunkt seiner vergeblichen Anstrengungen, einen ernst zu nehmenden Horrorfilm zu drehen.

Der Preuße starrte schweigend in seinen Kaffeebecher, zog fiepend Luft durch die Nase ein und stieß sie wieder aus. Ich schob mir das Ei in den Mund und kaute grinsend, dann ging ich hinaus, um nach dem Rechten zu sehen.

Am Gartenzaun wartete bereits Perry Hartwig, und nur er selbst und der Teufel wussten, wie lange er dort schon gestanden haben musste.

Hast du Besuch?, fragte er.

Ich zuckte mit den Schultern.

Ja oder nein?

Ja, sagte ich und zeigte auf das Küchenfenster, in dem man den Schopf des Preußen sehen konnte, halblange, braune Haare, die bereits so dünn aussahen, als würden sie ihm in ein paar Wochen schon alle ausgegangen sein.

Wer ist das?, fragte Perry.

Ein Tourist aus Deutschland.

Und was will er hier?

Urlaub machen, vielleicht.

Hier?

Sieht ganz danach aus.

Zockst du ihn ab?

Nein. Ich hab's versucht, aber er hat mich dabei erwischt.

Du musst ihn abzocken, Bruno, sagte Perry und verhakte seine Zeigefinger im Drahtgitter des Gartenzauns.

Warum?, fragte ich.

Mein Papa sagt, es sei gefährlich heutzutage, sich mit Ausländern einzulassen. Zock ihn ab, und dann schick ihn fort. Außerdem kann er ja nicht ewig bei dir wohnen.

Warum nicht? Soll er doch so lange bleiben, wie er will. Du kannst ihn begrüßen, wenn du magst. Er ist nett. Und vielleicht ist er schwer krank, aber so genau wissen wir das noch nicht.

O weh, rief Perry. Und wenn du dich ansteckst?

Ich kniff ihm ins Gesicht und fragte ihn, ob er nicht endlich mit reinkommen wolle.

Lieber nicht. Meine Mama hat noch Rechenaufgaben für mich, die ich bis zum Mittagessen gelöst haben soll.

Vielleicht kann mir der Preuße ja irgendwann Deutsch beibringen.

Der Preuße?

So nennt er sich. Total bescheuert, oder?

Perry sah mich noch eine Weile an, ohne ein Wort zu sagen, dann verabschiedete er sich mit einem militärischen Gruß und trottete davon. Ich sah ihm hinterher und dachte, dass ihm mal jemand gehörig den Hintern versohlen müsste, damit er endlich zu Verstand käme.

Als ich ins Haus zurückkam, saß der Preuße in seinem Zimmer auf dem Fußboden und blätterte in seinen Büchern. Er hatte sie alle um sich herum aufgetürmt, und es sah aus, als hätte er sich in die letzte Bastion am Ende der Welt zurückgezogen, zusammen mit allen schlechten Ideen, hässlichen Absichten und grausamen Fantasien dieser Erde. Ich umkreiste auf Zehenspitzen den Bücherwall, der mir bis zum Schienbein reichte, und konnte mich nicht entscheiden, ob ich eine Lücke suchte, um ebenfalls hineinzuschlüpfen, oder nur eine Möglichkeit, um ihn zum Einsturz zu bringen. Der Preuße beachtete mich nicht, las mit angestrengtem Gesicht mal in diesem, mal in jenem Buch wie ein zwischen Irrsinn und Vernunft pendelnder Archivar, der fest daran glaubte, etwas in die Sicherheit seines Gedächtnisses bringen zu müssen, dem auch in der Sicherheit des Gedächtnisses nur Unverständnis und schließlich Vergessen drohten, unausweichlich und unrettbar. Ich wollte schon wieder das Zimmer verlassen und mir einen Film anschauen, als der Preuße plötzlich zu erzählen begann, die Anekdoten vom Untergang des 20. Jahrhunderts aufzuzählen begann, zu erzählen begann von Enver Hoxha, der siebenhunderttausend Bunker auf albanischem Boden bauen ließ, in die sein kleines, waffenstarrendes Volk bei Gefahr zu kriechen hatte, von der Paradeuniform, die Augusto Pinochet selbst in den Träumen seiner chilenischen Untertanen niemals ablegte, von der singenden Schwalbe, dem doppelten Regenbogen und dem einzelnen, aufsteigenden Stern, die Kim Jong-ils Geburt begleiteten, von den vierzig Millionen Dollar, die Fulgencio Batista nach dem Fall von Santa Clara in seinem Gepäck nach Hispaniola schmuggelte, von Bokassa I., Herrscher des Zentralafrikanischen Kaiserreiches, der sich für den dreizehnten Apostel Jesu hielt, verdächtigt wurde, ein Kannibale zu sein, und tatkräftig bei der Ermordung von einhundert Kindern mithalf, die sich geweigert hatten, die teuren, aber staatlich verordneten Schuluniformen zu tragen, von François Duvaliers Geheimpolizei, in der Bevölkerung als *Tonton Macoute* gefürchtet, benannt nach einem Schreckgespenst, das durch die dunklen Straßen Port-au-Princes streift und alle Kinder in seinen Sack steckt, die nach Mitternacht noch unterwegs sind, von der Eisenstange des jungen Saddam Hussein, die dieser stets mit sich trug, um sich gegen die Angriffe der Nachbarskinder zur Wehr zu setzen, vom Denkmal zu Ehren Adolf Hitlers, das Idi Amin am grünen Ufer des Viktoriasees zu errichten gedachte, vom 30. August, dem tatsächlichen Geburtsdatum Aljaksandr Lukaschenkas, der aus alles verzehrender Liebe zu seinem am 31. August geborenen Sohn Nikolai nun am 31. August Geburtstag feiert, und von den sieben Millionen Einwohnern Kambodschas, ahnungslos wie Kinder, die erst nach der knapp vierjährigen Herrschaft der Roten Khmer erfuhren, dass ihr gestürztes Staatsoberhaupt den Namen Pol Pot trug und für die Vernichtung von zwei, möglicherweise sogar drei Millionen Kambodschanern verantwortlich war.

Wir könnten Brüder sein, dachte ich, aber dann wären unsere Eltern definitiv nicht von dieser Welt, und wenn sie es irrtümlicherweise doch wären, dann nur als menschenfressende Höhlenbewohner in den Bergen, die einsamen Wanderern auflauerten und aus ihren Knochen Kunsthandwerkszeug schnitzten, das sie im Internet verscherbelten.

Ich schlug dem Preußen vor, dringend irgendwohin zu fahren, und wartete, bis er über seine Bücher gestiegen und aus dem Zimmer gegangen war, blickte noch einige Sekunden lang die in chaotischer Harmonie gestapelte Bibliothek an, dann folgte ich ihm und schloss die Tür.

Auf der Fahrt hörten wir im Radio, dass Präsidentin Emmy Jaeger in Begleitung ihrer Familie, Regierungsmitglieder und Parteifreunde heute in Savannah Halt mache, Etappe einer einmonatigen Reise quer durch die Republik zur Feier ihres fünfzigsten Geburtstags. Der Preuße faselte schwer verständliches, aber fröhlich klingendes Zeug und bat mich, uns in die Stadt zu fahren, um der Veranstaltung beizuwohnen. Ich sagte ihm zwar, dass mich die Politik dieser Republik einen Scheiß kümmere, doch er flehte mich an, es sei ihm sehr wichtig, denn immerhin habe er sich intensiv mit den Vorgängen auf dieser Insel auseinandergesetzt und könne daher keinesfalls in Ruhe und Frieden ins Grab fahren, ohne einmal in seinem Leben die republikanische Präsidentin gesehen zu haben.

Dieser Präsidentin, sagte der Preuße atemlos, ist es gelungen, deiner Republik, die seit Jahren in einer mit kochendem

Wasser gefüllten Badewanne zappelt, einen kühlenden Lappen auf die Stirn zu legen, eine in Anbetracht der Umstände wirklich tolle Leistung.

Ich wäre sowieso mit dir nach Savannah gefahren, du Eselchen, sagte ich, viel mehr bleibt uns ja auch nicht übrig.

Polizisten hatten die Straßen weiträumig abgesperrt. Wir mussten außerhalb parken und an Feldern, Gräben und Waldstücken entlang in die Stadt wandern, eine ganze Stunde bestimmt, ehe wir uns plötzlich in einer lauten, wogenden Menschenmenge wiederfanden, die uns bis ins Zentrum der Provinzhauptstadt mitriss. Als wir dort ankamen, wälzte sich gerade eine kümmerliche Militärparade die Chaussee hinauf, die bis zum Marktplatz und zum Gouverneurspalast führte. Sieben Soldaten marschierten salutierend zwischen einem kleinen Panzer, einem rostigen Flugabwehrgeschütz und zwei klapprigen Jeeps aus einer nahen Kaserne des Republikanischen Heeres, die Gewehre geschultert und einen Helmschmuck auf den Köpfen, der wie ein aus Metallteilen, bunten Federn und zerbrochenen Stöckchen arrangiertes Vogelnest aussah. Menschen säumten jubelnd die Bürgersteige. Kurz darauf fuhr eine Limousine vorüber; in ihrem geöffneten Verdeck saß die einheimische Popsängerin Dilly Monsanto, von der es hieß, sie sei in Wirklichkeit ein Mann oder zumindest ein Hermaphrodit, und interpretierte die republikanische Nationalhymne im Stile eines aufgekratzten Funks. Es roch nach Bratwürstchen, vergorenen Früchten und mit Schnaps verlängerter Waldmeisterlimonade. Wenn der Preuße nicht vornübergebeugt stand und sich die Seele aus dem Leib hustete, klatschte er konzentriert in die Hände, und mir dämmerte, dass ihm dieser zur Schau gestellte Nationalismus das kleine, arglistige Herz öffnen musste. Im Publikum machte schnell die Runde, dass sich nun der Konvoi der Präsidentin nähere. Zuerst brauste eine Kolonne Motorräder die Straße entlang, ihre Fahrer in schwarzer Lederkluft mit schwarzen Helmen auf den Köpfen, Emmy Jaegers anonyme Leibgarde, eine Untereinheit der Republikanischen Sicherheit, dem Geheimdienst der Insel. Ihnen folgten die Vorstandsmitglieder der Modernen Nationalpartei, die, von gelbuniformierten Polizisten auf champagnerfarbenen Hannoveranern flankiert, in Fahrradrikschas saßen und freundlich winkten. Gleich darauf fuhr die Präsidentin vor. Auf den hinteren Sitzen eines riesigen, blutroten Cabriolets hatte sie es sich bequem gemacht, gemeinsam mit ihrem Mann und den drei Kindern, alle bereits im Teenageralter. Neben dem Fahrer saß General Hieronymus Zucca, der Gouverneur der Savannenprovinz, ein stark kurzsichtiges Männlein, das zu exzessivem Glücksspiel und Trunksucht neigte und durch Videoclips seiner Wutausbrüche zum Internetstar geworden war. Emmy Jaeger trug einen cremefarbenen Anzug und eine mehrfarbig gesteppte Decke über den Schultern, die Tracht der Frauen aus den Sümpfen im Süden des Landes, Heimat der Präsidentin und Zentrum ihrer Machtbasis. Ihr Mann Carlo Jaeger wog annähernd hundertachtzig Kilo, ein Großunternehmer aus der Steilküstenprovinz, Besitzer des die gesamte Privatwirtschaft der Republik dominierenden Konzerns *Schönheit & Hoffnung* und Busenfreund verschiedener Unterweltpaten. Die gesunden Präsidentinnenkinder, die Haare gescheitelt, die Augen hinter Sonnenbrillen verborgen, schmissen lachend mit Konfetti um sich, während ihre Eltern starr nach vorne schauten, ohne die ihnen zujubelnden Menschen eines Blickes zu würdigen. Erst als aus den Lautsprechern ringsum die offizielle Hymne der Modernen Nationalpartei zu donnern begann, ein Lied über einen Wüstenfalken mit rot-weißem Gefieder, Verkörperung der geeinten Nation, der auf einem kargen Feld eine Horde schlohweißer Ratten erspäht, aus dem brennenden Himmel hinunterstürzt und ihnen die schwarzen Augen aushackt, erhob sich Emmy Jaeger mit einem Ruck, lächelnd, die Arme ausgebreitet. Die Leute waren nicht mehr zu halten. Man begann zu tanzen, Sektkorken knallten aus ihren Flaschen, Luftballons stiegen auf, ein Funkenregen sprühte über unsere Köpfe hinweg. Dem Wagen der Präsidentin folgten weitere Motorradfahrer ihrer Leibgarde, dann rumpelte ein großes Fuhrwerk heran, gezogen von vier Kamelen, in dem die Minister von Jaegers Kabinett Platz genommen hatten, ein heillos zerstrittener Haufen von Nationalisten, Liberalen und Sozialisten. Mit den Gesichtern von Unschuldslämmern, die drauf und dran waren, zu Tode gekitzelt zu werden, warfen sie Flugblätter in die Menge, auf denen die Leistungen der aktuellen und Pläne für die kommende Legislaturperiode verzeichnet waren. Nachdem der Zug in eine Querstraße eingebogen war, gaben die Sicherheitskräfte die Durchfahrt frei, die Menschen strömten von beiden Seiten der Straße aufeinander zu, verteilten Wangenküsse, tranken Brüderschaft, zündeten Feuerwerk.

Ich hatte bald schon keine Lust mehr, weiter rumzustehen, und wollte gerade den Preußen auffordern, endlich, endlich!, etwas trinken zu gehen, als ich spürte, wie sich eine Spannung in der Menge um uns herum aufbaute, ein plötzliches Versteifen der Körper, sekundenkurzes Innehalten der Bewegungen, Aufmerksamkeit in den Blicken, dann waren in der Ferne Geschrei, dumpfe Geräusche und ein lang gezogenes Piepen zu hören, das leiser und leiser wurde und schließlich verstummte. Die ersten Leute begannen, die Straße zu verlassen, still, bedächtig und geordnet, stahlen sich in Richtung einer nahen Brachfläche davon oder verschwanden in den abzweigenden Gassen. Ich sah den Preußen an, der mit gerunzelter Stirn und zusammengekniffenen Augen nach etwas lauschte, das längst nicht mehr zu hören war, griff nach seiner Hand und zog ihn fort, weg von der Hauptstraße. Zuerst wusste ich nicht, wohin wir gehen sollten, doch dann fiel mir der Botanische Garten der Provinzhauptstadt ein, ein winziges Areal aus dichtem Gestrüpp, in dem eine Pagode stand, die bevorzugt von Prostituierten, Junkies und Abfallentsorgern genutzt wurde. Der Weg dorthin war nicht weit, führte uns aber in die unmittelbare Nähe eines Polizeireviers, an dem wir möglichst unauffällig vorbeigehen mussten, wenn wir nicht bis zum Ende unserer Tage im Gefängnis hocken wollten. Von Weitem sah ich, dass vor dem Eingang des Reviers jemand stand, eine junge Polizistin, wie sich kurz darauf herausstellte. Sie blickte nach links und rechts, ein Funkgerät in ihrer Hand gab knackende Geräusche von sich. Ich führte den Preußen dicht an den gegenüberliegenden Häuschen entlang und beobachtete die Frau aus dem Augenwinkel. Sie war wirklich noch sehr jung, sicher nur ein, zwei Jahre älter als ich, ein Mädchen in vom Straßenstaub verdreckter Uniform und mit einer Maschinenpistole über der Hüfte. Sie sah uns herankommen, natürlich sah sie uns, hob das Funkgerät an ihren Mund und sprach etwas hinein. Ich schob den Preußen weiter und hoffte, dass er nicht auf die wirklich blöde Idee kam, jetzt irgendwelche Mätzchen zu machen, tat so, als würde ich alles um mich herum ignorieren, und spürte meine verschwitzten Füße in den Turnschuhen, deren Sohlen auf dem bröckligen Asphalt viel zu laute Geräusche machten. Dann hörte ich, dass nach uns gerufen wurde, krallte meine Hand in die Schulter des Preußen und rannte mit ihm los. Nach einigen Hundert Metern hatten wir den Botanischen Garten erreicht, ich drehte mich um, sah aber niemanden, der uns gefolgt war, stieß den Preußen in die Büsche hinein und kroch mit ihm auf die Pagode zu, deren holzvertäfelte Außenwand bereits zwischen den Blättern und Zweigen zu sehen war.

Die Pagode war etwa fünfundzwanzig Meter hoch und akkurat dem chinesischen Vorbild nachempfunden, das vielleicht seit Jahrhunderten in irgendeinem uralten Garten im Umland von Peking stand und dessen Existenz seit jeher bedroht, aber aus unerfindlichen Gründen niemals ausgelöscht worden war. Der Eingang war nur schlampig vernagelt worden, irgendwer hatte bereits einige Bretter herausgebrochen, und so zwängten wir uns durch eine Lücke hinein ins Erdgeschoss, dessen Betonboden vollständig mit Exkrementen, Papiertaschentüchern, Getränkedosen, Tampons, zerrissenen Schlafsäcken, Zeitungspapier, gebrauchten Kondomen, verkohltem Holz und trockenem Laub bedeckt war. Der Preuße zeigte erfreut auf einen schwarzen Einband mit zarten, weißen Lettern, der in einer Pisspfütze lag, *Der wunde Roman* von Angavu Misinga, ein Buch, das er vor Urzeiten einmal gelesen hatte, sich aber an keine einzelne Silbe mehr erinnern konnte. Licht fiel durch die porösen, mit Schlitzen versehenen Holzwände hindurch, eine Treppe führte in die oberen Stockwerke, in denen es, wie ich befürchtete, vermutlich nicht besser aussah als hier. Der Gestank war überwältigend, die Luft schwer und voller Insekten, unter und über uns krachte das Holz bei jeder Bewegung, als wir die Treppenstufen hinaufstiegen. Der Preuße keuchte und schwankte bei jedem Schritt, ich ging hinter ihm und presste jedes Mal meine Faust in sein Kreuz, wenn ich glaubte, dass er sich nicht mehr auf den Beinen halten konnte. In der ersten Etage sah alles so aus wie im Erdgeschoss, nur hatte jemand zusätzlich eine gewaltige, in voller blassblauer Blüte stehende Bougainvillea samt Topf mitten im Raum abgestellt, daneben ein Fahrrad ohne Sattel und Räder und eine weinrote, angerostete Gasflasche. In der zweiten Etage waren die Wände mit Laken verhängt, sodass kein Licht hereinkam, und als wir die erste Stufe der nächsten Treppe betreten wollten, kam jemand auf uns zu, der sich zuvor in einer der Ecken herumgetrieben haben musste. Der Preuße umschlang mich mit seinen langen Armen und hielt mich somit davon ab, der Gestalt unverzüglich eine reinzuhauen, doch als ich in ihr knöchriges, fahles Gesicht blickte, ihre tief in den Höhlen liegenden Augen, die weißen Lippen und die vier drahtigen Kinnbarthaare sah, da beruhigte ich mich und wartete neugierig darauf, was als Nächstes geschehen würde. Es handelte sich um eine Frau, deren Alter unmöglich zu schätzen war, vielleicht mochte sie um die siebzig sein, vielleicht aber auch erst Anfang zwanzig, die typische Alterslosigkeit todkranker Junkies, in deren siebzigjährigen, stählernen Körpern sich die Zwanzigjährigen und in zwanzigjährigen, auseinanderfallenden Körpern sich die Siebzigjährigen verbergen. Sie griff nach unseren Armen und zog uns beide mit sich die Treppe hinauf. Um ihren Kopf trug sie ein Stirnband, an dem eine Lampe befestigt war, die sie einschaltete und uns damit den Weg leuchtete, denn auch im dritten Stock war es dunkel, sogar dunkler als zuvor, da hier die Wände mit verrosteten Eisenplatten beschlagen waren, die überhaupt kein Licht mehr in die Pagode ließen. In der Mitte des Raumes stand ein Einkaufswagen, in dem ein großer Hund zwischen Videorekordern, Walkmen, Spielkonsolen und Virtual-Reality-Helmen saß. Die Frau führte uns zu ihm, beleuchtete das Tier mit ihrer Lampe von allen Seiten, kicherte und boxte uns gegen die Schultern, als erwartete sie eine zustimmende Reaktion. Ihr Hund war zweifelsohne eine Deutsche Dogge, Rumpf und Hals gereckt saß er im Einkaufswagen wie der halbgöttliche Monarch aller Hunde, die Obdachlose mit sich führen.

Seht ihr, was ich sehe?, fragte sie.

Ja, sagten wir.

Das Leben, sagte die Frau und klang plötzlich wie jemand, der seit Jahrtausenden in einem verschütteten Tempel unter einer Wüste begraben lag und längst zu Sand und Staub zerfallen war, das Leben ist im Wasser. Das Leben ist im Öl. Das Leben ist im Salz. Das Leben ist im Textil. Das Leben ist im Holz. Das Leben ist im Fenster. Das Leben ist die einzige Richtung. Das Leben ist der Dunst.

Ich überlegte, einfach wegzugehen, während der Preuße ein Gesicht machte, als könnte sich sein Verstand jede Sekunde von seinem Körper lösen und unter die Decke schweben, wo er reglos und voll müder Furcht verharren würde.

Seht ihr, was ich sehe?, fragte die Frau erneut.

Nein, rief der Preuße.

Ich sagte nichts.

Sie ließ den Lichtschein ihrer Stirnlampe wild umherspringen, zu den Wänden, zu der herabführenden Treppe, zum Hund, zum Einkaufswagen, schließlich zum Preußen und zu mir, und dann noch ein letztes Mal zu den Stufen, die in die vierte Etage hinaufführten.

Das könnte der Weg sein, der eine Ankunft verspricht, sagte die Frau, denn sein Fundament ist aus Knochen, Haaren und Haut. Unter allen Häusern, Straßen und Gärten hier ruhen die Toten und träumen den Traum, der nur aus Fragen besteht: Ist der Ort der Ankunft das Herz des Universums? Ist der Ort der Ankunft dein Herz, junger Mann? Ist der Ort der Ankunft vielleicht dein Herz, anderer junger Mann? Ist der Ort der Ankunft das große gemeinsame Herz der gesamten Menschheit? Ist der Ort der Ankunft die Rückseite des Spiegels? Ist der Ort der Ankunft eine wunderschöne Landschaft am Rande des Todes? Die Toten wissen es einfach nicht, und sie fragen uns auch nicht danach, weil sie genau wissen, dass sie von uns keine Antwort erhalten werden.

Ich berührte den Preußen am Arm, er griff nach meiner Hand, wir setzten uns langsam in Bewegung, und als wir die Treppe hinaufstiegen, hörten wir den Hund unten aufgeregt bellen und jaulen, und es kam mir so vor, als erklärte er etwas inbrünstig, das niemand verstand.

Der vierte Stock bildete das Dachgeschoss der Pagode.

Bis hierhin schien sich noch niemand vorgewagt zu haben, nur ein bisschen Staub, Rattenscheiße und feine Häufchen Sägespäne lagen auf dem Boden verteilt. Durch die mit hölzernen Gittern beschlagenen Fenster schien die Nachmittagssonne herein. Ich kniff dem Preußen, dessen Blick leer und ratlos war, in die Wangen und erklärte ihm, dass wir bis zum nächsten Morgen hierbleiben müssten, wenn sich auf den Straßen die Lage beruhigt habe.

Welche Lage?, fragte er und ging vorsichtig und unruhig zugleich im Raum umher, welche Lage, welche Lage?

Ich hatte keinen Schimmer, was ich ihm antworten sollte, denn ich war ja nur meinem diffusen Gefühl gefolgt, etwas Schlimmes hätte sich ereignet, und ich war der festen Überzeugung, dass es auf jeden Fall das Beste wäre, sich von diesem Schlimmen fernzuhalten, mindestens so lange, bis die unbarmherzige Gleichgültigkeit, die innerhalb einer kühlen Nacht zurückkehren konnte, es unter sich zermalmt hatte. Was ich aber wusste, war, dass der Preuße, so verärgert und durcheinander er in diesem Moment auch sein mochte, mich nicht hier zurücklassen würde, dass er nicht plötzlich auf die Idee kommen würde, die Treppe hinabzusteigen, um an der verrückten Frau und ihrem Köter im Einkaufswagen vorbei und durchs verdreckte Erdgeschoss nach draußen zu verschwinden, wer weiß, wohin, nach Kajagoogoo zurück oder weiter in die Republikanische Hauptstadt, zum Flughafen oder zur deutschen Botschaft, die seit dem Sturz des kindlichen Präsidenten Immanuel Sullus bis auf Weiteres geschlossen war. Er würde auf keinen Fall allein gehen, weil er begriffen hatte, dass es eine schlechte Idee gewesen war, auf meine Insel zu reisen, und nun hoffte er wahrscheinlich darauf, dass irgendwer ihm dabei half, hier heil wieder rauszukommen.

Wir knüllten unsere Jacken in einer Ecke zusammen und setzten uns darauf. In der Etage unter uns hörten wir das metallische Klappern des Einkaufswagens, den Hund, der irgendetwas anknurrte, das unverständliche Gemecker der Frau.

Ich erzählte dem Preußen von meinem ersten Film, der noch ungedreht war, das Kannibalenmärchen *Die Befürchtung*, mein großes, schwebendes Vorhaben, das ich mir immer mal wieder ins Gedächtnis rufen musste, um nicht den Halt zu verlieren. Ich erzählte von den missglückten Drehvorbereitungen, von Perry Hartwigs Zweifeln, von meiner eigenen Disziplinlosigkeit, die ganze Sache nicht einfach durchgezogen zu haben, ohne Rücksicht auf fehlende Darsteller, mangelndes Budget oder gewaltige Lücken im Konzept.

Hast du eine Kamera dabei?, fragte der Preuße.

Nein, sagte ich.

Schade. Du hättest jetzt wieder mit dem Filmen beginnen können.

Hier? Niemals. Wir befinden uns am schrecklichsten Ort auf der Welt. Hier einen Horrorfilm drehen zu wollen wäre genauso bescheuert, wie sich am Rande eines Vulkankraters die Haare zu fönen. Es darf nicht darum gehen, das Grauen abzufilmen, sondern es dort explodieren zu lassen, wo es gerade nicht in der Wirklichkeit vorkommt und wahrscheinlich niemals vorkommen wird. Nur so kann man ja diesem ganzen Unsinn um einen herum überhaupt etwas abgewinnen.

Ach Bruno, sagte der Preuße traurig, schau mich an: Ich bin jetzt fast dreißig und reise seit Monaten mit dem Geld meiner Eltern, einer Tasche voller Diktatorenbiografien und einem dämlichen Spitznamen durch ein Land, das ich kaum kenne und das ich, wenn meine bösen Vorahnungen stimmen, bald schon in einem Sarg verlassen könnte. Hast du eine Idee, was ich eigentlich machen wollte?

Ich schüttelte den Kopf, war aber gespannt darauf, was er sagen würde, doch der Preuße schwieg, als erwartete er ernsthaft, dass ich ihm seine eigene blöde Frage beantwortete.

Die Sonne ging unter, und mit ihr verschwand das letzte bisschen Licht aus der Pagode. Ich hatte ein paar Minuten lang geschlafen, war aber sofort erwacht, als von draußen Stimmen zu hören waren. Der Preuße saß nicht mehr neben mir. Ich kniff die Augen zusammen, blickte mich im Raum um und entdeckte ihn in einer anderen Ecke, in die er sich mit seiner Jacke verkrümelt hatte, nachdem ich weggenickt war. Dann krabbelte ich auf die Fenstergitter zu und blickte hinaus.

Etwas Großes schien sich durch den Botanischen Garten zu bewegen, das dichte Gestrüpp zitterte, die Blätter raschelten wild. Der gesamte bewachsene Bereich um die Pagode herum sah von hier oben aus wie ein Miniaturурwald, durch den in diesem Moment eine Millionen Männlein starke Miniaturarmee zog.

Ich rief den Preußen, er solle zu mir kommen. Er schleppte sich keuchend durch den Raum und kniete sich neben mich.

Was ist da los?, fragte er flüsternd. Werden wir angegriffen?

Vielleicht, sagte ich.

Nein. Schau mal, das sind doch nur Kinder. Oder vielleicht Kindersoldaten?

Quatsch.

Dort unten waren jetzt wirklich Kinder zu sehen, zwanzig oder mehr. Anscheinend zogen sie sich Abend für Abend in den Botanischen Garten zurück, um hier die Nacht zu verbringen, versteckt unter Decken, zwischen den Wurzeln uralter, kurzer Bäume mit verdrehten Stämmen. In die Pagode trauten sie sich offenbar nicht, vielleicht, weil dort bald die Erwachsenen auftauchen würden, um ihren Rausch auszuschlafen.

Noch eine ganze Weile hörten wir sie in den Büschen rumoren, lachen, miteinander flüstern, Lieder summen. Ich kam mir vor wie der Protagonist in Yoshiko Nakamuras Film *Die traurigen Kinder des Tapirmanns*, der merkwürdigerweise ebenfalls in einem hölzernen Turm lebt, der jedoch nicht von einem Wald, sondern von einer Mondlandschaft umgeben ist, die tagein, tagaus von riesigen, dröhnenden, feuerspeienden Tagebaubaggern umgegraben wird. Eines Morgens entdeckt er im Keller seines Turms einen Mann, halb Mensch, halb Tapir, der etwas davon faselt, auf der Suche nach seinen Kindern zu sein, die ebenso halb Mensch, halb Tapir seien wie er, ein bisschen mehr Mensch als Tapir übrigens, aber das tue rein gar nichts zur Sache. Der Protagonist, ein windiger Kerl, der auf einem alten Computer im Dachgeschoss Viren programmiert, Webseiten hackt und Leute mit der Veröffentlichung ihrer pornografischen Aufnahmen im Internet erpresst, lässt den Tapirmann bei sich wohnen, gibt ihm zu essen, spielt mit ihm Backgammon und hört sich seine Geschichten aus längst vergangenen Zeiten an, als die Tiere der Erde noch ganze Weltkriege untereinander ausfochten, um zu entscheiden, welche Spezies die Vorherrschaft verdiente (dem Tapirmann zufolge siegten einst die Leguane, und somit gebühren ihnen allein das Reich und die Kraft und die Herrlichkeit in Ewigkeit). Auch von seinen Kindern erzählt der Tapirmann, schwermütige, oszillierende Kinder mit kurzen, kräftigen Rüsseln, die nicht zu altern schienen und zu zerstörerischem Verhalten neigten, deren Anzahl jedoch variiert und für deren Verschwinden der Tapirmann jeden Tag eine neue hanebüchene Erklärung präsentiert, die er sich in der schlaflosen Nacht zuvor zusammengereimt hat. Der Protagonist, den mittlerweile andere Sorgen plagen – die Tagebaubagger sind gefährlich nah an seinen Turm herangerückt –, durchforscht noch einmal stundenlang die verborgenen Tiefen des Internets, um eine Spur der Kinder zu entdecken, muss sich aber bald eingestehen, dass er einem Betrüger auf den Leim gegangen sein könnte, einem ebenso ruchlosen Typen wie er selbst, der sich das Vertrauen anderer Leute erschleicht, sie ausnimmt und bereits über alle Berge ist, wenn seine mittelmäßigen Gaunereien aufgeflogen sind. Schließlich zerstören die brüllenden Bagger den Turm, nur knapp können der Protagonist und der Tapirmann entkommen, und in der letzten Einstellung hocken die beiden auf einem qualmenden Schuttberg mit Blick über die desaströse Landschaft und schwören sich mit verzweifelten Gesten, die Kinder des Tapirmanns zu finden, ganz gleich, ob sie nun existieren oder nicht.

Irgendwo hatte ich gelesen, dass Yoshiko Nakamura mit Ende dreißig an einem Hirntumor gestorben sei. Auf ihrem Sterbebett in einem Bungalow in Ōsaka habe sie ihrem Sohn Ataru ein Drehbuch in die Hand gedrückt und ihn gebeten, in ihrem Namen die Geschichte des Tapirmanns zu Ende zu erzählen. Der bedauernswerte Ataru Nakamura sei jedoch, so hieß es, zu diesem Zeitpunkt selbst fast noch ein Kind gewesen, und aus diesem und vielleicht noch ein paar weiteren Gründen gebe es keinen einzigen Hinweis darauf, dass er den Schluss des Films jemals gedreht habe.

Wenn ich noch einmal Kind sein könnte, sagte der Preuße in Gedanken versunken, dann wüsste ich trotzdem nicht, was ich mit meiner verfluchten Zeit anstellen sollte.

Ich sagte ihm, dass er ruhig wieder schlafen gehen könne, uns würde keine Gefahr drohen.

Der Preuße legte seine Hand auf meinen Unterarm, nickte mir zu und zog sich in seine Ecke zurück. Ich aber tat kein Auge zu, denn so klar wie in dieser Nacht war mir noch niemals bewusst geworden, wie sehr ich am Arsch war.

Bei Sonnenaufgang weckte ich ihn. Fröstelnd stiegen wir die Treppen hinab. Die Pagode war verlassen, das graue Licht des Morgens, das durch ihre Fenster fiel, ließ sie noch trostloser erscheinen als am Tag zuvor, wie der Splitter eines geborstenen Planeten aus Asche, der auf diese trübselige Insel gestürzt war. Auch draußen im Garten war niemand mehr zu sehen. Wir schlugen uns durchs Gebüsch und erreichten die Straße, die ebenfalls menschenleer war. Der Preuße rückte mir nicht von der Seite, ich hörte seinen Magen knurren und seinen Atem, der stoßweise aus seinen Lungen rasselte. Vielleicht wäre es gut, ihn endlich zu einem Arzt zu bringen, überlegte ich, hatte aber keine Idee, wo wir einen finden könnten. In der Ferne startete ein Wagen. Vielleicht, überlegte ich weiter, wäre es aber besser, sofort die Stadt zu verlassen und zurück nach Kajagoogoo zu fahren, um kein Risiko einzugehen. Ich führte uns in die Richtung der Stelle, an der ich mein Auto vermutete. Die Hütten, an denen wir vorbeikamen, machten den Eindruck, als wären sie alle unbewohnt, weit offen standen ihre Türen, die Fensterläden waren verschlossen, in den kleinen Vorgärten fanden sich weder Plastikmöbel noch Spielgeräte. Ich spürte ein kurzes Zittern des Bodens unter meinen Füßen und musste an die Worte der durchgedrehten Frau in der Pagode denken, die von dem Fundament dieser Stadt gesprochen hatte, das aus den ungezählten Körpern der Verstorbenen bestand, ruhelosen, Arm in Arm liegenden Toten, deren Münder sich öffneten und schlossen und deren Leiber im Untergrund vibrierten, ahnungslos und verwirrt in dunkler, schwerer Erde wühlend. Wir gingen die stille Straße hinunter, an geschlossenen Geschäften für Handys, Fotoapparate, Plattenspieler, Diaprojektoren und Batterien vorbei, um eine Hausecke herum und gerieten mitten in eine Absperrung hinein, aufgetürmte Paletten, Autoreifen, Wellblechplatten und Müllcontainer, vor denen acht Männer standen, gekleidet in bunte Hemden und Jeans, Gewehre in den Händen. Auf einem Hocker dröhnte ein kleiner, roter Fernseher mit zwei nadeldünnen Antennen, die den Apparat wie den abgeschlagenen Kopf des amoklaufenden Sexroboters Joy-Joy aus Junior Galantes Film *Hypernova* von 1954 aussehen ließen. Als die Männer uns sahen, umringten sie uns sofort. Der Preuße drückte sich gegen meinen Rücken, seine Zähne schlugen zwei-, dreimal aufeinander, als wollte er etwas sagen, aber es gelänge ihm einfach nicht.

Guten Morgen, sagte einer der Männer, der einen schwarzen Cowboyhut mit Sheriffstern trug, den er so tief in sein rotes Gesicht gezogen hatte, dass er vermutlich nur schwer etwas sah. Er befahl den anderen, die Waffen zu senken, und schüttelte unsere Hände. Dann erklärte er uns, dass eine Bürgerwehr nach den gestrigen Vorfällen die Kontrolle über die Stadt übernommen habe, in Absprache übrigens mit Gouverneur Hieronymus Zucca und den Sicherheitskräften der Präsidentin, die noch am frühen Abend abgezogen seien, um die Regierungsmitglieder zurück in die Republikanische Hauptstadt zu eskortieren. In enger Zusammenarbeit mit der Polizei vor Ort, die mehr oder weniger bis zum kompletten Verschwinden unterbesetzt sei, würde man nun Untersuchungen zu den Ereignissen vom Vortag anstrengen, die natürlich auch beinhalten müssten, jeden zu kontrollieren, der sich außerhalb der in der Nacht verhängten Ausgangssperre in der, durch die und aus der Provinzhauptstadt heraus bewege. Er forderte uns auf, ihm unsere Ausweise zu zeigen und vor seinen Augen die Hosentaschen zu leeren. Während die, im Vergleich zum glänzende aussehenden Sheriff ziemlich abgerissen wirkenden Kollegen die Ausweise kontrollierten, gab er mit leiser Stimme plötzlich zu, froh über den schrecklichen Ausgang der gestrigen Parade zu sein, denn immerhin habe er für den heutigen Tag nichts weiter geplant, als zu saufen und nebenbei irgendein Buch zu lesen, nun aber sei ihm die schöne Gelegenheit in den Schoß gefallen, hier auf der Straße stehen und seine Pflicht als Bürger dieser Republik wahrnehmen zu können, die in mannigfaltige Verkleidungen gehüllten Feinde des Landes ausfindig zu machen und zur Hölle zu jagen. Er selbst, fuhr er fort, hege ja überhaupt keinerlei Groll gegen solche Leute, die ihrer unbändigen Wut mit Feuer, Gewehrschüssen und Blutfontänen Luft machten, aber am Ende müsse es ja immer jemanden geben, der das entstandene Chaos bereinige, unabhängig davon, wie die ganze Sache schließlich ausgegangen sei, jemanden, der die notwendige Stabilität wiederherstellte, die das Zusammenleben aller mit allen erträglich mache, jemanden mit, wie er es nannte, kühlem Kopf, festem Griff und klopfendem Herzen, und zufällig sehe er sich nun einmal in dieser Rolle, da könne man nichts machen, und seine Freunde würden ihm da wohl nur zustimmen. Die Freunde nickten grinsend. Jeder von ihnen hatte mittlerweile unsere Ausweise angeglotzt, und die Papiere waren jetzt wieder in der Hand des Sheriffs gelandet, der sie mir und dem Preußen zurückgab.

Was ist denn eigentlich geschehen?, fragte der Preuße den Sheriff.

In diesem Augenblick musste ich mich ziemlich zusammenreißen, um meinen deutschen Freund nicht mit aller Kraft in den Dreck zu schubsen. Scheinbar hatte er plötzlich ein gefährliches Vertrauen zu dem Sheriff gefasst, das möglicherweise einzig und allein darin begründet lag, dass der Sheriff ihn nicht sofort erschossen hatte.

Die Männer blickten sich an. Jemand fragte, ob wir gerade vom Mond heruntergestiegen seien. Die anderen lachten.

Hat man die Präsidentin erwischt?, fragte der Preuße.

Nein, sagte der Sheriff und nahm den Hut ab, aber einen ihrer Minister, Alexandru Connor Burgherr, den *goldenen Professor*. Ministerium für Wirtschaft, Technologie und die Wahrung der republikanischen Werte. Die Präsidentin kam, wie es so schön heißt, mit einem fiesen Schrecken davon.

In dem kleinen Fernseher flackerten jetzt Bilder auf von der Parade zu Präsidentin Jaegers Geburtstag, die feiernden Menschen, die vorbeifahrenden Wagen, die Sicherheitskräfte. Dann, als hätte jemand versehentlich oder in voller Absicht umgeschaltet, war eine leere Lichtung im Dschungel zu sehen, die ein paar Sekunden später von einer Gruppe spindeldürrer Maskierter in Tarnkleidung betreten wurde, die stapelweise Bücher in ihren Händen und auf ihren Rücken Maschinengewehre trugen. Es folgte eine Ansicht des aufgewühlten Ozeans mit einer prallen, gelben Sonne darüber, aufgenommen von einem Felsvorsprung aus, viele hundert Meter über dem Meer. Gleich darauf war ein Uniformierter mit Sturmhaube und Zylinder zu sehen, der in einem Gebüsch im Urwald saß, an einer elektrischen Zigarette nuckelte und sich als Dr. Silvestro vorstellte, Anführer der Separatisten aus der nordwestlichen Bergprovinz, der die Regierung der Republik wortwörtlich dazu aufforderte, die Augen zu schließen und durchzuatmen, die Arme zu öffnen und loszulassen. Dann näherte sich die Kamera dem verwaisten Cabriolet von Emmy Jaeger, auf dessen versengtem Rücksitz die ausgebreitete Flagge der Republik und die zerknitterte Verpackung eines Schokoriegels lagen. Und bevor ich mich entschied, den Beitrag des Staatsfernsehens nicht weiter zu verfolgen, sah ich die Maskierten auf ihrer Lichtung im Wald wie verrückt in die Hände klatschen, im Halbkreis stehend, die Bücher zu ihren Füßen.

Gibt es denn bereits erste Verdächtige?, fragte der Preuße.

Daraufhin holte der Sheriff tief Luft und zählte alle möglichen Personen an seinen elf Fingern ab, die seiner Meinung nach mit dem Anschlag auf die Parade und dem Tod von Minister Burgherr in Verbindung stehen könnten. Zuerst natürlich die Revolutionäre aus dem bergigen Nordwesten, hauptverdächtig zwar, aber nun wirklich auch die trivialste aller Lösungen; zweitens: eine Putschistenclique aus Regierungskreisen, entweder Teil der politischen Opposition oder Teil von Jaegers Lager; drittens: ein verrückter oder kühl berechnender Einzeltäter, der große Freude daran habe, ohne tiefere Gründe ein wenig Chaos zu stiften; viertens: ein mächtiges Unterweltkonsortium, das noch eine offene Rechnung mit Präsidentin Jaegers Gatten Carlo zu begleichen habe; fünftens: Meerschaumpfeifen rauchende Agenten in Latzhosen und Sandalen aus den benachbarten Festlandstaaten, deren oberstes Ziel es sei, die Instabilität der Inselrepublik zu provozieren, um eine zukünftige Invasion zu erleichtern; sechstens: die Fundamentalisten eines geheimnisvollen Kultes aus der Steilküstenprovinz, die ihrem Gott noch einen Beweis ihrer Hingabe schuldeten, der, kalkweiß und fett, mit Panamahut, Sonnenbrille und freundlichem Gesicht unter einem Riesenkaktus sitze und fortwährend nach frischen Opfern verlange; siebtens: ein vor ehrlicher Wut rasender Provinzhauptstädter, dem Emmy Jaegers eigennützige Reformpolitik ordentlich gegen den Strich gehe; achtens: eine winzige Gruppe humorloser Royalisten aus dem äußersten Osten der Insel, die zu viele historische Telenovelas geschaut hätten und eine absolute Monarchie anstelle der Republik forderten; neuntens: ein gesichts- und altersloser Unbekannter, dessen Identität und Beweggründe niemals aufgedeckt werden würden; zehntens: ein verträumter Geheimdienstmitarbeiter, der im Auftrag der Republikanischen Sicherheit einen Anschlag auf die eigene Regierung durchgeführt habe, um die Machtposition der Präsidentin für alle Zeiten zu festigen; und schließlich elftens: ein armer, verzweifelter Teufel, der in einer Hütte auf dem Land lebe und nicht wisse, mit welchem Geld er am nächsten Tag die lokalen Beamten bestechen solle, die ihn wegen mehrfacher Bestechung ins Gefängnis stecken wollten.

Und was glauben Sie?, fragte der Preuße den Sheriff.

Das spielt keine Rolle, sagte er. Was geschehen ist, ist geschehen, und ich bin, wie gesagt, nur der Kerl mit dem Besen in der Hand, der zwar, aber das seht ihr ja, in Wirklichkeit ein Gewehr ist, aber auch so etwas wie ein Besen, ein Besen mit Schnellfeuerfunktion, der Besen des Friedens, des Zufalls und der Gerechtigkeit vielleicht.

Ich hielt es für einen guten Zeitpunkt aufzubrechen. Diese Typen waren augenscheinlich Hohlköpfe, die spätestens am frühen Nachmittag in einem Straßengraben liegen würden, sturzbesoffen oder mit einem Einschussloch in der Stirn. Die Idee des Preußen, sich mit dem Sheriff anzufreunden, ganz gleich, ob er es ernst gemeint hatte oder nicht, war brillant gewesen. Nun mussten wir nur noch durch die Absperrung spazieren und diese grenzdebile Stadt weit hinter uns lassen.

Ich ging ein paar Schritte auf die Barrikade zu, zwängte mich durch den Zwischenraum zweier zusammengeschobener Container und wartete ungeduldig auf der anderen Seite. Durch die Lücke sah ich den Preußen neben dem Sheriff stehen, der ihm die eine Hand auf die Stirn gelegt hatte und mit der anderen seinen Puls fühlte. Langsam begriff ich: Dieser in Todesangst erstarrte, seltsamerweise aber auch ziemlich lebensmüde Deutsche musste dem Sheriff von seiner unbekannten Krankheit erzählt haben. Und jetzt hoffte dieser Irre vermutlich darauf, dass die Bewaffneten ihn in eine Klinik brachten.

Eike …, brachte ich mühsam heraus, zwischen den Containern hindurch.

Der Sheriff kam heran, sein schwarzer, lächerlicher Hut hing ihm mittlerweile im Nacken, von einer Kordel um den Hals gehalten. Hinter ihm brüllten seine Kameraden vor Lachen.

Keine Sorge, mein Junge, sagte er, ich bin Apotheker. Und jetzt sieh zu, dass du verschwindest. Dein schwuchteliger Freund ist bei uns in guten Händen.

Auf dem Weg zu meinem Auto konnte ich über nichts nachdenken, denn mein Kopf fühlte sich an wie mit Brei gefüllt, in dem alle Gedanken sofort mit einem Besenstiel auf Nimmerwiedersehen untergerührt wurden. Ich musste den Wagen lange suchen und fürchtete schon, ihn an einer anderen Stelle abgestellt zu haben, auf der anderen Seite der Stadt, auf einem ganz anderen Planeten, doch gegen Mittag entdeckte ich ihn am Rande eines Wäldchens, das ich noch nie zuvor gesehen hatte. Perry Hartwig hatte mir einmal erzählt, dass in Wäldchen wie diesen immer wieder die Leichen junger Männer entdeckt würden, besonders in den Sommermonaten, Anhänger der nordwestlichen Revolution, erschossen von Sympathisanten der aktuellen Regierung, oder Sympathisanten der aktuellen Regierung, erwürgt von den Anhängern der nordwestlichen Revolution, meistens aber Autoknacker, Kreditbetrüger, in Ungnade gefallene Handlanger, Stricher oder Ladendiebe. Die Türen meines Wagens standen weit geöffnet, drei Räder fehlten, dem vierten war nur der Reifen aufgeschlitzt worden, den Motor hatte man herausgerissen, die Scheiben waren eingeschlagen, die Außenspiegel abgebrochen. Ich wischte mir den Schweiß von der Stirn und suchte mir in der näheren Umgebung etwas zu essen, fand ein paar rote Beeren und saure Kräuter und stopfte mir alles auf einmal in den Mund. Dann blickte ich mich ratlos um, sah in den Wald hinein mit seinen Lianen, dem Farnteppich und den alten, unter der eigenen Last zusammengebrochenen Bäumen, auf ein graues Feld hinaus, das seit Jahrzehnten nicht mehr bewirtschaftet worden war, zu einem Wassergraben hinüber, in dem sich ein langbeiniger Vogel mit seinem moosigen Schnabel das Gefieder putzte, und fragte mich, ob die Landschaft namens Oderbruch, aus der der Preuße kam, einen ähnlich belanglosen, unaufdringlichen Anblick bot, obwohl sie natürlich genauso gut wie ein mit einer dünnen Sandschicht bedecktes, gläsernes Gebirge aussehen konnte, in dem die Ostdeutschen in bunten Zeltstädten wohnten, ausgediente Ölbohrtürme mit Girlanden, Stofffetzen und Lichterketten verzierten und in riesigen, windgeschützten Karren über die Dünen fuhren, von Heerscharen kollernder Albinostrauße gezogen.

Am Waldrand fand ich einen Ast, mit dem ich fuchtelnd und schreiend in den Graben hinunterstieg und den dort noch immer herumstehenden Vogel vertrieb. Dann trank ich einen großen Schluck des schlammigen Wassers, den Mund voller kleiner, transparenter Krebse, die ich mit den Backenzähnen zerknackte, kletterte aus dem Graben, ging zurück zur Straße, setzte mich ins Gras und fing an zu heulen. Als ich mich wieder beruhigt hatte, machte ich mich auf den Weg nach Kajagoogoo, dem einzigen meiner zahlreichen Albträume, in dem ich ab und zu glücklich gewesen war.

0

NACH VIER STUNDEN

erreichte ich die Überlandstraße, die zwischen den Hügeln entlang- und zur Savanne hinausführte. Nicht weit von mir entfernt befand sich eine Hütte mit einer Benzinpumpe und einem Bushaltestellenschild neben ihrem Eingang. Ich schlurfte hinüber und betrat ein Plumpsklo mit Zigarettenregal und Registrierkasse, um nach dem nächsten Bus zu fragen. Ein fetter, kahlköpfiger Junge, der ein paar Jahre älter war als ich, saß auf einem Plastikstuhl in der Ecke und schnalzte zur Begrüßung mit der Zunge. Er wusste nicht, ob heute überhaupt noch ein Bus kommen würde, den ganzen Tag lang sei schon keiner gekommen, gestern nicht, vorgestern nicht und die ganze letzte Woche über nicht. Der letzte Bus sei vor Monaten vorbeigefahren, ohne anzuhalten, und nicht wieder zurückgekehrt, ich könne aber gerne hier warten, sagte er, denn die Zukunft sei ungewiss, nur die Vergangenheit liege auseinandergefaltet zu unseren Füßen da, um betrachtet und ausgewertet zu werden, aber ob mir das jetzt in meiner Situation viel nütze, wisse er leider auch nicht. Wir tranken gemeinsam jeder eine Flasche Cola, er auf seinem Stuhl, ich in der anderen Ecke des Verschlags, nahe beim Eingang. Für den Rest des Weges nach Kajagoogoo würde ich sicher eine halbe Woche brauchen, von wilden Tieren verfolgt eventuell ein paar Stunden weniger.

In diesem Augenblick fuhr draußen ein altes, eierschalenfarbenes Wohnmobil vor, hielt krachend bei der Benzinpumpe und hupte zweimal. Der fette Junge erhob sich ächzend von seinem Stuhl, streckte sich und latschte schnalzend vor die Tür, wo er wie ein Irrer an der Pumpe herumfummelte. Aus dem Wohnmobil stieg ein junger Mann, dann eine junge Frau, und für einen Moment glaubte ich wirklich, dass die beiden Regisseure Marcel Kürten und Adelaide Turner hier angehalten hätten, tanken und ein paar Schokoriegel verknuspern würden, bevor sie sich wieder auf den Weg nach Kajagoogoo machten, wo sie mich ja besuchen und in ihre dürren, bleichen Arme schließen wollten. Über Wochen hinweg hatte ich vergeblich versucht, etwas über sie im Internet herauszufinden, doch Adelaide Turner und Marcel Kürten blieben die beiden großen Unbekannten oder Vergessenen unter den vielen kleinen unbekannten oder vergessenen Horrorfilmregisseuren des 20. Jahrhunderts. Verwundert stellte ich fest, dass sie außerdem bereits Eltern eines Jungen geworden waren, der jetzt den Kopf aus dem Wohnmobil streckte, zum Schritt ansetzte, über die Türkante stolperte und mit dem Gesicht voran im Straßenstaub landete. Seine Mutter, Adelaide oder wer auch immer, kam zurück, nahm das brüllende Kind in den Arm und flüsterte ihm etwas ins Ohr. Als der dazugehörige Mann in die Tankstelle kam, zwang ich mich, meine Fantasien von Adelaide und Marcel zu unterdrücken (ein verhallender Hilferuf im bodenlosen, stürmischen Meer der Wirklichkeit), grüßte ihn mit einem Nicken und beobachtete ihn dabei, wie er die vielen bunten Zigarettenschachteln hinter der Registrierkasse betrachtete.

Rauchst du?, fragte ich.

Der Mann drehte den Kopf zu mir. Er musste in etwa so alt wie der Preuße sein, schätzte ich, vielleicht sogar ein, zwei Jahre jünger.

Manchmal schon, sagte er. Gibt es hier noch etwas anderes?

Die letzte Cola habe ich ausgetrunken. Aber vielleicht sind irgendwo noch Reiswaffeln versteckt oder Trockenfleisch oder ein Tütchen Marihuana.

Der Mann zuckte mit den Schultern.

Sylvie, meine Frau da draußen, braucht etwas Süßes, sagte er. Ein Eis vielleicht oder Schokolade.

Ich an deiner Stelle, sagte ich, würde kein Eis an einer Tankstelle wie dieser kaufen. Ich würde überhaupt nirgendwo auf dieser Insel Eis kaufen, denn unsere Tiefkühltruhen kommen aus Nordkorea und tun nur so, als würden sie etwas kühlen. In Wahrheit bereiten sie heimlich den Einmarsch der Koreanischen Volksarmee vor, und wir alle warten sehr gespannt darauf, wie sie das anstellen wollen.

Der Mann sah mich ernst an, machte dem kahlköpfigen Jungen Platz, der hereingekommen war, und zahlte die Tankrechnung.

Ich war derweil nach draußen gehuscht und grüßte die Frau, die im Schatten des Wohnmobils auf der Erde saß, ihren Jungen in den Armen wiegend, mit einer Handbewegung.

Hallo, sagte sie.

Ich blieb in einigen Metern Entfernung stehen, weil ich dem Kind nicht über den Weg traute. Pflanzenfressende Tiere und kleine Kinder waren, so hatte ich es in dem Film *Der Sturm aus Blut im Haus des Schlafes* von Krister Kristiansborg gesehen, die einzigen Lebewesen, die, ohne nachzudenken, töten konnten.

Bist du Sylvie?, fragte ich.

Ja, sagte sie.

Was macht ihr hier?

Wir fahren über deine Insel.

Warum?

Wir kommen gerade von der nordöstlichen Steilküste und wollen in die Republikanische Hauptstadt, zu den Republikanischen Filmfestspielen. Kennst du die?

Ich schüttelte den Kopf. Das musste ein Witz sein, den ich nicht verstand.

Johnny und ich, sagte Sylvie, drehen Dokumentarfilme, und unsere letzte Produktion ist zu diesen Filmfestspielen eingeladen. Johnny meint, wir hätten gute Chancen, in unserer Sektion den Goldenen Waran zu gewinnen, ich bin mir da aber nicht so sicher. Unser Film ist, vorsichtig gesprochen, ein wenig kontrovers. Zu viele gestellte Szenen, allerhand grobe Unwahrheiten und einige technische Probleme, die wir nicht mehr ausbügeln konnten. Außerdem ist die Schnittfassung meiner Meinung nach immer noch mindestens zwei

Stunden zu lang, aber Johnny ist ziemlich zufrieden. Schau ihn dir an!

Sie zeigte auf ihren Begleiter, der mittlerweile aus der Tankstelle gekommen war und mit durchgestrecktem Rücken, den Kopf gen Himmel gereckt, die Augen geschlossen, tief ein- und ausatmend, die wärmenden Strahlen der Sonne zu genießen schien.

Ich kannte keinen einzigen Dokumentarfilm und hatte mich auch nie besonders dafür interessiert. Deshalb fragte ich nur aus Höflichkeit, mit welchem Thema sich ihr Film denn befasse.

Wie du vielleicht weißt, sagte Sylvie, hat sich die Irish Republican Army im Laufe der Jahrzehnte mehrmals zersplittert, sodass es bis zum heutigen Tage mehrere miteinander konkurrierende Organisationen gibt, die für die Vereinigung Nordirlands mit der Irischen Republik kämpfen. Johnny und ich haben uns in den nordirischen Grafschaften auf die Suche nach einer bislang unbekannten, gänzlich im Verborgenen tätigen Abspaltung der Real IRA begeben, die wir *Die gläserne Armee* nennen und von der wir überzeugt sind, dass sie für eine Vielzahl von Verbrechen verantwortlich ist, die niemals aufgeklärt wurden. Im weitesten Sinne geht es in unserem Film aber darum, dass zwei selbstvergessene Menschen einem unbeweisbaren Gerücht folgen und einfach nicht davon abrücken wollen, dass etwas durchaus existieren kann, wenn man seine Existenz nur vehement genug behauptet und keinerlei Zweifel daran akzeptiert.

Ich sagte, dass ich mir durchaus vorstellen könne, ihren Film gut zu finden, und fragte, diesmal aus ehrlichem Interesse, ob die beiden davor schon etwas anderes gedreht hätten.

Für unsere erste Dokumentation vor einigen Jahren haben wir Kinder gefilmt, sagte Sylvie. Aber nicht irgendwelche Kinder, sondern Kinder, die in Nordirland und in Südafrika lebten.

Nach einer kleinen Pause fügte sie hinzu: Wenn ich es mir jetzt recht überlege, dann handelte es sich eigentlich doch nur um irgendwelche Kinder, die aber immerhin in außergewöhnlichen Situationen aufwuchsen.

Ich wachse auch in einer außergewöhnlichen Situation auf, rief ich.

Wer tut das nicht? Vielleicht könnten wir ja auch einen Film über dich machen. Wie heißt du denn?

Bruno Hidalgo, sagte ich. Aber ich habe kein Interesse daran, mich filmen zu lassen. Vor der Kamera geschehen immer böse Dinge, nur dahinter ist man in Sicherheit, solange man nicht der Kameramann ist oder der Regisseur. So viele Kameramänner und Regisseure haben bei ihrer Arbeit den Verstand verloren. Wirklich sicher ist man nur vor dem Fernseher oder im Kino.

Sylvie schien zu überlegen. Der Junge, tief eingegraben in ihren Armen, schlief fest, nur sein gekrümmter Rücken war zu sehen, der sich im Rhythmus langer Atemzüge wie ein riesiges Organ seiner Mutter bewegte, das sich außerhalb ihres Körpers befand.

Wohnst du hier in der Nähe?, fragte sie mich.

Ich erzählte ihr von Kajagoogoo, das mit dem Auto nur eine Stunde entfernt lag, und dass ich auf den Bus dorthin wartete, der aber allen Schätzungen nach niemals mehr hier vorbeikommen würde.

Wir könnten dich nach Hause fahren, sagte Sylvie, wenn du uns erlaubst, eine Nacht bei dir zu bleiben. Wir würden sowieso im Wohnmobil schlafen, aber es wäre sehr beruhigend, endlich mal wieder in der Nähe eines Hauses zu übernachten.

Ich erklärte mich einverstanden und dachte daran, doch ein Glückspilz zu sein, der zwar permanent von den vier Reitern der Apokalypse verfolgt wurde, aber stets darauf hoffen konnte, dass alles irgendwie gut ausgehen würde, auch wenn das meistens gar nicht der Fall war.

Johnny hatte ebenfalls nichts dagegen einzuwenden, einen kleinen Umweg zu machen und die Nacht in Kajagoogoo zu verbringen. Er bat mich darum, hinten im Wagen Platz zu nehmen und ein Auge auf den Jungen zu haben, während sich Sylvie ein paar ruhige Minuten auf dem Beifahrersitz gönnte. Der dicke, kahlköpfige Junge winkte uns zum Abschied, und ich hoffte, dass er sich nach Sonnenuntergang gut in seiner Tankstelle einschloss, um nicht von denjenigen geholt zu werden, die nach Einbruch der Dunkelheit aus den Hügeln kamen, an Türen kratzten und an Fenster klopften, elektrische Geräte und Hühner stahlen, Aussätzige mit schwarzen Augen und Hasenscharten, fehlenden Nasen und Ohren, Enkel und Urenkel von, glaubte man uralten Gerüchten, Professoren, Richtern, Anwälten, Ärzten und all den Beamten früherer Regierungen, die einst aus den Städten gejagt worden waren und nun zwischen den scharfkantigen Steinen dieser Hügel ihr verzweifeltes Unwesen trieben.

Sylvies und Johnnys Sohn saß schlaftrunken in einem Kindersitz, der auf einer gepolsterten Bank festgeschnallt war, und sah mich misstrauisch an; auf der gegenüberliegenden Bank hockte ich, die Beine an den Körper gezogen, zwischen uns nur eine hölzerne Essplatte, die mit roten Soßenflecken gesprenkelt war. Das Geschirr in den Schränken klapperte bei jeder Bodenwelle, bei jedem Schlagloch, bei jedem bereits überfahrenen, in der Sonne verdorrten Nagetier. Ein geblümter Vorhang trennte den hinteren Schlafbereich des Wohnmobils ab, die Falttür zur Toilette stand offen.

Niemand hatte mir verraten, wie der Name des Jungen lautete, und ich traute mich auch nicht, seine Eltern danach zu fragen, da ich bis zu ihnen ins Cockpit hätte vordringen müssen, um den dröhnenden Motor und das scheppernde Porzellan übertönen zu können. Also blieb mir nichts anderes übrig, als den Jungen selbst zu bitten, mir seinen Namen zu nennen. Er antwortete nicht, sondern schob nur die Unterlippe vor und kniff die Augen zusammen. Da erzählte ich ihm von einer Horrorfilmfigur, die, wie ich fand, so durchtrieben, unausstehlich und bösartig war, dass ich es dem nigerianischen Regisseur Terrence Nadongo nur hoch anrechnen konnte, dass er in seinen Filmen einen Scheiß auf Handlung und Nebenrollen gab und darin einzig diesen Kerl namens Bulbin ins Zentrum der totalen Aufmerksamkeit rückte. Die Anzahl aller Darsteller des Bulbin in allen fünf *Bulbin*-Teilen betrug vierzehn, von denen acht Schauspieler während der Dreharbeiten verstorben waren. Die anderen sechs gingen in der irrlichternden Geisterwelt der Drogen verloren oder erschienen eines Tages nicht mehr am Set, verschwanden spurlos oder tauchten Jahre später an einem Strand bei Mumbai oder unter einer Brücke in Baltimore wieder auf, das umnachtete Hirn voll mit chaotischem Zorn. Die Rolle, die also immer wieder neu besetzt werden musste, war, da beißt das grausame Mäuschen keinen Faden ab, hoffnungslos verflucht. Erschien Bulbin in seinem ersten Film noch als ein narzisstischer, bettelarmer, am Rande der Gesellschaft dahinvegetierender Quälgeist und Nichtsnutz, also ein dummes Zeug quasselndes, soziopathisches, aber immerhin menschliches Wesen, hatte er sich bereits im zweiten Teil in eine Art Dämon verwandelt, immer noch verrückt und sadistisch, nun aber mit mächtigen übersinnlichen Fähigkeiten ausgestattet, um der Wirklichkeit seinen verqueren Willen wider die Naturgesetze aufzuzwingen. Im dritten Film besaß er diese Kräfte anfangs nicht, befand sich überraschenderweise sogar in einer seit einigen Jahren stabil verlaufenden Partnerschaft mit einem Mädchen namens Kili und arbeitete als Perückenhändler in einer Kleinstadt an der US-amerikanischen Ostküste, ehe ein mysteriöser Anruf, Kilis plötzlicher Tod durch eine nicht näher bezeichnete Krankheit und ein gewaltiges Gewitter die in ihm schlummernde Wut erneut entfachten und ihn ganz Amerika in Schutt und Asche legen ließen. Im vierten Film, einer einzigen Zerstörungsorgie, weitete Bulbin seinen von Sandstürmen, Libellenschwärmen und Granatenhagel begleiteten Feldzug gegen alles und jeden auf Europa, das nördliche Afrika und die westlichen Ränder Zentralasiens aus. Der fünfte und letzte Film war ein originalgetreues Remake des ersten *Bulbin*-Films, die letzten zwanzig Minuten waren jedoch niemals fertiggestellt worden, weil Terrence Nadongos Eltern ihren Sohn am Silvesterabend 1995 erhängt auf dem Dachboden ihres Hauses in Lagos gefunden hatten.

Und was lernen wir daraus?, fragte ich den Jungen, dessen rechtes Auge bereits geschlossen war, während das linke noch mühsam im Wohnmobil umherschaute. Wir alle lernen daraus, dass jede Neuverfilmung eines altbewährten Stoffes jener durchgeknallten Schlange gleicht, die sich selbst ins Hinterteil beißt und daran erstickt.

Sylvie kam nach hinten und fragte, ob alles in Ordnung sei. Ich sagte ihr, dass wir Kajagoogoo bald erreichen würden. Die Hügel lagen längst hinter uns, der graue Pelz der Großen Savanne war bereits am Horizont zu sehen.

Sylvie streichelte ihrem Sohn über den Kopf und sagte mir, dass sein Name Liam sei und dass sie sich als eine schlechte Mutter sehe, weil sie insgeheim damit rechne, er könne in einigen Jahren zu einem der vielen bewaffneten Kämpfer für die bedingungslose Freiheit seiner fernen Heimat werden, wenn sie jemals nach Nordirland zurückkehren würden. Noch lebten sie gemeinsam bei Johnnys Eltern in Südafrika, auf einer Farm nahe Johannesburg, wo sie dabei halfen, ein widerspenstiges Stück Land zu bewirtschaften, obwohl beide einen Hochschulabschluss besaßen, Sylvie einen in Englischer Literatur von der Queen's University Belfast, Johnny einen in Zahnmedizin von der Universiteit van Stellenbosch bei Kapstadt.

Aber ihr müsst ja nicht nach Nordirland zurück, sagte ich, wenn ihr nicht wollt oder wenn es für euch zu gefährlich ist.

Johnny sicher nicht, sagte Sylvie, aber Liam und ich ganz bestimmt. Irland ist unsere Heimat, weil wir dort geboren sind. Mancher Ire reist sein Leben lang um die Welt und kehrt dann nach Irland zurück, gelegentlich auch erst lange nach seinem Tod. Es ist kein heiliges Land wie Israel, aber damit vergleichbar in seiner furchteinflößenden Anziehungskraft. Liam und ich sind in Irland geboren, und wir müssen dorthin zurück, ob wir wollen oder nicht, so einfach ist das.

Mir erschien es aber überhaupt nicht so einfach, denn ich würde für nichts auf der Welt zurückkehren in meine Republik der Sümpfe, der Verbrechen und der beunruhigten Toten, wenn ich schon einmal fort wäre.

Siehst du, sagte Sylvie, so verschieden sind die Gegenden unserer Welt. Wir von uns selbst gelangweilten Menschen haben sie mal mehr, mal weniger stark mythisch aufgeladen im Laufe der Zeit, haben die Vergangenheit vergöttert oder verteufelt, haben die Gegenwart als Folge vergangener Ereignisse begriffen oder sie als komplett losgelöst davon empfunden. Doch anders als in vielen Teilen der Welt bilden in Irland und Israel, ganz bestimmt auch in der Republik China auf Taiwan, Kurdistan, Tibet oder dem Baskenland, Vergangenheit, Gegenwart und Zukunft eine untrennbare Einheit, und jeder Zeitraum dieser Einheit bedingt die beiden anderen, und verbunden sind diese Zeiträume durch einen unendlichen Krieg, der irgendwann in der Vergangenheit begann und auch in ferner Zukunft nicht beendet sein wird. Dazwischen zermalmte er die Gegenwart meiner Großeltern, meiner Eltern und meine eigene Gegenwart, und schließlich wird er auch die Gegenwart meines Sohnes, seiner Kinder und Enkelkinder zermalmen. Was uns bleibt, ist die Rückkehr in die zerfurchte Einöde, aus der wir stammen, und bevor du fragst, warum, verfluchte Scheiße, warum?, verrate ich es dir, Bruno Hidalgo aus Kajagoogoo: Wir kehren zurück, weil wir nur eine einzige verrückte Hoffnung besitzen, und die besteht darin, fest daran zu glauben, dass die bloße Anwesenheit unserer in der Heimat geborenen Körper, möge sie Sekunden oder Jahrzehnte dauern, den Krieg dort beenden könnte, so unwahrscheinlich das auch sein mag. Deshalb werden Liam und ich Südafrika eines Tages verlassen müssen, und wir werden uns sehr freuen, wenn Johnny uns begleiten möchte, aber gehen werden mein Sohn und ich auf jeden Fall, ob mit ihm oder ohne ihn.

Sind wir da?, rief Johnny vom Fahrersitz aus.

Ich schaute aus dem Fenster und sah den Laden des Schönen Hans, an dem wir in diesem Augenblick vorbeifuhren.

Ja, sagte ich. Wir sind da.

Johnny parkte das Wohnmobil vor meinem Haus, stellte den Motor ab und stieg aus. Das Geschirr im Küchenschrank klapperte noch eine Weile weiter, als hätte es nicht mitbekommen, dass der Wagen zur Ruhe gekommen war. Sylvie hob Liam aus seinem Kindersitz, ließ mir den Vortritt und folgte mir dann durch die Tür nach draußen. Die Abendsonne schien, Wind wehte, der Geruch nach abgestandenem Wasser lag in der Luft. Ein paar Meter weiter die staubige Piste hinauf ging der wahnsinnige Mann, der E. T. der Außerirdische genannt wurde, schimpfend im Zickzackkurs die Straße entlang. Einige Dorfbewohner traten vor ihre Häuser und taten im ersten Moment so, als müssten sie Licht in ihren Gärten machen, bewegten sich aber keinen Zentimeter und beobachteten verstohlen das Wohnmobil und die damit nach Kajagoogoo gekommenen Gäste.

Ich hatte das Haus nicht abgeschlossen, weil es keinen Schlüssel dafür gab, zumindest konnte ich mich nicht daran erinnern, dass meine Eltern jemals die Eingangstür verschlossen hatten. Im Haus war aber alles noch genau so, wie der Preuße und ich es verlassen hatten, die Unordnung, die feuchte Luft, der Staub in den Ecken.

Im Wohnmobil befanden sich ein paar Vorräte, mit denen wir ein Abendessen kochen konnten, Dosengemüse, Nudeln, Pilze und Milchpulver. Sylvie und ich verschwanden mit den Lebensmitteln in meiner Küche, während Johnny draußen ein kleines Lagerfeuer aufschichtete, assistiert von Liam, der ihm Hölzer und trockenes Gras reichte, die überall im Garten herumlagen. Ich hatte zwar große Lust, einen Film zu schauen, insbesondere eine nervenzehrende Sehnsucht danach, mir *Sonnenstunde* von Adelaide Turner zum fünften Mal reinzuziehen, doch als ich Sylvie sah, wie sie Besteck und Geschirr aus dem Schrank holte und mich nach einem Partytisch fragte, den wir für ein abendliches Picknick benutzen könnten, da stiegen mir fast die Tränen in die Augen. Aufgeregt suchte ich im ganzen Haus danach und fand schließlich im Schlafzimmer meiner Eltern, tief in ihrem Kleiderschrank versteckt, einen ausklappbaren Hocker, breit genug, um darauf einen großen Pflanzentopf abzustellen, was meine Mutter sicherlich einmal getan hatte, vor langer Zeit. Ich brachte den Hocker und ein paar Stühle in den Garten, Johnny und Liam standen am zuckenden Feuerchen und wärmten sich die Hände, auf der gegenüberliegenden Straßenseite sah ich Perry Hartwig herumschleichen, der sich aber nicht traute näherzukommen, ein Vogel schrie in der Ferne, vielleicht war es aber auch ein Mensch, langsam versank die Sonne hinter der Savanne am anderen Ende der Welt.

Wir saßen um den Hocker herum, darauf die Nudelpfanne mit gegrilltem Gemüse in gewürzter Milchpulversauce, das Lagerfeuer an unserer Seite, Liam und ich tranken Maulbeerlimonade, Johnny und Sylvie eine Flasche Weißwein. Aus einem Kofferradio, das zur Innenausstattung des Wohnmobils gehörte, sang Dilly Monsanto ihren Superhit *Republican Love, Republican Embarrassment.* Während des Essens sprach Johnny über Südafrika, von Vasco da Gama und Bartolomeu Dias, der unbarmherzigen Niederländischen Ostindien-Kompanie, den Voortrekkern und ihren leuchtenden Gesichtern, der Schlacht am Blood River, der Kapkolonie, dem Oranje-Freistaat, Natalia und Transvaal, den fröhlichen Republiken Stellaland, Lydenburg und Utrecht, den Bergen aus Diamanten, dem heiligen Dominion, den Homelands und der Stadt Vryheid, und als alle Teller geleert waren, streckte er seine Beine zum Feuer hin aus, seufzte und begann, das linke Hosenbein hochzukrempeln. Ein schwarzer Metallstab kam zum Vorschein, der Turnschuh und Oberschenkel miteinander verband. Johnny fummelte an einigen Schnallen herum, dann zog er die Prothese von seinem Oberschenkelstumpf und schwenkte sie kurz durch die Luft, die Schuhsohle zum dunklen Himmel gerichtet. Liam und ich kicherten. Er sei der Sprössling einer alteingesessenen afrikaanischen Familie, sagte Johnny, und wie seine verkommenen Väter und Vorväter trage er in seinem arglosen Herzen den Wunsch, eines Tages, wenn die Sterne endlich eine günstige Position eingenommen hätten, in einem weißen Südafrika leben zu können.

Was soll das bedeuten, ein weißes Südafrika?, fragte ich.

Nicht viel für die einen, warf Sylvie mit müder Stimme ein, und so ziemlich alles für die anderen.

1994 oder so muss das gewesen sein, sagte Johnny, da war ich acht Jahre alt oder gerade neun geworden. Damals kam ich von der Schule nach Hause, schloss die Haustür auf, trat ins Wohnzimmer, um meine Tasche abzulegen, und sah einen Mann auf dem Sofa sitzen. Der Mann hatte einen grauen Bart und eine Jacke in Tarnfarben an, weil er, wie ich irgendwann später erfuhr, der Anführer einer militanten Bewegung namens Sekretäre der Morgenröte war, deren Mitglieder daran glaubten, nur in einem gänzlich von weißen Menschen bewohnten Südafrika glücklich werden zu können. Als er mich sah, stand er auf. Mein Vater, der neben ihm auf dem Sofa gesessen hatte, stellte uns einander vor. Er sagte: Johnny, das ist Herr de Rex – Pim, das ist mein Ältester, Johan. Wir gaben uns die Hand. Herr de Rex war riesig und schwer und sein Blick sehr, sehr streng. Er hatte blaue Augen, die immer ein wenig zusammengekniffen waren, Augen, die einem Kind wirklich Angst machen konnten, zugleich aber eine starke Anziehungskraft besaßen, eben weil sie so komisch und auch irgendwie bösartig aussahen. Was er bei uns zu suchen hatte, konnte ich damals nicht sagen. Mein Vater erklärte mir zwar, dass unsere ganze Familie Herrn de Rex helfen müsse, damit es den Weißen in Südafrika bald wieder besser gehe, aber ich verstand überhaupt nicht, wovon er sprach, denn mir ging es ja gut, meinen Freunden auch und meiner Familie sowieso. Wozu also diese scheiß Aufregung? Wir alle lebten glücklich vor uns hin, unsere Eltern hatten Arbeit, kochten jeden Abend das Essen und fuhren am Wochenende mit uns aufs Land, wir Kinder besuchten unsere Schulen, trieben ab und zu außerordentlichen Unfug und fürchteten uns lediglich vor den Raubkatzen draußen in der Steppe und den Schwarzen in ihren Vierteln. Und weil ich keine Lust hatte, mich mit den Dingen der Erwachsenen zu beschäftigen, verabschiedete ich mich höflich von unserem Gast und wollte gerade die Treppe zu meinem Zimmer hinaufgehen, als Herr de Rex meinen Arm packte, mich zu sich drehte und zu mir sagte: Auch du wirst irgendwann für die richtige Sache kämpfen müssen, mein Sohn. Na ja, vielleicht hat er das auch gar nicht zu mir gesagt, sondern zu meinem Vater. Vielleicht hat er in Wirklichkeit zu mir gesagt: Auch du, mein Sohn, musst für ein Stück Afrika einstehen, das nur uns gehört. Oder aber: Auch du bist ein Verteidiger der Interessen deines Volkes, mein Sohn, ein Terminator vom Kap der guten Hoffnung, ein stolzer Wikinger vom Südzipfel Afrikas, vergiss das niemals. Ach scheiße, ich kann mich nicht mehr daran erinnern. Meine Familie wohnte damals in einem Stadtteil von Johannesburg, in dem nur Weiße in neu gebauten Wohnblöcken lebten, nachdem die Schwarzen vertrieben und ihre Häuser abgerissen worden waren und das Viertel den Namen *Triomf* erhalten hatte. Zwei oder drei Wochen nach seinem Besuch stand Herr de Rex plötzlich vor meiner Schule. Hatte er auf mich gewartet oder war er nur zufällig vorbeigekommen? Er machte einen traurigen Eindruck, und ich bekam Mitleid mit ihm, ohne zu wissen, was eigentlich los war. Auch wenn alles verloren scheint, sagte Herr de Rex zur Begrüßung, darf man keinesfalls aufhören, das Richtige zu tun. Vielleicht sagte er auch: In den Zeiten der Ungewissheit ist nichts schwieriger, als die eigene Standhaftigkeit zu bewahren. Hm. Möglicherweise habe ich das Ganze auch mal im Radio gehört, und Herr de Rex sagte so etwas wie: Vergiss eines nicht: Es wird sich alles zum Guten wenden, auch wenn es im ersten Moment nicht danach aussehen mag. Was soll's, ich weiß diesen ganzen Unsinn einfach nicht mehr. Zumindest eines weiß ich aber noch genau: Bevor Herr de Rex ging, legte er mir seine riesige Hand auf die Schulter und sah mich mit seinen blauen Augen an, die mit einem trüben Film überzogen waren, der Mund darunter zu einem Schlitz verengt. In der Nacht hatte ich einen Albtraum. Ich lag wie ein erlegter Hirsch oder ein großer Fisch auf den Schultern von Herrn de Rex, während der Alte mit mir durch eine eiskalte, nächtliche Wüste wanderte. Das war eigentlich alles, dennoch erwachte ich schreiend. Meine Mutter kam in mein Zimmer und nahm mich in den Arm. Am nächsten Tag gewann der ANC die Parlamentswahlen, und ich bekam von der Lehrerin einen Tadel, weil ich einen Jungen namens Henk Wolpert in die Wange gebissen hatte.

Sylvie machte sich daran, den auf seinem Stühlchen schwankenden Liam ins Wohnmobil zu bringen und bettfertig zu machen. Ich fragte mich, ob sie so ein ernstes Gesicht machte, weil sie Johnnys Geschichten zum tausendsten oder zum allerersten Mal gehört hatte.

Drei oder vier Jahre später, fuhr Johnny unbeirrt fort, während er sich die Prothese wieder um seinen Oberschenkel schnallte, kam ich auf gewisse Weise erneut mit Pim de Rex in Berührung. Ich besuchte zusammen mit meinem Vater eine Versammlung außerhalb von Rustenburg, die mitten in der

Savanne stattfand, in einem Ausflugslokal für Safaritouristen. Hinter vorgehaltener Hand hieß es, de Rex würde es sich nicht nehmen lassen, ebenfalls dort zu erscheinen und eine Rede halten zu wollen, obwohl er gar nicht eingeladen war, was einige der Anwesenden sehr nervös machte. Ich trank ein Glas Cola und wäre beinahe eingeschlafen, während sich die Redner stundenlang über die wachsende Kriminalität in den Städten, die bewaffneten Überfälle auf die Farmen der Weißen und die Unterdrückung der afrikaanischen Minderheit durch die Regierung beschwerten. Die Furcht der einen und die Hoffnung der anderen, de Rex könne im nächsten Moment mit den anderen Mitgliedern seiner Bewegung Sekretäre der Morgenröte die Versammlung stürmen, lag die ganze Zeit über in der heißen Luft. Mein Vater verbot mir, nach draußen zu gehen und mit den anderen Kindern zu spielen; ich musste still in dem Lokal sitzen und so tun, als würde ich zuhören, was mir nur schwer gelang, denn eigentlich war ich viel zu sehr damit beschäftigt, mir meine Geistesabwesenheit nicht anmerken zu lassen, einerseits, weil auch ich eine Heidenangst vor de Rex' drohender Ankunft verspürte, und andererseits, weil auch ich es gar nicht erwarten konnte, dass die Sekretäre der Morgenröte mit ihren Uniformen, ihren Fahnen und ihren Liedern in das Ausflugslokal gestampft kamen wie ein böses, kühlendes Gewitter. Schließlich, es war bereits kurz vor Mitternacht, wurde die Zusammenkunft für beendet erklärt, ohne irgendwelche Zwischenfälle, obwohl in den wenigen Pausen das Gerücht umgegangen war, zwei oder drei der schweigsamen Männer, die in den hinteren Reihen rumgehangen und den Saal vorzeitig verlassen hatten, seien Sekretäre gewesen. Ein paar Jahre später zeigte mir mein Vater Polizeiaufnahmen von Pim de Rex' Leichnam, die unter den Afrikaanern die Runde machten: Mit geöffneter Hose lag er auf seinem Bett, das Gesicht ein blutiger Fleck. Es hieß, er habe noch gelebt, als man ihn fand, und sei erst auf der Fahrt ins Krankenhaus verstorben. Zwei schwarze Angestellte seiner Farm wurden festgenommen, es ging wohl um nicht gezahlte Löhne und sexuelle Avancen, die de Rex einem der Täter gemacht hatte. Später habe ich dann ein Studium in Zahnmedizin abgeschlossen, aber nie so richtig als Zahnarzt gearbeitet, sagte Johnny und streckte sich.

Eine ganze Weile noch saßen er und ich schweigend beisammen, das Feuer wurde kleiner und kleiner und erstickte schließlich. In der finsteren Savanne hinter dem Haus scharrte etwas Großes mit den Füßen.

Und was ist mit deinem Bein?, fragte ich irgendwann.

Soll ich dir das wirklich verraten? Das ist keine Geschichte, die ein Junge in deinem Alter hören sollte.

Erzähl es mir ruhig, ich bin hart im Nehmen.

Na gut, sagte Johnny, während er die schimmernde Glut fest im Blick behielt, aber du musst wissen, dass ich nicht der Ansicht bin, dass irgendein tieferer Sinn dahintersteckte, als ich mein Bein verlor. Manche Leute sind ja so blöd, daran zu glauben, dass alles mit allem zusammenhängt. Mein Gott, wir waren besoffene Studenten, die nachts ein Auto knackten, um ein paar Runden in den verfluchten Weinbaugebieten nahe Stellenbosch zu drehen, Pieter, Diane, Nicolaas, Marlene und ich. Es gab keinen Grund, wir taten es einfach. Wir hörten dieses schwuchtelige Zeug von Fokofpoliesiekar, rauchten einen Joint nach dem anderen, schrien uns heiser und rissen uns die Kleider vom Leib. Pieter begann, sich einen runterzuholen, Diane hing kotzend aus dem Fenster, Nicolaas wollte mir einen blasen, aber ich sagte ihm, das gehe nicht, weil ich uns sonst noch in ein Zebra hineinfahren würde. Marlene erzählte uns derweil die widerwärtigste Geschichte, die ich jemals in meinem Leben gehört hatte: Ihr Bruder Ruud wohnte in Pretoria mit einem Body-Art-Künstler zusammen, der monatelang nichts anderes tat, als seinen Ohrenschmalz zu sammeln; irgendwann verspachtelte sich dieser Schwachkopf damit die Ohrmuscheln und ritzte jeden Morgen mit einem Skalpell Motive darin ein: heute die Mona Lisa und das Futuristische Manifest in Miniaturschrift, am nächsten Tag eine hyperrealistische Vagina und die beiden Türme des World Trade Centers, übermorgen ein Hakenkreuz und das M von McDonald's und so weiter. Was für ein Wahnsinnstyp, hatte Marlene gerufen, während Pieter ihr aufs Kleid spritzte. Ich beschleunigte den Wagen auf zweihundert Sachen, die Sträucher rasten vorbei, die Felsbrocken rasten vorbei, die Hütten der Townships rasten vorbei, alles raste vorbei, und schließlich krachten wir in einen ausgebüxten Elefantenbullen, der gerade einen Abhang hinaufgekommen war und über die Straße schlurfen wollte, eines dieser völlig verdrehten Käfigtiere, auf denen Touristen in den Sonnenuntergang reiten. Seine Stoßzähne durchbrachen die Windschutzscheibe, seine Innereien verteilten sich im ganzen Auto, wir überschlugen uns mehrere Male und rutschten noch fünfzig Meter auf dem Dach die Straße hinunter, Diane und Nicolaas wurden aus den Beifahrerfenstern geschleudert, und mein Bein wurde zwischen

Armaturenbrett und Fahrersitz zerquetscht. Stundenlang war es sehr still, und ich lag die ganze Zeit über wach, zusammengestaucht in diesem Klumpen Schrott, bis zum Morgengrauen, als die Ambulanz eintraf. Im Krankenhaus erfuhr ich, dass die anderen vier tot waren und ich nur noch ein Bein hatte. Ein Riesenglück, meinte der Arzt. Auf Marlenes Beerdigung erzählte mir ihr Bruder Ruud, dass er den Typen mit dem Ohrenschmalz eines Tages in der Küche erhängt gefunden habe. Ich weiß nicht, was ich von alldem halten soll, denn erklären kann ich es mir nicht. Aber wozu auch?

Johnny gähnte und rutschte leise furzend auf seinem Stuhl hin und her. Im Wohnmobil brannte noch Licht.

Ich schüttelte mich kurz und sagte, dass ich ihm unbedingt den Film *Arme und Beine und Hände und Füße* von Alejandro Filippo Zeissiger zeigen sollte, in dem eine fünfköpfige Familie auf ihr Wochenendgrundstück an einem toten See fährt, wo die Eltern und die drei Kinder feststellen, dass sich ihre Gliedmaßen gegen sie verschworen haben. Schuld daran ist ein auf dem Grund des Sees wuchernder Kristall, der den Körperteilen seinen eigenen mörderischen Willen aufzwingt, was natürlich zu einem kolossalen Blutbad führt, in dem sich die Familienmitglieder mit Brotmessern, Laubsägen, elektrischen Rührgeräten und einer Querflöte gegenseitig verstümmeln müssen, um sich am Ende in einer ergreifenden Szene beieinander zu entschuldigen, ein kleiner Hügel aus Rümpfen und Köpfen mit weinenden Gesichtern, in unverbrüchlicher Liebe zueinander aufgetürmt.

Nein danke, sagte Johnny, ich möchte lieber schlafen gehen.

Wir räumten die Möbel und das Geschirr zusammen und brachten alles ins Haus. Johnny nickte mir zu und zog sich ins Wohnmobil zurück. Ich ging in das Zimmer des Preußen, öffnete das Fenster, sammelte seine Bücher ein und verstaute sie in seiner Reisetasche, die ich schließlich unter den Schreibtisch schob, weil ich nicht wusste, was ich sonst damit anstellen sollte. Dann legte ich mich in das Bett, das einmal mir gehört, das ich aber dem Preußen überlassen hatte, drehte mich auf die Seite und sah zum Fenster hinaus. Dort stand das Wohnmobil, dunkel und schwer wie ein Felsbrocken, den eine umgekehrte Gravitation vom Erdinneren an die Oberfläche gezogen hatte, drei Menschen darin eingeschlossen, denen ich wünschte, dass sie ihr Fahrzeug nicht mehr verlassen würden, bis sie sich weit genug von Nordirland, Südafrika oder meiner hinterhältigen Insel entfernt hatten, heimlich und still. Sekunden später drangen Geräusche aus dem Wohnmobil in mein Zimmer hinein, einzelne Worte, deutlich ausgesprochen, aber für mich unverständlich, dann eine Abfolge ächzender Laute, die übergingen in ein rhythmisches Seufzen, die raue Stimme Sylvies, die hohe Stimme Johnnys, mal einzeln, mal gemeinsam keuchend, stöhnend, rufend. Ich begann, mir einen runterzuholen, und es kam mir so vor, als trieben wir es zu dritt miteinander, Sylvie und Johnny in ihrem Wohnmobil, ich in meinem Kinderzimmer, die gedämpften Stimmen meiner beiden Gäste im Ohr, den Schatten des Preußen plötzlich an meiner Seite, der in diesem Bett geschlafen hatte und nun seine schattenhaften Hände über meinen Körper wandern ließ und seine schattenhaften Beine um meine Hüften schlang. Die Geräusche im Wohnmobil verstummten abrupt, ich kam in meine

Unterhose, der Preuße verflüchtigte sich sofort, und ich schloss die Augen.

Als ich sie wieder öffnete, fand ich mich am Handlungsort von Jael Guldenburgs Film *Das böse Meer* wieder, einem luxuriösen Ozeandampfer namens *Emperor's Revelation*, der auf der Fahrt von Chile nach Neuseeland von seiner Route abkommt und ziellos über den Pazifik schippert, von Guldenburg aus der Sicht eines namenlosen blinden Passagiers während einer wirklichen Schiffsreise gefilmt, auf die sie selbst als blinde Passagierin mit ihrer Handkamera gegangen war, stets von der Angst begleitet, irgendwann entdeckt zu werden. Ich war mir schnell sicher, dass ich sehr weit nach dem Ende der Filmhandlung hierhergekommen sein musste, denn in solch einem bedauernswerten Zustand hatte ich das Schiff nicht in Erinnerung: An manchen Stellen klafften Risse in der Wand, durch die ein bunter Himmel und ein graues Meer zu sehen waren, verchromte, hüfthohe Gerätschaften standen in der Mitte des Raumes und surrten leise, und hier und da hatten sich in den Winkeln und Nischen grüne, blubbernde Haufen organischer Substanz angesammelt, vielleicht die Überreste von Menschen, Tieren oder Außerirdischen. Außerdem lagen um mich herum bedruckte Seiten auf dem Boden verteilt, Abrechnungen, Korrespondenzen, Urkunden, Zeugnisse und Wertpapiere, auf deren vergilbtem, fleckigem Papier Daten wie *23. Oktober 2286*, *4. Mai 2623*, *15. Juni 2954* oder *1. Februar 3031* zu lesen waren. Ich erkannte diesen Teil der *Emperor's Revelation* als ihren Wellnessbereich wieder, und deshalb trug ich wohl nur ein schimmerndes Handtuch um die Hüften. Auf meinen Schultern klebte eine bläuliche, ätherisch duftende Substanz, die mit jedem Schritt, den ich unbeholfen tat, mehr und mehr auf der Haut brannte, bis der heiße Schmerz schließlich so unerträglich geworden war, dass ich das Handtuch fallen ließ und vorsichtig in eines der drei kleinen Schwimmbecken steigen musste. Dort tauchte ich unter, öffnete den Mund, trank gierig das schlammige, stinkende Wasser und kletterte wieder hinaus. Sofort stießen die schwarzen, knöchernen Rücken zukünftiger Fische durch die Wasseroberfläche, versanken, kamen wieder zum Vorschein und zogen gemächlich ihre Kreise. Ich glaubte, sie miteinander flüstern zu hören, vielleicht war es aber auch nur der Wind, der durch die zerschlagenen Fensterscheiben wehte, ein Wind, der nichts mehr gemein hatte mit dem Wind des 21. Jahrhunderts, denn er war als beinahe fest zu bezeichnen: Grünstichig legte er sich um mich, als würde ein anderer Mensch mir seine Arme um den Körper legen. Draußen zogen breite Schlieren in allen Farben über den Himmel, der Ozean glich einer Landschaft aus Geröll. Der ganze Rest der Welt, ahnte ich, musste in einem ebenso wundersam erbarmungswürdigen Zustand sein. Ich verließ den Wellnessbereich, ging einen kurzen Flur entlang und betrat die Haupthalle des Schiffes. Hier waren an einigen Stellen die Schatten von Menschen in die Wände eingebrannt, Unrat oder die zu Staub zerfallenen Reste von Unrat lagen herum, weitere Maschinen blinkten mit ihren Glühlämpchen und tickten vor sich hin. Die Rezeption war zur Heimstatt einer flimmernden Gestalt geworden, die nur knapp die Kante der langen Theke überragte und fortwährend den Kopf nach mir drehte. Ich wagte es nicht, in ihre Nähe zu kommen, und schlich an der gegenüberliegenden Wand entlang in Richtung einer Öffnung, hinter der sich die Bar *Herrlichkeit der republikanischen Landschaft* befand, der Trinkerverschlag im dunklen Herzen von Savannah, der Hauptstadt der Savannenprovinz. Die Tür war herausgerissen worden, und als ich in die Bar hineinblickte, sah ich, wie darin zwischen den umgestürzten Stühlen und Tischen aufrecht gehende, weißäugige Ratten, groß wie Kleinkinder, die Schnauzen in die Luft reckten, beinlose Robotermenschen auf ihrem Unterleib durch den Dreck rutschten und orangefarbene Irrlichter seufzend umherschwebten. Ich huschte vorbei, öffnete eine Holztür in der Nähe und trat nach draußen auf ein Promenadendeck, das Bug und Heck miteinander verband. Die Frischluft der Zukunft umgab jetzt vollständig meinen nackten Körper und brannte mir mit ihrer eigenartigen Schärfe im Hals. Auch sah ich, dass das Schiff in all der Zeit seinen Anstrich gewechselt haben musste: Die in Gold gehaltenen Zierelemente und das unabdingbare Weiß auf allen größeren Flächen waren mit einem Schwarz überstrichen worden, wie ich es nie zuvor gesehen hatte und das ich am ehesten mit dem Schwarz eines unendlichen Abgrunds, dem Schwarz der Pupille im Auge eines Toten oder dem Schwarz des leeren Weltraums zwischen den Sternen vergleichen konnte. Einen Augenblick lang kam mir sogar in den Sinn, dass ich mich eigentlich in Nordirland befände, dass das Hauptdeck der *Emperor's Revelation* nicht das Hauptdeck eines Schiffes sei, sondern eine verwüstete Landschaft, ein verlorenes Tal, eine verheerte Grafschaft in der zukünftigen nordirischen Provinz. Beim Blick über die Reling kniff ich mit aller Kraft die Arschbacken zusammen: Das

Schiff pflügte wirklich durch eine Wüste aus grauem Sand. Lautlos schichteten sich die Steine am schwarzen Kiel zu Wellen; dabei wurde grauer Staub aufgewirbelt, der manchmal bis zur Reling hinaufreichte. Und oben am Himmel waberten die vielfarbigen Winde, um sich irgendwo in den höheren Schichten der Atmosphäre aufzulösen. Da überkam mich plötzlich eine übermächtige Angst, die sich zu einer Gewissheit auswuchs, die mir den Atem raubte: Ich war hier in keinem Film und nicht bloß zu Gast. Ich war nirgendwohin unterwegs, sondern selbst verloren gegangen mit den Passagieren und der Besatzung auf ihrer Reise, und nun kreuzten wir für alle Ewigkeit über den Pazifik, ein Schiff der Geister in einer Welt der Geister, waren wir doch in dem Moment zu Geistern geworden, als wir das Schiff betreten hatten, als der Rest der Welt für eine kurze Zeit noch in Ordnung gewesen war, der Himmel blau oder grau und das Meer flüssig. Es war unsere freiwillige Entscheidung gewesen, auf diese Reise zu gehen, und nun verantworteten wir die Konsequenzen. Vom Sonnendeck aus blickte ich zur Kommandobrücke hinauf mit ihrer breiten Fensterfront und den Satellitenschüsseln, Radarkuppeln und Antennen auf dem Dach. Aber dort gab es nichts mehr zu sehen, nur einen gewaltigen, in die Aufbauten gesprengten Riss, die Mitte einer unverzeihlichen Blume, an deren Rändern sich das Metall wie schwarze Blütenblätter bog. Da tauchte jemand in der dunklen Lücke auf, eine Frau, ein Mütterchen, uralt und spindeldürr, die krausen, grauen Haare streng nach hinten gebunden, und ich wusste, dass es sich bei dieser Person zweifellos um Emmy Jaeger handelte, die jahrtausendalte Präsidentin der Republik, gekleidet in die ihr viel zu große Uniform Dr. Silvestros, des zwielichtigen Revolutionsführers aus der nordwestlichen Bergprovinz, das Gesicht vom Gram gezeichnet, vom Gram über den Tod der Kinder Israels, der Kinder Palästinas, der Kinder Irlands, der Kinder Südtirols, der Kinder Papuas, der Kinder des Baskenlandes, der Kinder Sri Lankas, der Kinder der Sozialistischen Föderativen Republik Jugoslawien, der Kinder Zyperns, der Kinder Uiguristans, der Kinder der Westsahara, der Kinder Bergkarabachs, der Kinder Osttimors, der Kinder Schottlands, der Kinder Tschetscheniens, der Kinder Kurdistans, der Kinder Tibets, und Emmy Jaeger legte die eine Hand auf dem geborstenen Metall ab und deutete mit der anderen zur Bugspitze, und mein Blick folgte ihrer Hand, aber da waren nur weitere Einschlaglöcher im Boden, aus denen leise Stimmen zu hören waren, die Reste eines zerschlagenen Tresens, abgebrochene Säulen, ein umgestürzter Basketballkorb, Metallteile, zerbeulte Scheinwerfer und die mit Staub und Ruß bedeckten Ränder des Pools, und als ich mich wieder zu Emmy Jaeger drehte, war sie verschwunden. Ich fühlte eine plötzliche Hilflosigkeit, die mich vielleicht gar nicht so plötzlich überkommen, sondern mich immer schon begleitet hatte, im Schlaf sowie im Wachsein, ein tausend Jahre währendes Leben lang, stolperte in Richtung Bugspitze einige Meter über das Sonnendeck, das fraglos einst ein Kriegsgebiet gewesen war, kam an den Rand des Pools und schaute hinab. Dort unten lagen mehrere Dutzend Skelette, die hellen Knochen ineinander verkeilt, manche Schädel zertrümmert, die Kiefer geöffnet zu einer lautlosen Zwiesprache, Kleiderfetzen über den Rippen und in den Brustkörben. Und dann wühlte sich zwischen ihnen eine Frau hervor, die ich vor mehr als einem Jahrtausend unter dem Namen Sylvie kennengelernt hatte. Ihre Hände streckten sich mir entgegen, ihr Gesicht verzog sich zu einer Grimasse, und als sie einige Arm- und Beinknochen von sich weggestrampelt hatte, sah ich, dass sie hochschwanger war. Ich kletterte in den Pool und sagte ihr, dass es mir nicht gelungen sei, irgendetwas durch die bloße Anwesenheit meines Körpers in Ordnung zu bringen, und begann, an ihren Hosenbeinen zu zerren. Sylvie stützte sich mit den Händen auf einem bloßliegenden Brustbein und einem Schädel ab, drückte die Arme durch und begann zu pressen. Speichel trat zwischen ihren Lippen hervor, ihre Stirn lag in tiefen, roten Falten, ihre Augen waren geschlossen, Tränen liefen ihr die Wangen hinunter. Wenn sie nicht presste, dann keuchte Sylvie erschöpft, nur um sofort wieder mit aller Kraft das Kind aus ihrem Körper zu drücken, und als ich dessen Ohren sah, da umfasste ich mit beiden Händen den Kopf, stammelte irgendetwas, das wie ein Zauberspruch klang, und zog das Kind heraus. Blut rann mir die Unterarme hinunter, die lange Nabelschnur schaukelte im Wind, und dann öffnete das kleine Mädchen den winzigen Mund, die graue Staubwolke des Meeres wölbte sich über die Reling, das Schiff schwankte gefährlich von einer Seite zur anderen, die Stimmen aus dem Inneren wurden lauter und deutlicher, einzelne Worte waren zu hören, Worte einer zukünftigen Sprache, und das Mädchen begann zu schreien, schrie um sein Leben, schrie im Namen des Lärms, im Namen der Wärme und im Namen des Tages, schrie gegen diese furchtbare Finsternis und diese zahllosen Abgründe in der Welt an, verfluchte Scheiße, wie es schrie.

Als ich am Morgen erwachte, versuchte ich krampfhaft, mich an das Ende von Jael Guldenburgs Film *Das böse Meer* zu erinnern, aber da war nichts, nur ein leeres Gefühl in meinem Kopf und eine große Lust auf eine Tasse lauwarmen Getreidekaffee.

Das Licht im Zimmer war fahl, von draußen hörte ich Liam nach jemandem rufen. Ich kannte mich wirklich nicht gut aus mit der Welt. Das meiste, was ich wusste, hatte ich von meinen Horrorfilmen gelernt, einiges auch von meinen Träumen und Ängsten, nur sehr wenig von anderen Menschen. Ich dachte über meine Eltern nach, mehr aber noch über den Ort, an dem sie sich vielleicht gerade aufhalten mochten. Es war kein Ort, den ich mir vorstellen konnte, kein Keller, kein Dschungel, kein Berggipfel, kein Hotelzimmer, keine Schlucht. Sie waren, da war ich mir einigermaßen sicher, einfach an irgendeinem Ort, mochte er sich auf diesem Planeten befinden oder woanders, ihre Körper gingen in diesem Moment irgendwo herum, standen, saßen oder lagen auf einer festen Fläche, vielleicht schwebten sie auch durch eine weiße oder schwarze Leere, getragen von Flaschenzügen, mechanischen Flügeln oder einem starken Wind, wer wusste das schon. Unvorstellbar war für mich, dass sie vollständig aus dieser Welt getilgt worden waren, als hätte es sie nie gegeben oder als würden sie erst in einiger Zeit hierher zurückkehren, ein weiteres Mal geboren von meinen Großeltern, die ich niemals kennengelernt hatte und die ebenso verschwunden waren wie meine Eltern, schon vor langer Zeit. Ich hörte die Stimme des Preußen nah an meinem Ohr, der mir zuflüsterte, all dieses Verschwinden sei letztlich gar nicht so rätselhaft, wenn man bedenke, dass die Verschwundenen ja wüssten, weshalb und wohin sie verschwunden seien. Ich widersprach ihm vehement, dass sich jeder, der verschwinde, grundsätzlich dem objektiven Blick der Menschen entziehe und man deshalb nicht allgemeingültig darüber urteilen dürfe, vor allem nicht aus der Sicht desjenigen, der nichts mit dem Verschwinden zu tun habe und folglich selbst nicht verschwunden sei. Und wer, zum Geier!, ist überhaupt verschwunden?, fragte ich. Die, die wir, die noch da sind, für verschwunden halten, oder wir selbst, die ja für die von uns als verschwunden Bezeichneten ganz eindeutig ebenfalls verschwunden sind? Ja, ja, sagte die Stimme des Preußen, leiser und leiser werdend, da gibt man sich solche Mühe, aber die Begriffe reichen vorn und hinten nicht aus.

Ich musste noch einmal eingeschlafen sein, denn als ich die Augen wieder öffnete, knallte die Sonne bereits käftig gegen die zugezogenen Vorhänge. Jemand klopfte an meine Tür, sagte aber nichts und ging nach einer Weile wieder weg. Ich kroch aus dem Bett und schob den Vorhang am Fenster ein Stück zur Seite. Das Wohnmobil stand noch vor dem Haus, Johnny saß nasebohrend auf dem Beifahrersitz, Sylvie hockte rauchend auf dem Zustiegstreppchen und schien sich mit irgendwem zu unterhalten, den ich nicht sehen konnte, der also auf der Straße stehen musste oder auf einem der gegenüberliegenden Grundstücke, vielleicht befand er sich aber auch ganz dicht bei ihr, nur war er eben unsichtbar.

Ich legte mich zurück ins Bett und wartete darauf, dass Johnny den Motor des Wohnmobils anwarf und mit seiner Familie davonfuhr, doch nichts geschah. Die Sonnenstrahlen, die an den Rändern des Vorhangs durchs Fenster fielen, veränderten ihren Winkel und verschwanden schließlich ganz. Irgendwann trommelte ein leichter Regen aufs Dach, Liam quengelte irgendwo draußen im Garten, in meinem Zimmer war es längst dunkel geworden. Mehrmals schlief ich ein und erwachte mit einem Schreck oder dem Gefühl, von einer angenehmen Hitze umgeben zu sein. Einmal glaubte ich, jemand wäre dicht an mein Fenster herangetreten, die Hand erhoben, um gegen die Scheibe zu klopfen oder sie einzuschlagen, doch ehe ich mich fürchten, empören oder darüber freuen konnte, war ich auch schon wieder weggedämmert. Weit nach Mitternacht wachte ich erneut auf und schaute nach dem Wohnmobil. In seinem Inneren brannte noch Licht. Im Rucksack des Preußen fand ich eine kleine Flasche Wasser und eine Handvoll Erdnüsse, die ich mir in den Mund stopfte und mit dem Wasser herunterspülte. Dann beschloss ich, dass ich am nächsten Morgen Sylvie und Johnny darum bitten würde, mich zu den Filmfestspielen in die Republikanische Hauptstadt mitzunehmen, wo sich mir ja eventuell die günstige Gelegenheit bieten würde, mein Wissen über die wundersamen Rätsel der entsetzlichsten Horrorfilme dieser Erde mit irgendwem zu teilen, der eine ähnliche Begeisterung für diesen himmelschreienden Kram an den Tag legte. Aufgeregt schlüpfte ich ins Bett zurück, schlief ein, erwachte, sah, dass eine dunkle Gestalt neben meinem Bett stand und die Arme leicht bewegte, hörte ihren ruhigen, schnarrenden Atem, roch ihren Duft nach Pilzen und verkohltem Holz, schloss die Augen und schlief weiter.

Am nächsten Morgen trat ich zuerst ans Fenster, strich meine Haare glatt und ging dann ins Wohnzimmer. Auf der Couch saß ein Mann, den ich nicht kannte, und sofort fiel mir auf, dass sein Kopf wie der Kopf eines Vogels war, keines gewöhnlichen Vogels, sondern eines längst ausgestorbenen Vogels, eher sogar der Kopf eines Raubdinosauriers, Urahn aller heutigen Vögel.

Ich fragte ihn, was er hier wolle.

Er trug die weiße, verschmutzte Uniform eines Schiffsoffiziers und sagte, es stehe etwas zu essen für mich bereit, das die Leute aus dem Wohnmobil für mich gemacht hätten, um mit mir zu frühstücken, doch er habe sie weggeschickt mit der Begründung, er sei mein Bruder, der nach langer Reise nach Hause zurückgekehrt sei, um sich um mich zu kümmern.

Ich ging nach draußen auf die Straße, dann um das Haus herum und wieder zurück auf die Straße. Von Sylvie, Johnny, Liam und ihrem Wohnmobil keine Spur.

Als ich zurück ins Wohnzimmer kam, stand er vor dem Regal und sah sich meine Videokassetten an. Jeder, der ihn kenne, sagte er, nenne ihn *El Corazón*, und er komme von weit her, aus Mexiko, falls ich davon schon einmal etwas gehört hätte.

Ich ging auf die Toilette, dann setzte ich mich an den Esstisch, aß eine Scheibe Brot und ein Ei und trank eine Tasse Kaffee. Das Glas mit Orangensaft ließ ich unangerührt, denn etwas Grünes schwamm darin.

Ich habe keinen Bruder, sagte ich, während ich das Geschirr in den Abwasch stellte.

Und deine Eltern?, fragte El Corazóns Stimme aus einem anderen Zimmer.

Keine Ahnung.

Wie heißt du denn, Prinz der Vormittagssonne?

Bruno Hidalgo. Hast du Geld dabei?

El Corazón kam aus dem Schlafzimmer meiner Eltern. Er war ziemlich dünn und trug jetzt ein blaues T-Shirt und eine gelbe Hose, die er aus dem Kleiderschrank meines Vaters geholt haben musste.

Ja, ein bisschen. Willst du was davon?

Ich muss Diesel für den Generator kaufen, sagte ich. Hilfst du mir dabei?

Er gab mir ein paar Republikanische Münzen und einen Fünfzig-Dollar-Schein.

Wir gingen zum Hof von Madame Iljuschina, die Vorräte für ihren alten Traktor gebunkert hatte. Ihre Enkeltochter Lissa und ich waren einmal auf die Idee gekommen, eine nächtliche Runde mit dem Ding drehen zu wollen. Wir fuhren ihn in die Seitenwand des Wohngebäudes und wurden von Madame Iljuschina mit einem Staubsaugerrohr windelweich geprügelt. Auf dem Weg fragte mich El Corazón lauter Dinge, auf die ich ihm kurze oder gar keine Antworten gab, wer die Leute im Wohnmobil gewesen seien, in welchem Dorf wir uns befänden, was ich den ganzen Tag treiben würde, ob es viel Polizei hier und in der Nähe gebe, welche Nachrichten, gleich welcher Art, ich aus der Provinzhauptstadt gehört hätte, wer hier im Dorf das Sagen habe, wohin wir gehen würden, was es mit dem Regal voller Filme im Wohnzimmer auf sich habe und so weiter.

Als wir Madame Iljuschinas Hof erreichten, war sie gerade dabei, ihre Ziegen mit Girlanden, Papiersternen und Konfetti zu verzieren. Ich rief nach ihr, sie schaute auf und freute sich, als sie mich sah. Für die fünfzig Dollar gab sie uns zwei Kanister Benzin, die Münzen, sagte sie, könne ich ruhig behalten, das Zeug sei eh so gut wie nichts mehr wert. Während ich die Kanister an einem großen, verrosteten Tank befüllte, der gefährlich nah bei einer Feuerstelle stand, in der Madame Iljuschina Laub, kleine Tiere und die Pamphlete unterschiedlicher Interessengruppen verbrannte, fand sie mit zwei gezielten Fragen heraus, dass mein Begleiter nicht von hier stammte, nicht einmal annähernd, und begann sogleich damit, ihm von der Republik, ihrer Gründung und ihrem Elend zu erzählen, obwohl der Kerl, den man El Corazón nannte, keinerlei Anstalten gemacht hatte, etwas darüber hören zu wollen.

Anfang der 1960er Jahre, sagte sie, sei es einem wie aus dem Nichts erschienenen republikanischen Bündnis namens Heitere Falkner gelungen, eine Handvoll unabhängiger Gebiete, regiert von anthroposophischen Geheimbünden, UFO-Sekten, Hippies und Piratenbanden, zu dieser absonderlichen, heute nah an der Geistesgestörtheit dahinvegetierenden Republik zu vereinigen. Ein schäbiger Marktflecken im Westen des Landes wurde zur Republikanischen Hauptstadt erklärt, ihr Umland bildete die Hauptstadtprovinz, das zukünftige politische Zentrum aller übrigen Regionen dieser Insel. Kajagoogoo wurde später am nördlichen Rand der Savannenprovinz gegründet, dem ausgetrockneten Herzen der Nation, unweit der Grenze zur kränklichen, aber immerhin sonnendurchfluteten Steilküstenprovinz im Nordosten.

Ach Kajagoogoo, seufzte Madame Iljuschina, wer auch immer dich gesehen hat, hat sofort vergessen, dass es dich gibt, und wird keinen weiteren Gedanken an deine Existenz verschwenden.

Ja, ja, ja, sagte ich zu El Corazón, jetzt weißt du Bescheid.

Die Nachbarstaaten auf dem Festland, flüsterte Madame Iljuschina und spuckte auf die Erde, sind doch keinen Deut besser als unsere Republik, man muss nur mal den Fernseher einschalten. Alle genauso arrogant, missgünstig, drogensüchtig und bettelarm. Nur kann man eben von Glück reden, dass unsere Einöde wenigstens mit einer überdurchschnittlich schönen, wenn auch nicht überwältigenden Natur gesegnet ist.

Ich drückte El Corazón einen Kanister in die Hand, den anderen nahm ich selbst, doch als wir den Hof verlassen wollten, bat Madame Iljuschina mich, an der Ecke ihres Hauses einige Unkrautpflanzen herauszuzupfen, weil es ihr kaputter Rücken ihr nicht mehr gestatte, sich so tief zu bücken, und Lissa sich seit Stunden im Badezimmer eingeschlossen habe. Ich ging zu der Ecke und fand die Pflanzen, ein Büschel blassgrüner, stacheliger Kümmernisse. Mit bloßen Händen schaufelte ich vorsichtig die Erde um sie herum weg.

Die Geschichte der republikanischen Bewegung auf dieser Insel, hörte ich Madame Iljuschina im Hintergrund erzählen, liege ihr besonders am Herzen, obwohl es zweifelsohne eine düstere und komplizierte Geschichte sei, wie alle Geschichten, in denen verzweifelte Menschen sich zusammenfinden, um miteinander glücklich zu werden. Aus aller Herren Länder seien damals junge Leute dem Aufruf der Heiteren Falkner gefolgt, in dieser heißen, gottverlassenen Weite am Aufbau einer Republik auf einer frisch aus dem Meer getauchten Insel mitzuwirken, die keiner gängigen Ideologie verpflichtet sei, denn das politische System sollte sich ganz auf natürlichem Wege entwickeln, ohne Bevormundung und Zwang. Sie selbst sei damals mit ihrem Mann, Gott oder wer auch immer habe ihn selig, aus dem schlammverkrusteten Nabel der Sowjetunion herausgekrochen und hierhergekommen, mit winkenden Armen und kräftiger Lunge, den wirren Kopf voll Liebe und Entäußerung. Als dann nach kurzer Zeit ungezügelte Geschäftemacherei, autoritäre Willkür und schleichender Irrsinn den Alltag bestimmt hätten, sei den Menschen allmählich klar geworden, dass die Heiteren Falkner ihrer Utopie mithilfe von Gewalt, der internationalen organisierten Kriminalität und unzähliger Doppelagenten von CIA und KGB den Boden geebnet hätten. Doch auch wenn es heutzutage offenkundig keinen guten Grund mehr dafür gebe, für diese Insel sein Leben zu lassen, sagte Madame Iljuschina, so glaube sie immer noch fest an die Ideale, die das Erscheinen der Republik auf der politischen Landkarte überhaupt erst möglich gemacht hätten.

Die meisten Revolutionen, sagte El Corazón nachdenklich, sind wie ein Schneesturm im Hochsommer oder ein brennendes Streichholz im Packeis der Arktis, finde ich.

Ich brachte Madame Iljuschina die Unkrautpflänzchen, die bleichen Wurzeln von Erde und Regenwürmern gesäubert. Sie bedankte sich bei mir und sagte, aus den Blättern könne man einen hervorragenden Tee brühen, der einem die Rübe wegblasen würde, man könne das Kraut aber auch auf den Müll werfen, ganz wie man wolle. Ich bat sie, zusammen mit Lissa heute Abend noch einmal bei mir vorbeizuschauen, denn morgen schon würde ich Kajagoogoo verlassen, für immer oder zumindest für eine lange Zeit. Madame Iljuschina drückte mich an sich und sagte: Bruno, Bruno.

Wir nahmen unsere Kanister und verabschiedeten uns von ihr, doch bevor wir nach Hause gingen, führte ich El Corazón zum Laden vom Schönen Hans, wo ich mir von den Republikanischen Münzen, die mir Madame Iljuschina zurückgegeben hatte, ein paar neue Filme kaufen würde, die ich zu den Filmfestspielen in die Republikanische Hauptstadt mitnehmen wollte. Unterwegs begegnete uns Perry Hartwig, der sich nervös an den Armen kratzte.

Ist das der Preuße?, fragte er.

Nein, sagte ich, das ist der Mexikaner.

El Corazón bleckte die Zähne und zischte Perry an, der sprang zurück und lief davon. Ich rief ihm hinterher, dass er nachher in meinen Garten kommen solle, ich würde ein Fest geben, das sich gewaschen habe.

Der Schöne Hans saß betrunken auf einem Stuhl vor seinem Laden und wedelte mit den Armen, als er mich erkannte.

Bruno, rief er, heute ist mein letzter Arbeitstag. Morgen reiße ich alles ab.

Ich auch, sagte ich.

Hans hatte lediglich zwei neue Filme mit der letzten Lieferung bekommen, die sich seltsamerweise in einem Paket voller Medikamente befunden hatten, aggressive Medizin, erklärte er, zum Einsatz in der Chemotherapie oder zur Hinauszögerung eines AIDS-Ausbruchs im Körper, von den Banditen aus den Hügeln bei der Plünderung eines Lazaretts des Republikanischen Heeres erbeutet. Ich schrie auf, als ich sah, dass es sich um mir bislang unbekannte Filme von Adelaide Turner und Marcel Kürten handelte, Turners *Die einzige Wüste* und Kürtens *Dorfff*. Fast wäre ich sofort aus dem Laden gesprungen und nach Hause gerast, um die folgenden Tage damit zu verbringen, mir die beiden Filme wieder und wieder anzuschauen, doch El Corazóns stocksteife, lauernde Anwesenheit hielt mich tunlichst davon ab, in seiner Nähe ruckartige Bewegungen auszuführen.

Der Schöne Hans drückte uns zwei Bierflaschen in die Hände und betonte, mit dem Finger auf El Corazón zeigend, wie sehr es ihm gefalle, dass zur Zeit allerlei Fremde in Kajagoogoo ein- und ausgingen, denn dies bedeute ja immerhin, dass die Welt uns nicht vergessen habe. Zu jener Zeit, als er in der Republikanischen Hauptstadt gelebt und der Geheimdienst unserer Insel sein Leben bestimmt habe (der gebenedeite Apparat! seine schweigsamen Erkunder im Schattenreich des Feindes! unsere glanzvolle, vor Kraft und Zuversicht nur so strotzende Republikanische Sicherheit!), habe er sich stets davor gefürchtet, in Vergessenheit zu geraten, und dieses Gefühl habe ihn schmerzlos zu vielen schrecklichen Unternehmungen befähigt, zugleich jedoch auch dünnhäutiger, verwundbarer gemacht, als er es jemals zuvor gewesen sei. Jeder Geheimdienst, sagte der Schöne Hans mit dröhnender Stimme, dringe in einem ersten Schritt so tief in die Körper der Menschen ein, dass es uns schwerfalle, seine ständige Präsenz zu spüren. Der zweite Schritt bestehe darin, dass sich der Geheimdienst diesem Körper offenbare: einerseits, indem er den Körper restlos zerstöre, in dessen heißer Dunkelheit er sich eingenistet habe, oder andererseits, indem er selbst zu dem Körper werde, jede einzelne Zelle und schließlich auch Herz und Hirn infiltriere. Interessant dabei sei, dass der Geheimdienst an sich durchaus ohne den Menschen existieren könne, aber dann nicht mehr sei als ein Wald, ein Parkplatz oder ein Berg, Dinge, die da seien, weil sie eben da seien, mehr aber auch nicht. Erst durch die Kooperation der Menschen mit dem Geheimdienst entfalte er all seine mächtigen Möglichkeiten, die nur erfolgversprechend seien, wenn sie miteinander kombiniert würden und sich auf besonders viele Menschen auswirkten. Viele Menschen bedeuteten jedoch ein hohes Risiko für Fehler, Verstöße und Widerstand, sodass gesagt werden könne, dass ein Geheimdienst die Kontrolle über eine möglichst große Zahl an Menschen ausüben müsse, um optimal funktionieren zu können, und dass gleichzeitig eine möglichst große Zahl an vom Geheimdienst kontrollierten Menschen nötig sei, um die Erfolgswahrscheinlichkeit zu erhöhen, einen Geheimdienst vollständig zu vernichten.

Aber eigentlich wollte ich euch Jungs ja etwas ganz anderes erzählen, sagte der Schöne Hans, nur habe ich das jetzt leider längst vergessen.

Ich gab ihm das Geld für die Filme, doch er wollte es nicht. El Corazón fragte ihn, was er nun vorhabe, jetzt, da er seinen Laden für immer schließen wolle. Hans sagte zuerst nichts, als hätte er nicht richtig zugehört oder den Akzent des Mexikaners nicht verstanden, dann meinte er, dass er noch ein Weilchen hierbleiben und dabei zusehen wolle, wie die Tage an ihm vorüberzögen.

Und du, Bruno?, fragte Hans.

Ich besuche die Filmfestspiele in der Republikanischen Hauptstadt, um meine Zukunft vorzubereiten.

Im Namen Diego Maradonas, welche Zukunft?, rief er und schlug die Hände über dem Kopf zusammen.

Ich überlegte lange und sagte schließlich etwas, das ich wohl niemals gesagt hätte, wenn ich nicht vor einigen Tagen auf den Preußen getroffen, mit ihm in die Pagode des Botanischen Gartens gestiegen und durch eine Gruppe lächerlicher Milizionäre wieder von ihm getrennt worden wäre: Ich will, antwortete ich Hans, den Menschen das bisschen Hoffnung nahebringen, das tief in der Kunstform des Horrorfilms verborgen ist.

Wir tranken schweigend unser Bier aus, dann gaben wir uns gegenseitig die Hand, ich lud den Schönen Hans zu meinem Fest ein, klemmte mir die beiden Filme zwischen Hosenbund und Bauch, Hans torkelte leise pfeifend in seinen Laden zurück, El Corazón und ich machten uns mit den Benzinkanistern auf den Heimweg.

Du bist aber kein Gespenst, oder?, fragte ich ihn an der Haustür.

Wenn ich das bloß wüsste, sagte El Corazón.

Dann füllten wir den Tank des Generators mit Madame Iljuschinas Diesel und begannen damit, das Fest vorzubereiten.

In der Küche fanden sich noch einige Lebensmittel, die Sylvie und Johnny versehentlich zurückgelassen hatten, Gemüsekonserven, Reisbeutel, Kokosmilch, zwei Flaschen Weißwein, Trockenobst, Trockenfleisch, Zartbitterschokolade und Pfefferminzbonbons. Alles rührte ich draußen in einem Kessel zusammen, um den herum El Corazón ein Lagerfeuer aufgeschichtet hatte. Auch das Kofferradio aus dem Wohnmobil hatten die beiden nicht mitgenommen. Ich schaltete es ein und stellte es auf dem Boden ab, eine Nachrichtensprecherin gab gerade die Meldung bekannt, dass Präsidentin Jaeger die gesamten militärischen Kräfte der Republik dazu aufgerufen habe, die Granaten der Liebe zu entsichern, den reinigenden Pulverdampf über das Land ziehen zu lassen und alle Bewohner der Insel in eine blutdürstige Feiertagsstimmung zu versetzen.

Die Sonne war noch nicht untergegangen, als wir Stühle nach draußen brachten, uns um das Feuer setzten, dem Abendessen beim Kochen zusahen und auf die Gäste warteten.

El Corazón fragte mich, wie ich in die Republikanische Hauptstadt kommen wolle, mit dem Bus oder mit dem Auto.

Ich glaube nicht, dass in nächster Zeit ein Bus hier vorbeikommen wird, sagte ich, und mein Auto steht ausgeschlachtet im Wald.

Also willst du zu Fuß los?

Ich sagte ihm, dass ich mir noch nicht allzu viele Gedanken über meine Reise gemacht hätte, dass ich aber darauf hoffte, Johnny und Sylvie mit ihrem Wohnmobil einzuholen, die ja auch auf dem Weg in die Republikanische Hauptstadt seien.

Und die mobilisierten Truppen der Präsidentin?, fragte El Corazón. Die Milizionäre? Die Revolutionäre aus dem Norden? Die einfachen Verbrecher auf den nächtlichen Straßen? Die wilden Tiere? Die Kälte in den Ebenen und zwischen den Hügeln? Die plötzlichen Gewitter und ihre Sturzregen? Es kommt mir so vor, als warte in deinem Land der Tod an jeder Bushaltestelle.

Gut für uns, sagte ich, dass die Busse so selten fahren. Niemand auf der Insel gibt sein Leben gern in die Hände von Carlo Jaegers Verkehrsunternehmen *Gute Fahrt!*. Einmal stiegen meine Eltern in einen Bus und kehrten nicht zurück. Wie jeder weiß, ist man in der Enge des Busses über Stunden hinweg Elementen ausgesetzt, die einem in den ungünstigsten Momenten ans Leder wollen, seien es die Passagiere, der Fahrer oder die zu durchquerende Natur. Außerdem sind die republikanischen Straßen nicht die besten, wenn es denn überhaupt eine Straße dort gibt, wo der Bus mit kaputtem Licht in einem von Felsstürzen, Räuberbanden und Giftschlangen heimgesuchten Ödland durch die Nacht rumpelt.

Also fahren wir wohl per Anhalter, sagte El Corazón und lockerte mit einem Stöckchen die Glut.

Soll er doch mitkommen, dachte ich, lehnte mich über den Kessel und rührte schweigend die zähflüssige Brühe um, etwas anderes habe ich auch gar nicht erwartet. Er muss doch ein Geist sein, ein mexikanisches Gespenst, das auf nichts anderes aus ist als auf ständige Verfolgung, selbst keinen Finger rührt und alle anderen auf seine bloße Anwesenheit reagieren lässt. Der große Regisseur X Wohlff höchstpersönlich hatte solch eine Figur zum Mittelpunkt seines einzigen Films, *Der terroristische Mond*, gemacht: jener undurchsichtige Begleiter, der sich freundlich, aber entschieden an deine Fersen geheftet hat und hin und wieder in deinem Augenwinkel auftaucht, um dir zuzulächeln, dich kurz zu berühren oder dir eine merkwürdige Frage zu stellen. Ich weiß also Bescheid, El Corazón aus dem fernen Mexiko. Mich überrascht so schnell nichts. Ich, Bruno Hidalgo aus Kajagoogoo, bleibe wachsam.

Da kommt jemand, sagte El Corazón und nickte zum Gartenzaun.

Hallo Freunde, ich bin's nur, rief Perry Hartwig, will jemand Sahnelikör?

Wir boten ihm einen Stuhl am Feuer an, ich füllte einen Teller mit Reiseintopf, El Corazón öffnete die Flasche Likör, die Perry mitgebracht hatte. Jeder von uns nahm einen Schluck, danach beschlossen El Corazón und ich, Perry könne das Zeug allein trinken, was er auch tat. Nachdem Perry zwei Löffel vom Eintopf probiert hatte, machte er Puh! und sagte, er sei pappsatt, führte die Likörflasche zum Mund und erzählte uns, dass sein Vater Ignacio am Nachmittag in sein Zimmer gekommen sei und ihm, Perry, der gerade auf dem Boden gesessen und ein wenig gepuzzelt habe, erklärt hätte, dass er ihn sehr liebe und immer versuchen wolle, allen Schaden von ihm abzuwenden, was in Zeiten wie diesen einer Sisyphosaufgabe gleichkäme, der er sich aber gerne widmen wolle, bis ans Ende seiner Tage. Und ich, sagte Perry, sah bloß meinen Vater an, ohne Beine in seinem Rollstuhl über mir sitzend, das Gesicht seltsam verzogen, als würde er gleich anfangen zu heulen oder laut zu lachen, und ich hatte einfach keinen blassen Schimmer, was er von mir wollte.

El Corazón goss sich ein weiteres Glas Weißwein ein und sagte: Er geht vermutlich davon aus, dass ihr bald sterben werdet.

Perry riss die Augen auf und griff nach meinem Arm, ich aber ignorierte ihn und blickte mich nach Madame Iljuschina und Lissa um, die gerade in den Garten gekommen waren. Wir schenkten ihnen Getränke ein, Madame Iljuschina nahm ein Glas von Perrys Sahnelikör, Lissa wollte mit El Corazón Weißwein trinken. Dann schauten die beiden Frauen in den Topf über dem Feuer und sagten, sie hätten bereits zu Abend gegessen. Im Hintergrund hörten wir E. T. den Außerirdischen brüllen, der einsam durch Kajagoogoo streifte. Lissa saß nah bei El Corazón, wippte zum Takt der Musik aus dem Kofferradio mit dem Oberkörper und stellte ihm allerhand Fragen, von denen er die meisten nur mit einem Kopfschütteln beantwortete. Der Schöne Hans kam in den Garten, schenkte jedem von uns etwas aus seinem Laden und ging wieder, ohne einen Schluck getrunken oder sich mit jemandem unterhalten zu haben. Perry hatte von ihm ein altes Pornoheft mit Bildern älterer Frauen bekommen, die geschminkten, knittrigen Gesichter vor Lust verzerrt, das er verschämt zusammenrollte und zwischen seinem Rücken und der Stuhllehne versteckte, Lissa und Madame Iljuschina eine Kiste Kunsthandwerkszeug, El Corazón einen nicht geladenen, silbernen Revolver, wie ihn die Westernhelden in italienischen Filmen trugen, und ich eine gerahmte, unscharfe Fotografie aus der Zeit der Errichtung Kajagoogoos, die ein paar Leute beim Aufbau eines Hauses zeigte, unter denen sich vielleicht meine Eltern befinden mochten, vielleicht aber auch nicht. Inzwischen war El Corazón aufgestanden, hielt sich an seinem Stuhl fest und prophezeite lautstark, dass die Menschen dieser Republik kurz davor seien, voller Hingabe ihre Insel im Meer zu versenken. Dann hielt er uns mit irrem Blick einen Vortrag über verschiedene Landschaften, von denen er einige mit den Händen in der nächtlichen Luft nachbildete: Landschaften des Schmerzes, Landschaften der Finsternis, Landschaften aus

Eis, Landschaften der Milde, golddurchwirkte Landschaften, blutdurchtränkte Landschaften, Landschaften aus Seide, flüsternde Landschaften, Landschaften der Euphorie, Landschaften aus toten Wäldern, religiöse Landschaften, Landschaften aus Müll, kreisende Landschaften und Landschaften aus Zeichen. Wild zuckte sein Schatten über die Gesichter der anderen. Lissa lachte, sprang auf und begann, mit ihm zu tanzen. Perry trank den letzten Schluck Sahnelikör aus der Flasche. Madame Iljuschina schaute ins Feuer und sagte leise, dass sie auf der Flucht aus der Sowjetunion mit ihrem Mann ein Schiff bestiegen habe, und während der Reise habe sie gesehen, wie in weiter Ferne die Überreste der versunkenen Stadt Atlantis im Morgendunst aufgetaucht seien, aber die Türme, Häuser und Tempel, Mauern, Dächer und Giebel seien nicht aus Gold, Marmor und Alabaster gewesen wie in den Geschichten, die sie von dieser Stadt gelesen habe, sie seien auch nicht aus verrostetem Stahl, zerschlagenen Steinen und morschem Holz gewesen, überwuchert mit Seepocken, Korallen und Algen, vom Salz des Meeres und den Zähnen der Fische zerfressen, bewohnt nur von nackten Skeletten in der Dunkelheit des Ozeans, nein, Atlantis sei ihr als dampfender Berg aus Fleisch erschienen, brodelndes Fett, im Seegang schaukelnde Gedärme, zerplatzte Haut, baumdicke, schwarze Haare, die sich feucht und glänzend in die Höhe gekringelt hätten, riesige, weiße Augen und dunkle Öffnungen, in denen mal stumpfe, gelbe Zähne, mal bleiche Zungen, mal verödete Nervenknoten zu sehen gewesen seien. Ich rief meinen Mann, sagte Madame Iljuschina, doch als er zu mir an die Reling trat, lag bloß still, grau und weit das Meer um uns, und kurz darauf erreichten wir unser neues Zuhause, einen gelblichen, kaum bewachsenen Felsen im Nirgendwo, auf dem wir in den folgenden Jahren die Erneuerung feierten und das Leid vorbereiteten, die uns heute Herz und Seele zerreißen.

Perry fiel vom Stuhl, Lissa legte die Arme um El Corazóns Nacken, Madame Iljuschina gab mir einen Kuss auf die Wange und ging zurück auf ihren Hof. Ich verschwand für eine Weile im Haus, holte die Reisetasche des Preußen unter dem Schreibtisch in meinem Zimmer hervor, schüttete die Bücher auf den Boden, nahm die Tasche mit ins Wohnzimmer und packte alle meine Horrorfilme hinein, Reiseführer durch die Abgründe, Zerschmetterer der Langeweile, Hoffnungen auf eine bessere Welt jenseits des von ihnen Gezeigten. Alle diese Filme würde ich mitnehmen, von denen ich einige bis über den Tod hinaus zu lieben glaubte, andere mir solch eine Angst einjagten, dass ich keine weitere Sekunde über sie nachdenken konnte. Weit fort in die Republikanische Hauptstadt wollte ich meine Filme tragen, von denen jeder einzelne in jenem Moment zu einem Teil von mir geworden war, als ich die Videokassette in den Rekorder geschoben hatte und das erste Bild über den Fernseher geflimmert war, auf den Hintergrund meiner Augen geworfen worden und schließlich in meinem weichen Hirn versunken war, wo ich es niemals mehr vergessen würde.

Als ich zurück in den Garten kam, lagen sich El Corazón und Lissa gerade in den Armen, beobachtet von Perry, der wieder auf seinem Stuhl saß und sich den Schritt streichelte. Ich tat noch etwas Holz ins Feuer, kickte ein paar leere Konservendosen zur Seite, stand still und atmete tief die kühle

Nachtluft ein, während ich die Hände von El Corazón und Lissa abwehrte, die an mich herangetreten waren und meine Arme, meinen Rücken, meinen Hinterkopf berührten.

Ich will nichts von euch, sagte ich zu ihnen, und was ihr von mir wollt, ist mir egal.

Sie lachten, packten mich und zogen mich zu Boden, ich sah Perrys zuckenden Schritt über mir, in dem seine Hände wühlten, mein T-Shirt wurde mir über den Kopf gezogen, Lissa drückte mir ihre Brüste ins Gesicht, El Corazón biss mir ins Handgelenk, jemand presste mir seine Faust in den Mund, flüsterte mir ins Ohr, verbog mir die Nase, Lissa schrie auf, El Corazóns Mund zwischen ihren Beinen, Perry fiel ein weiteres Mal von seinem Stuhl, ich sah ihn davonkriechen und in der Dunkelheit verschwinden, rührte mich nicht unter den beiden erhitzten Körpern, die auf mir lagen, eine halbe Stunde lagen sie so da, etwas mehr, etwas weniger, bis sie sich erneut regten und es miteinander und mit mir trieben, ich ließ sie gewähren und hoffte darauf, dass der Morgen endlich anbrechen würde und dass ich meine Reise beginnen könnte, Sylvie und Johnny hinterher, in die ferne Republikanische Hauptstadt, Ort des vergeblichen Traums, Ort der hoffnungsvollen Lüge, Ort der vorübergehenden Ankunft.

Später dann saßen wir eng beieinander auf dem kalten Erdboden, Arme und Beine ineinander verkeilt, wärmten uns gegenseitig unsere nackten, zitternden, auskühlenden Körper, und El Corazón erzählte uns leise von einem Dorf im Norden Mexikos, in dem er aufgewachsen war, Los Arces. Er gehörte zu einer Gruppe von Kindern, die für einen Mann namens Álvaro, von allen nur *Mamba* genannt, kleine Aufträge ausführen durften und dafür ein bisschen Geld und Spielzeug bekamen, die Älteren auch Zigaretten oder Schnaps, die Mädchen Zeitschriften und Schminkzeug. Mamba war die rechte Hand des örtlichen Rinderbarons Don Miguel Jacinto. Die Kinder mussten nur zu ihm auf die Farm kommen und sich in Plastikfolie eingeschlagene Pakete abholen, die sie weit draußen in der Steppe an ganz bestimmten Punkten zu deponieren hatten, unter einem Busch, hinter einer verlassenen Hütte, im Kofferraum eines liegen gebliebenen Wagens, in einer Erdmulde oder bei einem weißen, runden Stein, unter dem ein Witzbold namens Julio Varesco begraben lag. Die Rinderfarm von Los Arces war 1915, im blutigsten Jahr der Mexikanischen Revolution, von Francisco Jacinto errichtet worden, dem seine Rinder alsbald einen sagenhaften Reichtum bescherten, weil er jegliche Enteignungsversuche der ungestümen Freiheitskämpfer mit übertriebener Waffengewalt zu vereiteln wusste und allerspätestens im Jahre 1921 zum allerletzten unabhängigen Rindfleischproduzenten der gesamten Gegend geworden war. Nach Franciscos Krebstod 1974 führte sein blutjunger Enkel Don Miguel die Farm, das einzige Unternehmen weit und breit, das weder seinen Angestellten unmenschliche Anstrengungen abverlangte noch sich über sie lustig machte, indem es sie für einen Hungerlohn ausbeutete. Zwar waren die Rinder mit den Jahren immer dünner und immer weniger geworden, doch das Gehalt, das der gütige Don Miguel seinen Mitarbeitern zahlte, hatte sich nicht verringert und war sogar, infolge der Anpassung an die Inflationen, zwei-, dreimal leicht angehoben worden. Die Gebäude der Rinderfarm lagen auf einem grünen Hügel, etwa einen Kilometer außerhalb des

Dorfes. Von seinem Schlafzimmer aus, so El Corazón, habe Francisco Jacinto in der Nacht die revolutionären Horden übers Land kommen sehen und sie mit einem Hagelfeuer aus seiner Büchse begrüßt. Den Rest hätten seine Cousins, Wachmänner und Stallburschen erledigt, finstere, muskulöse, blitzschnelle Gestalten, die alles kurz und klein schlugen, was in die Reichweite ihrer Fäuste gelangte. Die ohnmächtigen Revolutionäre waren schließlich von Jacintos Schwestern, den Mägden und Waschfrauen mit Forken aufgespießt, die Köpfe mit Knüppeln zerquetscht, die Gliedmaßen mit Hackmessern abgetrennt worden. Große Feuer brannten die ganze Nacht hindurch. Einige geflüchtete Kämpfer jagten die Hundemeuten bis knapp an die Grenze nach Sonora, wo sie erwischt und zu Tode gebissen wurden. Heute, schloss El Corazón, sei das Gras auf dem Hügel längst verschwunden; die wenigen verbliebenen Rinder sammelten sich auf drei, vier Weiden einige Kilometer entfernt, wohin Männer aus dem Dorf sie jeden Morgen führten und von wo sie sie abends wieder abholten. Der Hügel selbst sei nur noch ein fester Haufen dunkler, trockener Erde, um den der Wind in kalten Nächten die Schmerzensschreie der ermordeten Revolutionäre trug.

Ich verstand nicht viel von dem, was El Corazón uns erzählte, und das, was in mir zurückblieb, war nur schwer in Worte zu fassen, ein untergründiges Gefühl vielleicht, das mich den stillen Schrecken erahnen ließ, der von einem Typen wie ihm ausgehen mochte.

Irgendwann schnappte Lissa sich ihre Sachen und verließ schweigend meinen Garten, schmatzend schloss sich die nasse, aufgewühlte Erde um ihre Füße, in ihrer Hand klickte ein Feuerzeug, mit dem sie sich eine Kippe anzündete. Noch einige Sekunden lang hörte ich das Schmatzen und das Klicken in der Dunkelheit, sah die Zigarettenglut dicht an Lissas Hüfte schweben, ehe sie um die Hausecke bog und nicht mehr zurückkam.

Auch El Corazón stand auf, pinkelte in eine Ecke des Gartens und zog sich dann ins Haus zurück, wo ich ihn wenige Minuten später schnarchen hörte, auf der Couch im Wohnzimmer.

Endlich hatte ich Zeit, mir die neuen Filme von Adelaide Turner und Marcel Kürten anzuschauen. Darauf hatte ich schon den ganzen Abend gewartet, und es war mir egal, ob ich El Corazón beim Schlafen störte. Ich stellte die Stühle an die Hauswand, kippte den Eintopf in die Hecke, brachte den Müll in die Küche und setzte mich vor den Fernseher, den Rücken ans Unterteil der Couch gelehnt, den im Schlaf grunzenden, unverständliche Dinge faselnden, furchtsam zuckenden El Corazón über mir.

Weil ich mir beide Filme direkt hintereinander reinzog, zuerst Turners *Die einzige Wüste*, danach Kürtens *Dorfff*, und in einer zweiten, darauffolgenden Runde noch einmal, saß ich, als der Morgen anbrach, überwältigt vor dem schwarzen Fernsehbildschirm, hilflos in meinem Gedächtnis grabend, das aus zwei Filmen einen einzigen gemacht hatte: Ein Reisebus fährt mit Höchstgeschwindigkeit auf einer kurvenlosen, unendlichen Straße durch eine grenzenlose, in ewiger Helligkeit strahlende Wüste, deren Sandlandschaft ab und zu die Farbe wechselt, von gelb zu schwarz zu rot zu weiß zu violett zu gelb, während anderswo auf der Welt eine Horde riesenhafter, klapperdürrer Männer eine Nacht lang alle Bewohner eines Örtchens namens Dorfff massakriert. Die gesichtslosen Passagiere im finsteren Inneren des durch die Wüste schießenden Reisebusses ersehnen derweil flüsternd, brabbelnd und kreischend das Ziel ihrer Reise, während eine versprengte Streitkraft in Dorfff einrückt und die Siedlung verlassen vorfindet. Die Soldaten, Deserteure einer Armee, die einen unbekannten Krieg verloren hat, beschließen, in Dorfff zu bleiben, ziehen in die verlassenen Häuser, schlüpfen in die Klamotten der früheren Bewohner und setzen ihr einfaches, brutales, von aller Welt vergessenes Leben fort, während der Reisebus unaufhaltsam seinem geheimnisvollen Ziel entgegenbraust, durch Sandstürme und Dünengebirge, begleitet von Erdbeben und Kugelblitzen. Als der Bus schließlich einen Ort namens Dorfff erreicht, ist es Nacht geworden, seine Türen öffnen sich, Gestalten mit ausgemergelten Körpern und entsetzlich verlängerten Gliedmaßen kriechen heraus, streifen durch die Straßen und verschwinden in den Häusern, während ein Wolkenhaufen sich vor den zitronengelben Mond schiebt.

Mit schlotternden Knien wankte ich in die Küche, beschmierte altes Toastbrot mit Tomatenmark, kochte Kaffee, stopfte Wechselkleidung für die Reise in eine Plastiktüte und weckte den Mexikaner. El Corazón schlug nach mir und meinte, meine blödsinnigen Filme hätten ihn die ganze Nacht wach gehalten. Unsinn, sagte ich zu ihm, seine ständigen Albträume hätten mich die ganze Nacht beim Schauen gestört. Zornig griff er nach einer Kaffeetasse und einem Brot, das ich ihm jedoch aus der Hand nahm.

Ist für die Fahrt, sagte ich.

Welche Fahrt?

Mach dich bereit. Wir gehen.

Frühnebel zog durch Kajagoogoo, auf Madame Iljuschinas Hof lärmten die Ziegen, am Brunnen stand E. T. der Außerirdische und beobachtete uns, die Tür zum Laden vom Schönen Hans stand weit offen. Wir wanderten in Richtung der Nationalstraße, querfeldein durch die Savanne, denn ich wollte per Anhalter in die Republikanische Hauptstadt oder zumindest bis nach Savannah fahren. Die Reisetasche voller Filme hatte ich mir über die Schulter geworfen, El Corazón trug nur die Kleider meines Vaters am Leib und den leeren Revolver vom Schönen Hans am Gürtel. Scheinbar hatte er endgültig beschlossen, auf eine ungesunde Art und Weise auf mich achtzugeben, und auf eine ähnlich ungesunde Art und Weise fühlte ich mich jetzt in Sicherheit bei ihm.

Am späten Vormittag erreichten wir die Nationalstraße. Sie verband den östlichen und westlichen Teil der langen Ringstraße miteinander, die einmal rund um die gesamte Insel führte. Erst vor wenigen Jahren war die Große Savanne von Maschinen und Arbeitern aufgerissen worden, und nun zog sich eine schnurgerade Operationsnarbe aus Asphalt von der östlichen Steilküste bis zur Republikanischen Hauptstadt im Westen. Wir stellten uns an den Straßenrand, ich winkte entgegenkommenden Fahrzeugen zu, El Corazón stopfte sich Toastbrot in den Mund. Meine Mutter hatte mich immer davor gewarnt, per Anhalter zu fahren, denn diese Art der Fortbewegung sei nur für Lebensmüde und Nutten geeignet. Aus einigen meiner Filme wusste ich, dass der Mörder, der bevorzugt Anhalter einsammelt, eigentlich kein schlechter Kerl war, sondern lediglich sehr einsam, und daraus schloss ich, sagte ich zu El Corazón, während ein Sattelzug dröhnend an uns vorüberfuhr, dass man eigentlich mit jedem, der einen in seinem Auto mitnimmt und im Wald den Hals umdrehen will, Freundschaft schließen kann, wenn man sich nur gewissenhaft mit seinen Anschauungen, Sorgen und Erwartungen beschäftigt.

El Corazón schwieg und aß sein Brot.

Irgendwann hörten wir ein Hupen in der Ferne. Ein Auto kam näher und hielt schließlich am Fahrbahnrand, dicht vor unseren Füßen. Am Steuer saß der Sheriff, Anführer der Milizionäre aus der Provinzhauptstadt, auf dem Beifahrersitz eine Frau, im Fond des Wagens zwei rothaarige Kinder, ein Mädchen und ein Junge.

Wusste ich doch, dass ich dich kenne, sagte der Sheriff, den schwarzen Hut auf dem Kopf, die Zähne weiß im lächelnden Mund. Darf ich euch ein Stück mitnehmen? Wir sind gerade auf dem Weg zum Verlorenen Hain und fahren dann in die Stadt zurück.

Das Mädchen kletterte nach vorn und setzte sich auf den Schoß der Frau, der Junge rückte dicht ans Fenster heran, El Corazón und ich stiegen hinten ein. Meine Reisetasche legte ich auf unseren Oberschenkeln ab, woraufhin mir El Corazón von der Seite einen Blick zuwarf, der mich das Pochen des Blutes in meinen Ohren hören ließ.

Während der Fahrt erzählte der Sheriff, dass wir gerade alle die Freude hätten, mit dem Privatfahrzeug von Hieronymus Zucca, dem ehemaligen Gouverneur der Savannenprovinz, unterwegs sein zu dürfen. Erst gestern sei Zucca aus der Stadt geflohen, all die unzumutbaren Zustände, das habe er im Staatsfernsehen verlautbaren lassen, hätten ihn wohl oder übel dazu getrieben. Für einige Stunden habe niemand gewusst, so der Sheriff, wie es nun weitergehe, bis er sich persönlich dazu entschlossen habe, die Regierungsgeschäfte im Namen des Gouverneurs weiterzuführen und für Ordnung und Sicherheit in der gesamten Provinz zu sorgen.

In jedem meiner schlimmsten Albträume war ich ein Politiker, sagte der Sheriff, aber wenn das herangaloppierende Tier des großen Zusammenbruchs seine weißen Augen öffnet, dann muss sich irgendwer auf seinen Rücken schwingen.

Ich fragte ihn nach dem Verbleib des deutschen Touristen, der sich *der Preuße* nannte. Die Augen des Sheriffs blickten mich durch den Rückspiegel an.

Ich habe keinen Schimmer, von wem du sprichst, mein Junge, sagte er und kaute auf einem Stück eingelegtem Ingwer herum.

Ich beschrieb ihm meinen Begleiter, die Umstände, die uns zu der Barrikade am Stadtrand geführt hätten, unsere Begegnung mit den Männern der Miliz. Der Sheriff stieß die Frau neben sich an und fragte sie, ob sie vielleicht wisse, wovon ich spräche. Er sei ein vielbeschäftigter Mann, der sich mit unzähligen Leuten treffen müsse, worunter manchmal sein Gedächtnis leide, insbesondere die Befähigung, sich Gesichter und Namen zu merken. So viel sei passiert um ihn herum in den letzten Tagen, und einiges davon wolle er so schnell und restlos wie möglich vergessen, was ihm bis jetzt ja auch ganz gut gelingen würde. Von einem Preußen habe er, so leid es ihm tue, noch nie etwas gehört.

Die beiden Kinder begannen zu kichern, die Frau befahl ihnen, still zu sein, der Sheriff schaltete das Radio ein, und zu *Needles and Pins* von Smokie rasten wir durch die dunstige, von einer farblosen Sonne bestrahlte Savanne. Bei *Rivers of Babylon* von Boney M. sang die ganze Familie laut mit. Wir fuhren von der Nationalstraße ab und rumpelten eine Weile durch eine Landschaft, die mich an die schlechte Haut eines Fünfzehnjährigen denken ließ. Schließlich hielten wir vor dem Eingang einer Schlucht, in der zwischen glatten, gelben Felswänden Trauerzypressen ein dichtes, dunkles Wäldchen bildeten.

Kommt, rief der Sheriff und zwängte sich aus dem Auto, kommt, Kinder, kommt.

Zusammen mit seiner Frau und den Kindern verließ er das Geröllfeld und verschwand in der Finsternis des Wäldchens. El Corazón und ich folgten ihnen. Die schwarze Erde dünstete einen würzigen Duft aus, der Wind bewegte die Zweige. Es war plötzlich kühler geworden, rotäugige Streifenhörnchen schnarrten über uns in den Bäumen, die beiden Kinder jagten sich gegenseitig herum, der Sheriff und seine Frau spazierten in einiger Entfernung und unterhielten sich. Der Verlorene Hain, das wusste jeder Inselbewohner, war ein Ort, an dem sich einst die in Fülle begnadete Erbin des Lichtreichs Maria Magdalena einem Schäfer zu erkennen gegeben hatte; später erzählte dieser Schäfer, er habe es eine Nacht lang mit der Erscheinung getrieben, hier auf diesem Waldboden, und obwohl er ständig daran habe denken müssen, dass es vielleicht nicht rechtens sein könnte, was er da anstellte, habe er jeden einzelnen Augenblick als erfüllend und unwiederbringlich empfunden. In den frühen 1950er Jahren, so hieß es, ging im Hain oft ein Junge umher, barfuß und in Lumpen gekleidet, fing Mäuse mit bloßen Händen, rieb sein nimmermüdes Geschlecht an den gleichmütigen Bäumen und warf Kiesel nach den Paradiesvögeln; sein Name war Eriberto Heidenreich, und als zehn Jahre später die Bewegung der Heiteren Falkner auf unsere Insel kam, wurde er zum ersten Präsidenten der neuen Republik ernannt, verstarb aber wenige Wochen darauf an einer Überdosis Heroin. Auch war der Hain bekannt dafür, dass ab und an unbekannte, schwebende Lichter in seinem Gehölz beobachtet werden konnten, die sich, kam man ihnen zu nahe, mit großer Geschwindigkeit erhoben und sirrend in die Nachtwolken entwischten. Eine Zeit lang richteten die Heiteren Falkner hier diejenigen ihrer Anhänger hin, die verdächtigt wurden, nicht einverstanden zu sein mit den Methoden, die die Transformation der wilden Insel zur rechtgläubigen Republik erforderte.

An Orten wie diesen entspannen sich die angestrengten Nerven, sagte der Sheriff, als er sich mit seiner Frau zu El Corazón und mir gesellt hatte.

Wir nahmen auf einer Bank Platz, die inmitten des Hains aufgestellt worden war, tranken Wasser und sahen den Kindern dabei zu, wie sie mit langen Stöcken in einem Ameisenhaufen stocherten.

Wenn ich daran denke, fuhr der Sheriff fort, dass die schwersten Entscheidungen längst hinter mir liegen, möchte ich am liebsten einen Luftsprung machen. Warum eigentlich nicht?

Er stand auf und hüpfte einmal in die Luft. Dabei fiel ihm sein Hut vom Kopf, er hob ihn auf und setzte sich wieder auf die Bank.

Heute Morgen, sagte der Sheriff, weckte mich ein Anruf aus der Republikanischen Hauptstadt, und mir wurde erklärt, dass meine Übernahme der Regierungsgeschäfte illegal sei und als Austritt der Savannenprovinz aus der Republikanischen Föderation betrachtet werde. Ich hatte keine Ahnung, wer da am anderen Ende war, vielleicht ein Mitarbeiter des Innenministeriums oder der Republikanischen Sicherheit oder ein Spaßvogel mit Borderline-Syndrom, er hatte sich mir jedenfalls nicht vorgestellt, und ich antwortete ihm, dass er doch wohl nicht im Ernst glauben würde, dass ich eine Rebellion anzetteln wollte. Und ob!, rief der geheimnisvolle Anrufer, davon müsse er in einer Republik wie der unsrigen zwangsläufig ausgehen, Spezialeinheiten des Republikanischen Heeres seien bereits mobilgemacht, man werde keine weiteren Verbrechen gegen die Zivilbevölkerung dulden, es würde ein flammendes Exempel statuiert werden und so weiter. Ich legte ohne offizielle Abschiedsformel auf und beschloss, mir diesen Tag freizunehmen und mit meiner Familie hierherzufahren, um meine Gedanken neu zu sortieren. Wie soll es jetzt weitergehen? Was soll ich nur machen? Mögen Emmy Jaeger und Dr. Silvestro unserer armen Seelen gnädig sein.

Die Kinder kamen zu uns, der Sheriff strich ihnen durch die Haare, drückte sie fest an sich und gab ihnen Schokolade, die seine Frau in einer Plastiktüte mit sich trug.

Wir haben da hinten ein paar Leute kennengelernt, sagte das Mädchen.

Und sie sagen, wir sollen euch allen schöne Grüße von ihnen ausrichten, sagte der Junge.

Der Sheriff erhob sich, berührte mit den Fingerspitzen die Krempe seines Huts und schaute zum Rand des Wäldchens. Menschen gingen dort umher, ich zählte sieben, von denen sich vier nun in den Wald hineinbegaben. Drei von ihnen trugen dicke Jacken mit Tarnflecken, Maschinengewehre und Sturmhauben, der vierte nur ein einfaches weißes Hemd mit schmaler Lederkrawatte, schwarze Jeans und auf der Nase eine große Brille, die sein linkes Auge hinter einem Milchglas versteckte. Er grüßte uns im Namen der Bewohner der nordwestlichen Bergprovinz und insbesondere im Namen seines Anführers, Dr. Silvestro, dem Befreier dieser Bewohner vom Joch der Republik und dem Bannspruch ihrer korrumpierten, kaltblütigen Eliten. Der Sheriff sammelte seine Familie um sich, und für einen Moment fürchtete ich, El Corazón würde sich auf seine Seite schlagen, als sein viel zu groß geratenes drittes Kind oder als ein zurückgebliebener Verwandter, den die Familie überallhin mitschleppte, doch er verharrte neben mir auf der Bank und ließ mich nicht eine Sekunde lang aus den Augen.

Der Mann im weißen Hemd bat den Sheriff freundlich, ein paar Meter mit ihm zu gehen, um gemeinsam einige Dinge zu besprechen, wir anderen sollten uns nicht vom Fleck bewegen, eine reine Vorsichtsmaßnahme, denn Gerüchten zufolge würde sich bereits ein Spähtrupp des Republikanischen Heeres in der Nähe befinden, jenem Spähtrupp der Revolutionäre ähnlich, der uns im Verlorenen Hain aufgestöbert habe, und wie jeder wisse, dozierte er, begännen alle großen Schlachten der Menschheitsgeschichte damit, dass sich ein Spähtrupp mit einem anderen Spähtrupp auf offenem Felde die Köpfe einschlüge, was in Anbetracht der anwesenden Kinder daher tunlichst vermieden werden sollte. Er führte den Sheriff ein paar Meter weiter zu einer ausgebrannten Stelle, die so aussah, als hätte hier jemand einen winzigen Scheiterhaufen für eine ebenso winzige Hexe oder ein einfaches Lagerfeuer niederbrennen lassen, sprach mit ihm, hörte sich an, was der Sheriff zu sagen hatte, tätschelte ihm den Rücken, zeigte auf uns oder auf seine Soldaten, zeigte zum Rand des Wäldchens oder auf den dahinterliegenden Rest der Insel und kam schließlich zu uns zurück, die Hand auf der Schulter des Sheriffs, der ein Gesicht machte, als hätte ihm gerade ein vulgäres Gespenst offenbart, dass es morgen den ganzen Tag regnen würde, ein Regen aus Blut oder Tränen oder Scheiße oder Olivenöl oder allem zusammen.

Wir wurden aus dem Hain gebracht, zu den übrigen Soldaten, die bei einem geklauten Jeep des Republikanischen Heeres und einem Kleinbus auf uns gewartet hatten. El Corazón musste die Arme ausbreiten und wurde durchsucht, ein Soldat nahm ihm den Revolver ab, gab ihm einen kurzen Schlag auf den Hinterkopf und prüfte die leere Trommel. Meine Reisetasche wurde auf die Motorhaube des Jeeps gestellt und geöffnet, die Soldaten wühlten ratlos kichernd in dem Haufen Videokassetten, dann forderten sie El Corazón und mich auf, in den Jeep zu steigen, der Sheriff und seine Familie nahmen im Kleinbus Platz.

WIR FUHREN FERNAB DER HAUPTSTRASSEN durch felsige Ebenen und Buschlandschaften, überquerten einen seichten Fluss, kamen durch ein Dorf, in dem uns die Bewohner müde zuwinkten, und erreichten nach Stunden ein zerklüftetes, graues Hochland, umgeben von der Bergkette des Republikanischen Gebirges, hinter dessen schartigen Gipfeln gerade die Sonne unterging. Ich erkannte in der Ferne den höchsten Berg der Insel, der über Jahrzehnte hinweg keinen Namen getragen hatte, nun aber *Brian Colossus* genannt wurde, nach einem Präsidenten der Republik aus den späten 1970er Jahren, dem es während seiner Amtszeit gelungen war, eine neuartige, aus Pflanzenfasern gefertigte Flachdichtung für Abflussrohre zu entwickeln; während der kurzlebigen neostalinistischen Diktatur auf der Insel Anfang der 1990er hieß er einige Monate lang *Berg der 21. Arbeitstagung des Kommunistischen Konsortiums*, der einzig wahre Name für den einzig wahren Berg.

Da bist du also gelandet, Bruno, dachte ich, und einen Moment lang wurde mir ganz elend in dieser völlig entleerten Landschaft, eingekeilt in diesem Wagen zwischen wahrhaftigen Killern, die nicht ihr Wahnsinn, sondern ihre Weltanschauung die Messer wetzen ließ, worin jedoch letztendlich auch kein Unterschied bestand. Auf jeden Fall war ich mir sicher, nicht auf dem Weg in die strahlende Republikanische Hauptstadt zu sein, sondern in ein rattenverseuchtes Kellerloch, in ein Arbeitslager im Hochgebirge oder zu meiner eigenen Hinrichtung. Ich spürte die Kälte von außen in den Jeep dringen. Winterliche Kleidung fehlte in meinem Reisegepäck wie so ziemlich alles, von VHS-Kassetten einmal abgesehen. Zu den Republikanischen Filmfestspielen würden wir es jedenfalls mit großer Wahrscheinlichkeit nicht mehr pünktlich schaffen. Ich hatte es leider auch verschlafen, mich danach zu erkundigen, wann sie überhaupt losgingen. Der Gedanke, dass sie vielleicht längst begonnen hatten, gerade ihren Höhepunkt erreichten oder soeben beendet worden waren, trieb mir einen monströsen Kloß in den Hals, und ich musste mich sehr zusammenreißen, nicht aus Ärger und Enttäuschung loszuheulen.

Während der Fahrt hatten der Soldat am Steuer und der Mann im weißen Hemd auf dem Beifahrersitz ab und zu leise miteinander gesprochen, El Corazón hatte die ganze Zeit über wie ein verhaltensgestörtes Baby geschlafen. Wie viel Zeit vergangen war, konnte ich kaum schätzen, Stunden vermutlich, aber schließlich kam der Jeep vor einem improvisierten Schlagbaum aus Bierkästen und einem darauf liegenden Birkenstamm zum Stehen. Auf ausgebreiteten Decken saßen drei Bewaffnete und aßen gerade zu Abend, machten aber den Weg frei, nachdem unser Fahrer seine zur Faust geballte Hand aus dem Fenster gestreckt hatte. Einige Meter weiter erwartete uns der nächste Checkpoint, besetzt von einer Horde johlender Kinder, die uns mit erhobenen Knüppeln, Cola-Flaschen und Fahrradketten begrüßten und hinter unserem Wagen herliefen. Die dritte Barrikade war bereits geöffnet worden, niemand erwartete uns dort, nur ein paar zerzauste Hunde streiften umher, beobachtet von einigen Ziegen, die starr auf den Felsvorsprüngen der Steilwände standen. Minuten später hatten wir unser Ziel erreicht.

Wie jedes Kind wusste, war die wichtigste Schriftstellerin, die diese Insel jemals hervorgebracht hatte, Isabella von Schenk gewesen, genannt *La Chanteuse de la Résurrection*, Freiheitskämpferin, mutmaßliche Geliebte Eriberto Heidenreichs, des ersten Präsidenten, und Nationaldichterin unserer Republik. Auf dem ausgebrannten Gemäuer eines Luftschutzbunkers hatte sie sich ein Anwesen errichten lassen, das den knöchrigen Verehrern klassizistischer Herrschaftsarchitektur milchige Tränen in die Augen trieb. Ihr *Graues Schloss*, das sie gemeinsam mit ihrem Mann Rodolfo bewohnt hatte, besaß einen Portikus in Form eines altgriechischen Tempeleingangs und ein Hauptgebäude mit vielen rechteckigen Fenstern, geweißten Wänden und zwei Flügeln, die sich schmucklos nach Osten und Westen erstreckten. Trotzig hockte es auf einer vom Sturm umtosten, kahlen Anhöhe aus Schiefer, Staub und Schutt, das Republikanische Gebirge hinter sich, einige Hütten am Fuße seines Hügels. Als wir die Zufahrt zum Schloss hinauffuhren, griff der Mann im weißen Hemd unter seinen Sitz, holte ein schmales Buch hervor, *Herrliche Tage* von Isabella von Schenk, und öffnete das Beifahrerfenster. Zornig stieß der Wind in den Wagen hinein, und während wir dem Schloss näher und näher kamen, rezitierte er aus dem Büchlein, als wollte er mit seiner Stimme in dieser felsigen, scharfkantigen, trostlosen Landschaft etwas erwecken, das schon viel zu lange geschlafen hatte.

Denn ich bin die Zerstörung, las der Mann im weißen Hemd, *ich vernichte, ich bin die Vernichtung, die Auslöschung, ich bin der Niedergang und die Zertrümmerung, die Verderbnis und der Abgrund, der Verfall, der Zerfall, die Zerrüttung, die Zersetzung, das Ende, das allumfassende Ende, das blutige Ende, das blutig geschlagene Ende, das vom Blut umspülte Ende (warmes Blut und kochendes Blut und furchtbare Schreie, Schreie von noch nie gehörter Klarheit, Schreie in einer kalten Dunkelheit), ich bin die kalte Dunkelheit, die Finsternis und die mondlose Nacht, ich bin die Undurchdringbarkeit, die Düsternis, die Kälte des Weltraums, die tödliche Stille des Weltraums, die ewige Nacht des Weltraums, die Nacht auf Erden, die vorübergehende Nacht auf Erden, der Anbruch des letzten Tages auf Erden, der letzte Tag, die letzten Tage, die allerletzten Tage, und, ja!, ich bin auch der Wahnsinn, die Angst, der Irrsinn, die Eskapade, die Egozentrik und die große Geste, das Beben, die Flut, der Zyklon, die Seuche, das Eis, der Ausbruch, die Lawine, die Hitze, die Zentrifugalkraft, das elektromagnetische Feld, die Gravitation, die Plage, der Sturz, der Schmerz, der Tumult, das Laster, der eiserne Turm der Hysterie, die Diebin, das imperialistische Bestreben, der Imperialismus, die imperiale Größe, Babel bin ich, der Turmbau zu Babel bin ich, die Hure Babylon bin ich, das Pulsieren des Lebens in Babylon bin ich, o ja, denn ich bin es: der Widerspruch, der uner-*

messliche Widerspruch, der erbärmliche Widerspruch, der wesentliche Widerspruch, der universelle Widerspruch, der all die Dinge durchdringt, fort und fort.

Vor dem Eingang des Grauen Schlosses hielt unser Jeep. Die Tür öffnete sich, und eine junge Frau stürzte aus dem Gebäude, lächelnd, die Arme ausgebreitet. Unter einem dicken Mantel trug sie ein blaues Kleid. Sie begrüßte den Mann im weißen Hemd mit einem Wangenkuss, salutierte vor dem Fahrer und gab El Corazón und mir die Hand. Dann ging sie hinüber zu dem Kleinbus, der gerade eingetroffen war und in dem der Sheriff und seine Familie mit hängenden Schultern saßen.

Der große Dr. Silvestro ist also ein kleines Mädchen, sagte El Corazón und schüttelte den Kopf.

Nein, sagte der Mann im weißen Hemd und rückte die Brille auf seiner Nase zurecht, das ist Antoinette von Schenk, die Geliebte des Volkes des Freien Gebirges, Adoptivtochter unseres Generals Dr. Silvestro, des Feindes aller Sklaverei, Gleichgültigkeit und Korruption.

Ich bitte um Ihre Aufmerksamkeit, rief die Frau namens Antoinette von Schenk. Um den Erhalt und die Interessen der Emanzipation des Freien Gebirges zu wahren, lade ich Sie herzlich dazu ein, für eine Weile im Schloss meiner Familie zu bleiben. Sie werden verstehen, dass Sie während dieser Zeit Teil eines von uns angestrengten Ermittlungsverfahrens sein werden, um sicherzugehen, dass niemand von Ihnen den unaufhaltsamen Ablauf und das glückspendende Gelingen der Emanzipation des Freien Gebirges zu beeinträchtigen versucht. Betrachten Sie den Wohnsitz meiner Familie als Ihr Zuhause, tun Sie, was immer Ihnen Spaß macht, leben Sie ohne Sorge und Einschränkungen. Willkommen auf dem Grauen Schloss, willkommen im Freien Gebirge.

Soldaten kamen und teilten uns auf: El Corazón und ich wurden in den westlichen Flügel des Schlosses geführt, der Sheriff und seine Familie in den östlichen. Ich bezog ein kleines Zimmer mit einem Bett, einem Schrank, einem Holztisch und einem eigenen Bad, El Corazóns Schlafraum befand sich nur wenige Meter entfernt den Flur hinunter. Man gab uns eine halbe Stunde Zeit, uns frisch zu machen, dann erwartete man unsere Anwesenheit im Speisesaal, wo das Abendessen serviert werden würde.

Ich dachte an Sylvie, Johnny und Liam und fragte mich, was sie wohl gerade trieben, ob sie immer noch auf der Nationalstraße gen Westen unterwegs oder längst in der Hauptstadt angekommen waren, sah sie am Rande der Großen Savanne vor ihrem Wohnwagen sitzen, Eistee trinkend und in die Sonne blinzelnd, sah sie eine von Laternen gesäumte, nächtliche Straße entlangfahren, sah ihren Wohnwagen im Graben neben einem Feldweg, ausgebrannt und von Geiern bewohnt. Ich versuchte, mich an das Gesicht des Preußen zu erinnern, doch alles, was ich sah, war der Kopf El Corazóns, der auf Hals und Schultern eines Körpers ruhte, der vielleicht dem Preußen, vielleicht mir, vielleicht auch jemand ganz anderem gehörte.

Besser als nichts, Bruno Hidalgo, sagte ich mir mit der Stimme des Preußen, dein dämlicher Schädel könnte längst eingeschlagen sein. Diese Insel und die auf ihr gegen das eigene, unaufhaltsame Verderben ankämpfenden Menschen sind genau das, was dir das Schicksal zu gewähren bereit ist. Sieh dir alles in Ruhe an, achte penibel auf deine Gesundheit und nutze jeden Vorteil aus, um deine Situation erträglich zu halten. Alles andere wäre glatter Selbstmord.

Ein Soldat trat ins Zimmer und forderte mich auf, ihm zu folgen. Wir gingen den Flur entlang zum Treppenhaus, stiegen hinauf in eines der oberen Stockwerke, betraten einen weiteren Flur, der zur Galerie führte, von der man in die Eingangshalle blicken konnte, und gelangten schließlich in den Speisesaal. In der Mitte des Raumes stand eine lange Tafel, an der bereits Antoinette von Schenk, der einäugige Mann im weißen Hemd und El Corazón Platz genommen hatten. Ich blieb an der Tür stehen und blickte in den Saal hinein. An den Wänden hingen Gemälde, manche mehrere Quadratmeter groß, andere so klein wie Postkarten, und sie alle bildeten kriegerische Auseinandersetzungen ab, altertümlich gekleidete Offiziere auf Pferden, die in einen Kanonendonner geraten waren, eine Landschaft aus Schützengräben im Nebel, zwei Kriegsschiffsflotten, die sich auf einem stürmischen Meer beharkten, Musketen und Pulverdampf, römische Legionen beim Ansturm, Kriegselefanten und Bajonette, ein Geschwader nachtschwarzer Hubschrauber beim Luftangriff auf eine Stadt in der Wüste.

Das Erbe meiner Mutter Isabella, sagte Antoinette von Schenk und zeigte auf die Bilder, gemalt von ihr mit feuriger Inbrunst und selbstvergessener Disziplin: *Die Schlacht von Cannae*, *Die Belagerung von Konstantinopel*, *Die Schlacht bei Homburg an der Unstrut*, *Die Belagerung von Jerusalem*, *Die Schlacht von Stirling Bridge*, *Die Schlacht auf dem Amselfeld*, *Das Große Gegenüberstehen an der Ugra*, *Die Seeschlacht von Lepanto*, *Die Belagerung von Limerick*, *Die Schlacht von Guilford Court House*, *Die Schlacht bei Kap Finisterre*, *Das Gefecht von Venta del Pozo*, *Das Massaker am Strande Odessas*, *Die Schlacht von Elandslaagte*, *Die Tankschlacht von Cambrai*, *Der Zwischenfall an der Marco-Polo-Brücke*, *Der Kessel von Falaise*, *Die Schlacht von Mogadischu* und so weiter. Meine Kindheit glich zuweilen einer paramilitärischen Ausbildung.

Sie erhob ihr Glas und bat mich, am anderen Ende des Tisches Platz zu nehmen.

Auf vergangene, gegenwärtige und zukünftige Schlachten, sagte sie.

Wir tranken süßen Weißwein. Drei Soldaten kamen in den Saal und servierten Suppe, anschließend ein Filet mit Kartoffeln und dunkler Sauce, das ich keinem mir bekannten Tier zuordnen konnte. Während des Essens fragte Antoinette von Schenk den Mann im weißen Hemd, ob ihm bewusst sei, dass ein waschechter Filmfreund mit am Tisch sitze.

Wie mir zu Ohren gekommen ist, sagte sie, besitzt unser junger Gast eine stattliche Sammlung von Meisterwerken des Horrorfilms, die er sogar mit auf Reisen nimmt. Und wenn ich alles richtig verstanden habe, befindet sich auch Ihr Film darunter, mein lieber Wohlff. Wussten Sie davon? Und wenn ja: Erfüllt es Sie mit Stolz?

Der Mann im weißen Hemd senkte den Kopf und schaute lange auf seine Kartoffeln, die er mit seiner Gabel gewissenhaft zu einem erdbraunen, sämigen Brei zerquetscht hatte. Ich sah zu El Corazón, der ungerührt weiteraß, blickte dann den

Mann im weißen Hemd an und versuchte zu begreifen, was ich da gerade gehört hatte.

Was für ein schöner Zufall, sagte Antoinette von Schenk. Kommandant X Wohlff genießt das volle Vertrauen von Dr. Silvestro. Die kräftezehrende Befreiung des Republikanischen Gebirges ist einer seiner unschätzbaren Verdienste.

X Wohlff, dachte ich, X Wohlff, X Wohlff, X Wohlff! Gleich bleibt mein Herz stehen, gleich muss es so weit sein.

Ich kenne mich nicht so gut mit Filmen aus, sagte Antoinette von Schenk, schon gar nicht mit Horror und all diesem Zeug. Aber ich kenne natürlich den Film meines Freundes Wohlff. *Die kaputte Sonne* oder so ähnlich, zum Beispiel. Sehr verstörend.

Der terroristische Mond, verbesserte ich sie streng und stach meine Gabel in eine kleine, runde Kartoffel.

Jaja, sagte Antoinette von Schenk. Ehrlich gesagt, ich habe mich immer schon gefragt, wofür dieses geheimnisvolle X in Ihrem Namen steht, Wohlff. Ich habe dies und das gedacht, aber sicher bin ich mir bis heute nicht, ob ich damit richtig liege.

X Wohlff sah von seinem Teller auf, blickte mit seinem einen Auge zur Tür, zerknüllte eine Serviette in seiner Hand und sagte: Es ist mir unangenehm, davon zu sprechen, denn es klingt wie die Idee eines Idioten, gnädige Frau von Schenk, aber ich denke, das X markiert den in mir vergrabenen Schatz für denjenigen, der auf der Suche danach ist. Wohlff ist der Name meiner Familie.

Ein schöner Gedanke, jubelte Antoinette von Schenk und rief nach den Soldaten, um das Dessert servieren zu lassen.

Schälchen mit Vanillemousse und Blaubeeren wurden hereingetragen, und wir begannen gierig zu löffeln.

Am heutigen Abend sind Sie nicht der einzige Mann mit einem Pseudonym, lieber Wohlff, sagte Antoinette von Schenk. Darf ich fragen, woher Ihr Spitzname kommt, Señor El Corazón?

Ich habe versucht, einen Mann namens Billy Velasquez mit einem Messer ins Herz zu stechen, sagte El Corazón, aber es ist mir nicht gelungen.

Weil Sie ein guter Mensch sind?

Nein, sagte El Corazón, weil ich ein Feigling bin. Ich habe entschieden, Billy Velasquez seinem grauenhaften Schicksal zu überlassen, obwohl ich die Möglichkeit hatte, ihn davor zu bewahren. Ich bin nichts mehr wert und werde es niemals wieder sein.

Hört, hört, rief Antoinette von Schenk, wir befinden uns in einer mexikanischen Todesoper. Kennen Sie die Seite aus Isabellas *Herrlichen Tagen*, auf der sie ihre nächtlichen Wahnvorstellungen beschreibt? Ich muss es Ihnen allen sofort vorlesen, es passt so gut zu unserer Stimmung.

Sie rief einen Soldaten herbei, befahl ihm, das Buch aus einem Nebenraum zu holen und es ihr zu bringen, blätterte eine Weile die Seiten durch und setzte dann mit tiefer Stimme an: *Manchmal schreie ich im Schlaf. Es ist kein Schreien, das seinen Ursprung in den Geschehnissen eines bösen Traums hat. Auch ist dieses Schreien kein Moment des kurzen Erschreckens, kein Moment dieser ganz bestimmten Ahnung von Haltlosigkeit, die einen hin und wieder überkommt, wenn man die Grenze vom Wachsein zum Schlaf passiert. Nein, mein Geschrei in der Nacht (manchmal höre ich es wie jemand, der neben meinem Bett sitzt und mich beobachtet, manchmal höre ich es nicht) bedeutet, dass ich in einen ganz besonderen Schlaf gefallen bin, der sehr nahe am Tod ist. So ist mein Schreien die Todesangst, der Irrglaube, in diesem Moment sterben zu müssen, das hilflose Kreischen einer Bewusstlosen. Tod und Leben sind dann eins, zusammengeführt durch etwas, das außerhalb meines Verstandes existiert, und bisher bin ich immer wieder aus diesem Zustand, der nur ein Dazwischen sein kann, zurückgekehrt, in den anbrechenden Morgen, zum Tag, erschöpft zwar, aber mit der unumstößlichen Gewissheit, auf einer endlichen Reise zu sein.* Na ja, und so weiter. Gefällt es Ihnen, El Corazón?

Ich habe für sehr gefährliche Leute gearbeitet, sagte El Corazón, Leute, denen es nichts ausmachen würde, die gesamte Bevölkerung der Berge, der Savanne, der Wüste, der Städte und der Küsten dieser Insel auszuradieren, zum Vergnügen, aus Habsucht oder zur bloßen Demonstration ihrer Möglichkeiten. Ich möchte deshalb nicht weiter von Ihnen und Ihresgleichen behelligt werden, Antoinette, denn ich weiß, Sie meinen es nicht böse.

Für einen Moment war es still im Saal. El Corazón kratzte mit seinem Löffel die Reste seiner Mousse zusammen und schob ihn sich in den Mund. X Wohlff sah aus, als würde er träumen.

Wir, sagte Antoinette von Schenk, meinen es nicht böse, da haben Sie sicherlich recht. Aber die Emanzipation des Freien Gebirges ist etwas, das Sie in Ihrem tiefsten Inneren ebenso angeht wie mich, die ich im Grauen Schloss aufwachsen durfte. Es geht immer darum, der kümmerlichen Seite einen Vorteil gegenüber der herrschenden Seite zu verschaffen.

Die fortwährende Bewegung muss gewahrt bleiben, und wenn der tödliche Stillstand droht, dann muss den Schwachen wieder ein Vorteil gegenüber den Starken eingeräumt werden. Daraus erst ergibt sich die ständige Verschiebung, die unsere Herzen am Schlagen hält. Wir werden hier noch eine Menge Freude miteinander haben, El Corazón, davon bin ich überzeugt. Und nun bitte ich Sie alle, mir in den Salon zu folgen. Lassen wir meine Soldateska die Tafel abräumen.

Auf dem Weg zum Salon fiel mir der Film *Schaum und Knochen* von Roberto Madrigal ein, der von einer adligen Festgesellschaft erzählt, die in einem hinter Rosenhecken, Feengrotten und Wasserspielen verborgenen Lustschloss von einer Gruppe Gespenster gequält wird, keine ruhelosen, rachsüchtigen Seelen längst Verstorbener, sondern Geister aus der Zukunft, Geister von Menschen, die erst in mehreren Hundert Jahren zur Welt kommen würden, eine Epiphanie des Todes und des ungeborenen Lebens gleichermaßen.

Und ganz am Ende, sagte ich zu X Wohlff, der neben mir den Flur hinunterging, sind diese Adligen dann im Ballsaal versammelt, und die Gespenster, blitzende Gewitterwolken mit menschlichen Umrissen, kriechen aus den Ecken, jeder Wand, dem Boden und der Decke, um all jene unrettbar in den Wahnsinn zu treiben, die noch immer fest daran glauben, dass ihre oligarchischen Prinzipien auch nur ein weiteres Sekündchen überdauern könnten.

Roberto Madrigal?, fragte X Wohlff, blieb stehen und drehte den Kopf zu mir, schaute aber direkt an meinem Gesicht vorbei.

Kennen Sie ihn etwa?, rief ich, und meine Beine begannen zu zittern.

X Wohlff atmete tief ein, wischte sich mit beiden Handflächen über Stirn, Augen und Wangen und stieß prustend die Luft wieder aus.

Nie von ihm gehört, sagte er dann. Aber das muss nichts heißen. Ich hasse Gespensterfilme.

Wir beobachteten, wie Antoinette von Schenk und El Corazón in einigen Metern Entfernung den Salon betraten.

Aber Sie mögen Werwolffilme, richtig?, fragte ich.

Nein, sagte X Wohlff, ich mag überhaupt keine Filme. Weder meinen eigenen noch die von anderen Leuten. Ich habe *Der terroristische Mond* nur gedreht, um das Geld von der Filmförderungsgesellschaft einzustreichen und bei den Frauen Eindruck zu schinden.

Aber Ihr Film ist trotzdem hervorragend, Sie blöder Arsch, rief ich da.

Hör auf, hier so rumzuschreien. Willst du dir eine Kugel einfangen? Früher hatte ich mal so etwas wie ein cineastisches ABC: Wir schweigen, wenn es um das Eigentliche geht. Wir begeben uns dorthin auf die Suche, wo es schon längst nichts mehr zu finden gibt. Und immer töten wir, was wir nicht vermissen. Heute kämpfe ich für eine bessere Welt und nehme nur noch den letzten Punkt auf meiner Liste ernst.

Der Salon besaß eine verglaste Außenwand, dahinter breitete sich die Geröllandschaft aus. In seiner Mitte befand sich ein Bücherregal, daneben ein schwerer Arbeitstisch, dessen hölzerne Beine Elefantenfüßen nachempfunden waren. Pfauenräder, bunte Holzschilde sowie Masken und Speere afrikanischer Ureinwohner und die künstlichen, einen bitteren Geruch ausdünstenden Felle von Zebras, Leoparden und Eisbären hingen an den Wänden, in der Ecke stand eine gesichtslose Schaufensterpuppe, gekleidet in die beigefarbene Montur eines europäischen Tropenforschers aus dem 19. Jahrhundert mit herabhängendem Hosenlatz, die Beistelltische waren Riesenschildkrötenpanzer aus Plastik mit daraufmontierten Specksteinplatten. Antoinette von Schenk und X Wohlff ließen sich auf einer breiten, weißen Couch mit extravagant geschwungener Lehne nieder und begannen ein leises Gespräch miteinander. Eine Soldatin kam herein und brachte ihnen eisgekühlte Schnapsgläser und vier Zigarillos. El Corazón stand an einem der Beistelltische und griff nach einem Buch, das jemand darauf abgelegt hatte, die deutschsprachige Ausgabe der Erzählungen und epischen Gedichte eines Dichters namens Joseph von Eichendorff. In ernstem Ton begann er daraus vorzulesen, und wir anderen beobachteten das Öffnen und Schließen seines Mundes.

Als würde ein kaputter Traktor durch ein Unwetter fahren, sagte Antoinette von Schenk irgendwann und forderte einen ihrer Soldaten auf, El Corazón das Buch wegzunehmen.

Ich ging zu dem Regal hinüber und zog einen Stapel Bücher heraus, Kriminal-, Horror-, Science-Fiction- und Liebesromane mit zerknitterten und bekleckerten Einbänden, deren knallbunte Cover mir den Atem verschlugen: eine barbusige Weltraumheldin im Zweikampf mit einer außerirdischen Bestie auf einem öden Planeten, ein sich in einem viktorianischen Spiegel materialisierendes Geistwesen mit schwarzen Locken und bluttriefenden Fangzähnen, ein breit grinsender, bocksfüßiger Satyr mit meterlangem, erigiertem Penis und einem Maschinengewehr in der Armbeuge, ein Kodiakbär, der auf einer von nachmittäglichem Licht beschienenen Waldlichtung liegt und in dessen aufgeschnittenem Leib, zwischen blauen Darmschlingen, Fettgewebe und glänzenden Organen, ein kleines, rothaariges Mädchen sitzt und mit großen Augen traurig hinausschaut. Auch entdeckte ich ein Buch, das ich schon einmal gesehen hatte, nämlich in der Bibliothek des Schreckens, die der Preuße in meinem Haus in Kajagoogoo zurückgelassen hatte, *Der rote Spiegel* von Emilia Gutiérrez. Ich schlug es auf und las ein paar Zeilen aus dem Vorwort: *Hier sprang etwas von einem Mann zum anderen: Als der alte Papa Doc Anfang 1971 die Regierungsgeschäfte seinem 19-jährigen Sohn übertrug, da schien es, als übertrage er ihm auch seinen Sadismus, seine Ignoranz und seine maßlose Selbstgefälligkeit. Kurz darauf verschied der Körper des ehemaligen Landarztes in Frieden, doch jeder wusste, dass sein unsichtbares Wesen in Baby Doc fortlebte. Der Vater und der Sohn, verbunden über den Tod hinaus, die entsetzliche Symbiose, François und Jean-Claude Duvalier, die alle Zeiten überdauernde Familie: Der lebende Sohn existiert nicht ohne den verstorbenen Vater, der verstorbene Vater bleibt im lebenden Sohn erhalten. In Haiti ist es den Dingen eigen, sich ständig potenzieren zu müssen. Nichts kommt hier zur Ruhe.*

Mich lässt dieses böse Märchen von Billy Velasquez einfach nicht los, sagte Antoinette von Schenk laut in den Raum hinein und wedelte dabei mit ihrer Hand in der Luft herum, den Zigarillo zwischen Daumen und Zeigefinger. Kommen Sie schon, El Corazón, erzählen Sie weiter, oder muss ich Sie etwa erschießen lassen?

X Wohlff guckte wie jemand, der sich vor seinem eigenen Schatten erschreckt hatte, Antoinette von Schenk lächelte unbekümmert, El Corazón schlich zu ihnen, setzte sich auf die Armlehne der Couch und begann zu erzählen, wie er und sein alter Freund Pancho Caruso, genannt *Titi*, in Geldnot geraten waren und einen Mann namens *Mamba* Álvaro aufgesucht hatten, von dem jeder wusste, dass er in schmutzige Geschäfte verwickelt war. Mamba erteilte ihnen den Auftrag, nach Mexiko-Stadt zu reisen und den flüchtigen Billy Velasquez ausfindig zu machen, der, so drückte sich El Corazón aus, dem gefährlichen Irrtum der Furcht erlegen war. Es hatte ihn und Titi keinerlei Mühen gekostet, Billy Velasquez im Hotel *Emperador* ausfindig zu machen. Sie hatten ihn im hellerleuchteten Fenster seines Zimmers und beim Verlassen des Hotels beobachtet und waren ihm überall dorthin gefolgt, wo ein vor Selbstbewusstsein strotzender Tunichtgut, der nur den Steinwurf eines Betrunkenen vom Durchdrehen entfernt war, seine Zeit zu verbringen pflegte: in die Nachtclubs der Zona Rosa, auf die Spitze der Sonnenpyramide in der Ruinenstadt Teotihuacán, zu einem Fußballspiel ins Estadio Azteca, das Club América gegen CD Guadalajara haushoch verlor, auf das Campusgelände der UNAM, wo Billy Velasquez sich mit einer Studentin traf, die ihm zwei Stunden später im Chapultepec-Park eine schallende Ohrfeige verpasste, in die finsteren Gassen des Stadtbezirks Iztapalapa, wo er in Bungalows und Schuppen verschwand, vor denen Männer mit Maschinenpistolen Wache hielten, in die Museen Nacional de Antropología, de Arte Moderno und Frida Kahlo und schließlich in eine der erbärmlichen Junkiehütten an der Avenida Constituyentes, wo er zwei Wochen am Rande der geistigen Umnachtung zubrachte. Sie hatten beschlossen, Streichhölzer zu ziehen: Titi würde sich Billy Velasquez nähern, mit ihm Freundschaft schließen und ihn dazu überreden, gemeinsam in den Norden des Landes zu reisen. El Corazón würde beiden unauffällig folgen und dafür Sorge tragen, dass sie heil und ungestört dort ankämen.

Und dann?, fragte Antoinette von Schenk, die die Beine angezogen und sich auf ihre Unterschenkel gesetzt hatte.

Ich folgte den beiden in die Wüste, erzählte El Corazón, doch dort verlor ich ihre Spur. Nach stundenlanger Wanderung gelangte ich schließlich an den Rand eines Kraters, der Durchmesser etwa fünfhundert Meter. In seinem Zentrum sah ich etwas blinken, die Sonne vielleicht, die von einer metallischen Oberfläche reflektiert wurde. Ich stieg in den Krater hinunter, in dem nichts wuchs und keine Tiere zu sehen waren. Obwohl es mit jedem meiner Schritte eine deutlichere Form bekam, konnte ich einfach nicht sagen, welche Art von Objekt dort vor mir lag, und als ich endlich davorstand, sank ich auf den Boden, kreuzte die Beine zum Schneidersitz und glotzte das Ding an, das von weiß Gott woher in diese furchtbare Einöde gestürzt war: Es war ein unförmiger Klumpen aus geschmolzenem, blank poliertem Metall, groß wie ein Bauernhäuschen und mit einer feinen Schicht Staub bedeckt. Das Metall stammte von verschiedenen Gegenständen, die zum Teil noch erkennbar waren, ein rot lackierter Kühlschrank beispielsweise, eine Wildschweinskulptur aus Gusseisen, eine funktionstüchtige Raketenbatterie aus den Beständen einer islamistischen Terrororganisation, mehrere Fahrradrahmen, die dunkelgrüne Raupenkette eines deutschen Panzerfahrzeugs, verbrannte Motorblöcke, der Öltank eines Flammenwerfers aus dem Zweiten Weltkrieg und einige Hundert Sägeblätter, Bohrköpfe, Äxte, Schwerter und Heckenscheren in unterschiedlichen Größen, die in einem Münzfernsprecher, einem Heizkörper, einem bronzenen Standbild der Jungfrau von Guadalupe und einem Elektroherd steckten. Ich hatte keinen blassen Schimmer, wer all diese Objekte miteinander verschweißt haben mochte und zu welchem Zweck, aber mir gefiel, wie ich mich selbst hundertfach in den gekrümmten Oberflächen spiegelte, winzig klein, den blauen Himmel im Rücken, der sich um mich herum in die Unendlichkeit wölbte. Und dort, auf jenen Flächen, neben den vielen unbeweglich dasitzenden El Corazóns, sah ich auch meine jüngere Schwester Irina, mal als Kleinkind, mal als junges Mädchen, mal als Teenager, mal als Studentin; hier saß sie ebenso unbeweglich wie ich auf dem Boden und starrte mich ausdruckslos an, dort rannte sie lachend um mich herum, woanders schrie sie mir ins Ohr, dass ich endlich zur Vernunft kommen solle, gottverfluchte Scheiße!, anderswo lehnte sie ihren Kopf gegen meine Schulter und weinte leise, dort fuhr sie mir mit den Fingern durch die Haare, hier sah sie mir gespannt dabei zu, wie ich nach hinten umkippte.

Und dann?, fragte Antoinette von Schenk gereizt und ließ sich von X Wohlff in ihr Glas nachschenken.

Ich habe überhaupt keine Lust mehr, Ihnen weiter von meinem Elend zu erzählen, sagte El Corazón. Sie können sich doch denken, wohin das alles führte. Ich werde jetzt diesen Raum verlassen, mir die Zähne putzen und schlafen gehen.

Und dabei möchte ich nicht gestört werden, haben Sie das verstanden? Ich habe keine Angst vor Ihnen, und vor Ihren Soldaten schon gar nicht.

Er stand auf, warf mir einen Blick zu und verließ den Salon.

Diese Mexikaner, stöhnte Antoinette von Schenk und streckte ihre Beine aus. Immer sofort gekränkt, wenn ihnen Aufmerksamkeit zuteil wird. Ich habe sie sehr gern, aber dann und wann können sie einem wirklich furchtbar auf die Nerven gehen.

Ich blieb im Schatten des Bücherregals stehen, außer Sichtweite von X Wohlff und Antoinette von Schenk, die mich nicht weiter beachteten. Sie sprachen wieder miteinander, viel Geflüster und Gekicher, nur einzelne Worte verstand ich davon, Worte wie *Attacke*, *Befreiung*, *Wahrheit*, *Zielstrebigkeit*, *Glück*, *Tatenlosigkeit*, *Schicksal* und *Reparatur*, Worte, mit denen man, so kam mir in diesem Moment in den Sinn, entweder die Welt erobern oder direkt zur Hölle fahren konnte.

Irgendwann stahl ich mich davon und überlegte auf dem dunklen Flur, in welchem Teil des Schlosses mein Zimmer lag. Nicht weit entfernt führte eine breite Treppe ins Erdgeschoss hinunter, die Stimmen von Soldaten oder anderen Bewohnern waren von dort zu hören. Ich ging ein paar Schritte in die Richtung, aus der ich vor einigen Stunden gekommen zu sein glaubte, spürte den weichen Teppich unter meinen dünnen Schuhsohlen und passierte die Galerie oberhalb der Empfangshalle. Ich schaute über die Brüstung nach unten: Ein Armleuchter brannte auf einer Anrichte, ein Telefonapparat mit Wählscheibe hing an der Wand, ein grüner Sessel stand in der Ecke. Jemand kam über den Steinboden gelaufen, der Sheriff erschien, seinen Hut in den Händen drehend. Er humpelte durch das Foyer, in Begleitung zweier Soldaten, die sich feixend über eine Fernsehsendung unterhielten, in der ein Showmaster namens Miguelito Explosivo auf einem riesigen Krokodil reitend die Insel umrunden wollte, bis das Tier ihn nach der Hälfte der Strecke abwarf, seinen Arm fraß und sich im Wald verkroch. Sie durchquerten die Halle, den klitschnass geschwitzten Sheriff in ihrer Mitte, und verschwanden in einem der Korridore. Ich lauschte den Schritten, die sich entfernten, dann war alles still. Kurz darauf gingen unten in der Halle die Kerzen aus, ich spürte ein leichtes Beben unter meinen Füßen, ein Geruch nach Verschmortem lag in der Luft, und ich hatte das Gefühl, etwas Schweres würde sich mir aus den angrenzenden Fluren im ersten Stock nähern, ein mechanisches Nashorn wie in einem der Filme von Buster Lee, ein riesenhaftes, entstelltes Kleinkind wie in einem der Filme von Krister Kristiansborg oder eine alles verschlingende Masse aus Schweröl, Talg, Marihuanaklumpen und Schnee wie in einem der Filme von Ferenc Lima. Ich drückte meinen Rücken gegen die Wand und wartete, mein Trommelfell in beiden Ohren vibrierte, ganz in meiner Nähe sprang eine Tür auf.

Komm her, hörte ich El Corazóns Stimme.

Ich fand ihn in einem kleinen Zimmer mit zwei großen Kleiderschränken und einem Bügelbrett. Er stand am Fenster und winkte mich zu sich.

Da, sagte er und tippte mit dem Zeigefinger gegen die Scheibe.

Ich sah hinaus auf einen Garten, der hinter dem Schloss liegen musste, verzweigte Wege, weite Rasenflächen, die in der Ferne ein dichter Bergwald begrenzte, Hecken, Statuen mit Musikinstrumenten, Waffen, sterbenden Geliebten oder erlegten Tieren in den Händen, ein trockener Springbrunnen. Eine Gestalt kam auf das Schloss zu, monströs geformt wie eine Schildkröte auf zwei Beinen, ein Mensch, der, unter mehreren Lagen dicker Decken versteckt, schwerfällig durch den Garten schwankte.

Vor etwa einer Stunde ging er fort, sagte El Corazón, und jetzt kommt er wieder zurück.

Wer ist das?, fragte ich.

Vermutlich der berühmte Dr. Silvestro, Erlöser der Berge. Oder jemand anderes.

El Corazón trat einen Schritt vom Fenster zurück und ging langsam durch das Zimmer.

Wie auch immer, sagte er schließlich, ich wollte dich nur wissen lassen, dass wir es hier mit Monstern zu tun haben. Vergiss das nicht. Vergiss niemals, dass du von Monstern umgeben bist.

Und? fragte ich ihn. Was ist denn nun mit diesem Billy Velasquez geschehen?

Ich weiß es nicht, sagte El Corazón. Titi und er gingen in die Wüste und kehrten nie wieder zurück. Mehr gibt es darüber nicht zu sagen, und mehr wirst du auch von mir dazu nicht hören.

Schweigend begaben wir uns zurück in unseren Flügel des Schlosses. El Corazón verschwand grußlos in seinem Zimmer, ich blieb noch einige Sekunden vor meiner Tür stehen, weil ich glaubte, etwas gehört zu haben, ein herannahendes Flugzeug vielleicht, ein verängstigtes Tier oder einen Hilferuf, doch es geschah weiter nichts, und ich ging zu Bett. Jemand hatte das Tagebuch von Isabella von Schenk auf mein Kopfkissen gelegt, und bevor ich einschlief, las ich darin eine Stelle, die mir einen Albtraum aus vielfarbigen Explosionen in einem Blitzlichtgewitter bescherte: *Manchmal höre ich Schreie im Schlaf. Es sind nicht meine eigenen, dessen bin ich mir sicher, denn es sind die Schreie der unzähligen Toten, entsetzliche Klagerufe aus einer anderen Zeit: Manchmal glaube ich, meinen Namen zu hören, meinen Namen inmitten eines Sturms, der immerwährend ist, meinen Namen im endlosen Summen unzähliger Bienen, meinen Namen im Rauschen eines herabstürzenden Ozeans. Wie ich mich vor dem Tosen fürchte! Wie mich die Furcht der Toten ängstigt, denn dies wird auch meine Furcht sein, eines Tages, und diese Furcht ist eine mitleidlose, eine grausame, eine bestürzende, eine abscheuliche Furcht, und mein Schicksal ist, dass ich sie jetzt schon spüren kann – zwar noch ganz leicht und nur im Traum, aber was gibt es Schlimmeres als die Ahnung einer Gewissheit? Ich liege im Bett (manchmal einen Mann namens Rodolfo, manchmal niemanden an meiner Seite) und gedenke im Traum meiner Toten, o all dieser Toten – aber was kann ich schon tun? Ich lausche ja nur ihrem Lied.*

Am Morgen weckte mich jemand. Mit der Faust oder dem Ende seines Gewehrs schlug er an meine Tür, die Sonne war noch nicht aufgegangen. Vor meinem Zimmer war ein Tablett abgestellt worden, zwei Scheiben Brot, Käse, Wurst und eine Tasse mit heißem Wasser. Den Teebeutel hatten sie wahrscheinlich vergessen. Zitternd aß ich am geöffneten Fenster, unten fuhren Fahrzeuge vor, ein Lastwagen, zwei

Motorräder, ein alter Ford Granada, Soldaten liefen umher, die Wache wechselte wohl, Minuten später fuhren die Fahrzeuge wieder ab, und es war still. Ich dachte darüber nach, was Antoinette von Schenk bei ihrer Begrüßung zu uns gesagt hatte, dass es eine Untersuchung geben würde, deren Ergebnis wir abzuwarten hätten. Und dann? Würden sie mich gehen lassen, wenn ihnen klar geworden war, dass ich nichts mit der Regierung zu tun hatte? Und was war mit El Corazón? Steckte er vielleicht mit der Regierung unter einer Decke? Sollte El Corazón wirklich die Revolution in der nordwestlichen Bergprovinz unterwandern wollen und entdeckt werden, dann war ich als sein Begleiter ebenso dran wie er. Was für eine Scheiße. Ich saß am Fenster und spekulierte: El Corazón als Agent der Republikanischen Sicherheit, ein Geheimauftrag der Präsidentin Emmy Jaeger, das Attentat auf Dr. Silvestro, den verrückten Anführer der Separatisten, der sich nur unter Steppdecken verborgen auf seine nächtlichen Spaziergänge durch den Garten begab, aus Angst, von einem in Schlangengift getauchten Armbrustpfeil niedergestreckt zu werden. Ganz sicher wusste Antoinette von Schenk mehr darüber. Ich schätzte sie auf vier oder fünf Jahre älter als ich, dreißig war sie keinesfalls. Jeder von uns lebte auf seinem Planeten, sie war in einem Schloss aus grauem Stein aufgewachsen, ich an einem Ort namens Kajagoogoo, aber was zählte das in Zeiten wie diesen noch? Mag sein, dass sie als eine Anführerin dieser Revolution das Antlitz einer Mörderin besaß, doch sie war jung und konnte möglicherweise sogar sanftmütig sein, und genau deshalb wünschte ich mir wohl, tief versteckt in meinem Herzen, ihr einen Kuss geben zu dürfen.

Meine Zeit im Grauen Schloss vertrieb ich mir in den folgenden Stunden und Tagen damit, in meinem Zimmer auf dem Bett zu liegen und an die Decke zu starren, aus dem Fenster zu schauen und ein paar Schritte den Korridor vor der Tür auf und ab zu gehen. Niemand suchte mich auf und wollte mit mir sprechen, niemand führte mich in den Salon oder in eines der anderen Zimmer, nur ein schweigsamer Soldat brachte mir am Morgen und am Abend etwas zu essen. Manchmal hörte ich irgendwo im Schloss die Rufe von Kindern, vielleicht von den Kindern des Sheriffs oder Kindern aus den Bergdörfern, und oft fiel am Abend der Strom aus, sodass ich mich wie ein Blinder durch mein stockdunkles Zimmer tasten musste. Ab und zu las ich Isabella von Schenks Buch und fühlte dabei eine finstere Beklemmung, die mich an die Filme von Adelaide Turner und daran denken ließ, dass es Kunstwerke gab, die einzig und allein darauf ausgelegt sein mussten, die Menschen in den Wahnsinn zu treiben.

In *Herrliche Tage* hatte sie ihre trüben Gedanken verewigt, die beständig darum kreisten, auf einer frisch aus dem Meer aufgetauchten Insel zu leben, die Stimme des Geliebten im Ohr, das prickelnde Gefühl eines drohenden Unheils auf der Haut, Schatten, die vor ihren Augen aufziehen und sich wieder verflüchtigen, Wind, der durch die vertrockneten Sträucher einer kargen Landschaft geht wie ein gelangweiltes Gespenst. Und immer wieder kommt sie auch auf die avantgardistischen Ideale der Heiteren Falkner zu sprechen, auf der Insel eine Republik der Liebe und der Poesie zu errichten, gestaltet allein von den aus ihren Heimatländern geflüchteten Künstlern, Freidenkern und Taugenichtsen, ein Vorhaben, das schließlich ins Gegenteil verkehrt wird, in gewaltsamer Unterdrückung, paranoider Überwachung und korruptem Bürokratismus endet, und dies, so Isabella von Schenk, habe sie schließlich die letzten Reste ihres Verstandes gekostet, was ich durchaus nachvollziehen konnte.

Hin und wieder sah ich durchs Fenster El Corazón draußen vor dem Schloss, eine Banane in der Hand, im Gespräch mit einem Soldaten oder auf einem Spaziergang ohne bestimmtes Ziel. In diesen Momenten wollte ich, dass er zu mir nach oben sah, aber ich traute mich nicht, gegen die Scheibe zu klopfen.

Am frühen Morgen des dritten oder vierten Tages nach unserer Ankunft im Schloss öffnete sich meine Zimmertür einen Spaltbreit. Antoinette von Schenk fragte, ob sie hereinkommen dürfe. Sie durfte.

Wir saßen auf meinem Bett, und weil sie mich danach gefragt hatte, erzählte ich ihr von Kajagoogoo am Rande der Großen Savanne, vom Verschwinden meiner Eltern, von den Horrorfilmen und ihren Regisseuren, die mir das Leben gerettet hätten, vom Auftauchen des Preußen, vom Anschlag in Savannah auf die Parade zu Ehren Emmy Jaegers, vom Sheriff und seinen Milizionären, von Johnny, Sylvie und Liam und ihrem Wohnmobil und von dem Morgen, als ein Mexikaner namens El Corazón auf der Couch in meinem Wohnzimmer gesessen habe und mich seitdem ohne erkennbare Gründe verfolge. Antoinette von Schenk fragte mich, was ich eigentlich vorgehabt hätte, wenn ich nicht auf den Sheriff und X Wohlff getroffen wäre, und ich erzählte ihr von den Republikanischen Filmfestspielen in der Hauptstadt, die ich gerne besuchen würde. Einmal habe sie, so Antoinette von Schenk, als Kind mit ihren Eltern das Filmfestival besucht, vor zwölf oder dreizehn Jahren, und es sei für sie eine ganz erstaunliche Erfahrung gewesen. Eine Bande Smokings tragender Banditen hätte kurz vor Beginn der feierlichen Eröffnung sämtliche Technik entwendet, Kabel, Lampen, Filmrollen und auch die Projektoren, sodass jeder Film in seiner Gänze von Laienschauspielern aufgeführt werden musste, um das Publikum nicht zu verprellen.

An diesen magischen Tagen, erzählte Antoinette von Schenk, habe ich Betrunkene gesehen, die sich mit Putzeimern, Klappstühlen und Besenstielen eine Schlacht im Weltraum lieferten, eine Gruppe Vorschulkinder spielte die komplette Offenbarung des Johannes nach, eine alte Frau feuerte mit Platzpatronen auf ihren kettenrauchenden Ehemann, der mit seinem schlecht sitzenden Toupet Ronald Reagan mimte, und ein paar Teenager auf Acid stellten die Landung in der Normandie nach, in deren Verlauf sie sich die Kleider von den Leibern rissen und auf der Bühne übereinander herfielen. Zwei Jahre später wollten Rodolfo und Isabella noch einmal mit mir zu den Festspielen fahren, doch nur wenige Tage vor unserer Abreise überfiel ein Mann namens Silvestro mit seinen Kämpfern das Schloss und ließ meine Eltern noch in derselben Nacht im Garten hinrichten. In diesem Jahr soll das Filmprogramm aber ganz gut sein, habe ich gehört, sagte Antoinette von Schenk. Und nun komm!

Sie nahm mich an die Hand, und wir gingen hinaus, zu einer unscheinbaren Stelle auf dem Rasen. Hier, erzählte sie mir, habe sie von einem Fenster im Obergeschoss aus ihre Eltern liegen sehen. Immer wieder sei sie ans Fenster getreten, drei Tage lang, und immer noch hätten die Körper da gelegen, unberührt, seien nicht in den Himmel gehoben worden oder von selbst in der Erde versunken. Schlussendlich hätten ein paar dahergelaufene Bauern sie davongeschleift und im Bergwald begraben.

Und seitdem lebst du mit Dr. Silvestro im Schloss?, fragte ich.

Ja, sagte Antoinette von Schenk. Er liebt mich, und ich glaube, dass es ihm sehr leidtut, was er meinen Eltern antun musste. Aber über gewisse Dinge kann er sich nicht hinwegsetzen, auch wenn er es gerne möchte. Die Idee des Freien Gebirges lässt nicht zu, dass man sich mit etwas anderem als mit ihr beschäftigt.

Aber was bedeutet das?, rief ich. Was soll das sein, die Befreiung des Gebirges?

Antoinette von Schenk ging ein paar Schritte über den Rasen, klopfte sich gegen den Oberschenkel, was mir zu verstehen gab, dass ich ihr folgen sollte, und sagte: Die Freiheit der Berge ist die Freiheit der Insel. Silvestro weiß: Wer die Berge befreit, befreit am Ende auch die Savanne, die Steilküste, die Sümpfe und die Hauptstadt. Eines Tages wird die gesamte Insel ihm und seinen Anhängern gehören, wird es keine Republik mehr geben, wird Emmy Jaeger nicht länger eine Unannehmlichkeit sein. Die naturgemäße Umwälzung aller bestehenden Verhältnisse verlangt danach. Eines Tages wird es eine Freie Insel geben, worauf du kräftig einen lassen kannst, Bruno Hidalgo aus Kajagoogoo.

Wir erreichten den Rand des Bergwalds, der zu einem großen Teil aus toten Bäumen und entlaubten Sträuchern bestand, die in einer harten, hellen Erde steckten. Von dort gingen wir nicht wieder zum Schloss zurück, sondern noch ein Stück weiter in den Wald hinein. Weiße Bienen surrten um uns herum, ein Meer vertrockneter Nadeln knisterte unter unseren Füßen, in der Nähe schrie ein Vogel mit der Stimme eines schmerzgeplagten Menschen. Wir erreichten eine kleine, gänzlich mit runden, grauen Kieselsteinen bedeckte Lichtung, auf der sich ein japanisches Teehaus befand. Seine Schiebetür stand offen, dahinter war ein niedriger Raum ohne Möbel zu sehen, der mit Reisstrohmatten ausgelegt war. Wir gingen auf das Häuschen zu, und ich stellte mir allen Ernstes einen Moment lang die dumme Frage, ob meine Anwesenheit in den Bergen etwas zu bedeuten hatte für das Schicksal der Insel, ihrer Republik und ihrer Revolution. Vor dem Eingang des Teehauses zog Antoinette von Schenk ihre Schuhe aus und kroch hinein, ich folgte ihr, blieb in der Mitte des Raumes sitzen und wartete darauf, dass etwas geschah. Sie schob die Tür zu und kramte in einem Stoffbeutel, der in der Ecke lag, holte zwei Flaschen Cola und zwei Schokoriegel hervor und teilte sie mit mir. Wir tranken und aßen, Licht drang durch die fensterlosen Wände aus Papier, draußen knackten die Bäume im Wind. Irgendwann sprach ich von den Menschen, die ich gerne wiedersehen würde: meine Eltern beispielsweise, aber auch den Preußen, Sylvie, Johnny und Liam – einfach nur, weil ich mich in ihrer Gesellschaft wohlgefühlt hätte, auch wenn ich es eigentlich nicht darauf anlegte, ständig unter Leuten sein zu müssen. Antoinette von Schenk verstand mich, auch sie war es leid, tagein, tagaus allein im Schloss zu leben und darauf zu warten, dass X Wohlff von seinen streng geheimen Reisen an die Front zurückkam, um ihr von den Fortschritten der alles niederwalzenden Revolution zu berichten. Silvestro halte sich zwar immer in ihrer Nähe auf, so Antoinette von Schenk, aber es falle ihr schwer, mit ihm zu kommunizieren, da er sehr wenig sprach und seine Gemächer nur selten verließ. Manchmal hatte sie sich mit einem der Soldaten angefreundet, einem Jungen oder einem Mädchen aus den Bergdörfern, hatte mit ihnen im Teehaus gesessen, im Garten gepicknickt, ferngesehen, Videospiele gespielt und ganze Nächte durchgevögelt, doch nach wenigen Tagen war ihr stets klar geworden, dass jeder Soldat nur eine Liebe kennen darf, nämlich die Liebe zu seiner Waffe, und als Adoptivtochter des Revolutionsführers Dr. Silvestro hatte sie gelernt, dass jeder Soldat, der nicht bloß seine Waffe liebte, ziemlich schnell an der Wand stand.

Übrigens bin ich kein Soldat, sagte ich und rückte ein winziges Stück näher an sie heran, falls dich das interessiert.

Psst, machte Antoinette von Schenk und hob die Hand.

Draußen machte etwas Geräusche im Laub, Zweige brachen, jemand schlich über die Kiesel hinweg. Wir schwiegen und lauschten. Ein Schatten wanderte über die Teehauswand, Fingerspitzen erschienen im Licht und berührten das Papier, ein lang gezogenes Keuchen war zu hören, die Hand entfernte sich, der Schatten verschwand, ich dachte an El Corazón, der uns gefolgt sein musste, Antoinette von Schenk rief Silvestros Namen, bekam aber keine Antwort, wir warteten reglos, die Schritte ums Teehaus im Ohr, draußen schob sich etwas vor die Sonne, das Licht wurde grau, dann war alles still. Einige

Minuten noch saßen wir reglos da, eine gemeinsame Furcht in den Herzen, eine Furcht vor dem Unsichtbaren, der Bedrängnis, dem Überfall, eine Furcht, die einen immer und überall erfassen kann, ganz gleich, wie sicher man zu sein glaubt, ganz gleich, ob man in einem Schloss aufwächst oder unter freiem Himmel am Rande der Savanne.

Antoinette von Schenk erlaubte mir, meinen Kopf in ihren Schoß zu legen, die Beine lang zu machen und die Augen zu schließen. Mit ihren Fingern fuhr sie durch meine Haare und strich mir über die kalte Stirn. Ich war todmüde, doch es gelang mir nicht einzuschlafen. Ich spürte Antoinette von Schenks Hände auf meiner Haut, ihre Fingerkuppen, die nach Sand in meinen Augenwinkeln und Gesteinskörnchen hinter meinen Ohren suchten, ihre kurz geschnittenen, rissigen Nägel, die Mitesser auf meinen Wangen und meiner Nase zerkratzten, ihre Fingerspitzen, die Schuppen, Staubflusen und Blütenpollen von meinen Haarsträhnen entfernten. Ich hörte ein Rumoren in ihrem Bauch, ihr Atem ging über mich hinweg, und mir kam der Gedanke, dass wir unwiderlegbar die Kinder der neuen Insel waren, Kinder von Eltern, die von weiß Gott woher übers Meer gekommen waren, Kinder der Republik und der Revolution, Kinder der Liebe und des Hasses, Kinder der weißen Bienen und des kühlenden Feuers. Dann erzählte ihre Stimme dicht an meinem Ohr flüsternd von dem Auszug der Freien Menschen aus dem Freien Gebirge, von einer in unaufhaltsame Bewegung versetzten Armee, von der Schwarzen Stadt am Rande der Steilküste, von Dr. Silvestro, der, ein Fernglas und einen Säbel in der Hand, den Angriff befehligte, von X Wohlff, der in der ersten Reihe kämpfte und fiel, von El Corazón, der uns alle verraten würde, und von einem Jungen namens Bruno Hidalgo, der nicht wusste, auf welche Seite er sich schlagen sollte. Ich wollte aufstehen, doch meine Beine und der Rest meines Körpers fühlten sich so schwer an, als würde eine Kraft aus den Tiefen der Erde mich zu sich hinabziehen wollen, nur hielt mich einzig und allein der Boden des Teehauses noch einen weiteren Moment zurück. Ich beobachtete, wie sich Antoinette von Schenk ihr Kleid über den Kopf zog und es neben mir ausbreitete, dann holte sie aus einer Innentasche des hellen Stoffes einen silbernen Revolver hervor, den ich als El Corazóns Waffe wiedererkannte, die er vom Schönen Hans geschenkt bekommen hatte. Nackt stand Antoinette von Schenk über mir, die Augen geschlossen, und zielte mit dem Revolver auf meinen Oberkörper, dann trat sie ein paar Schritte zurück, kroch durch den schmalen Eingang ins Freie und verschwand im Wald. Ich begriff nichts und fragte mich, ob sie da draußen nicht erfrieren würde. Minuten vergingen, in denen ich immer wieder versuchte, mich zu regen, eine Stunde verstrich, vielleicht auch zwei oder mehr. Ich kämpfte gegen meine Müdigkeit an, denn auf gar keinen Fall wollte ich hier einschlafen, allein inmitten dieses furchterregenden Waldes, doch irgendwann gelang es mir nicht mehr, mich gegen mich selbst zur Wehr zu setzen, und ich fiel in einen absolutistischen Schlaf, der mich vom König der Toten und seinem Garten träumen ließ, einem König, der nicht mehr war als ein leeres Versprechen, und einem Garten, überwuchert von urzeitlichen Pflanzen, in dem riesige, unförmige Tiere schnaufend durchs dampfende, fleischige Blattwerk raschelten.

Am frühen Abend erwachte ich, verließ das Teehaus und den Wald und kehrte auf wackligen Beinen zum Schloss zurück. Als ich in die Eingangshalle kam, stieß ich auf einen dünnen, halbnackten Mann, der sich gerade seiner Decken entledigte, die er sich über den Körper geworfen hatte, fünf Steppdecken, von denen drei noch um seinen Kopf und seine Schultern gewickelt, zwei bereits unten auf dem Fußboden abgelegt worden waren.

Dr. Silvestro?, fragte ich vorsichtig und hielt mich dicht an der Wand, über mir ein aufgehängtes Wappen, bestehend aus zwei gekreuzten Maschinengewehren, Efeuranken und einem Hirschgeweih vor einem eisernen Dreiecksschild.

Der Mann schaute unter seinen Decken hervor in meine Richtung. Sein Gesicht war bleich und eingefallen, seine Brust von roten Beulen, Kratzern und Narben übersät, und als er wieder damit begann, sich seine Decken vom Körper zu werfen, schwankte er hin und her wie ein Betrunkener, den ein Heulkrampf schüttelte. Ich rührte mich nicht und starrte ihn weiterhin an, bis er schließlich erneut innehielt, zitternd zwischen seinen Decken stand und sich hilflos umsah. Wieder drehte er den Kopf zu mir, schien eine Weile angestrengt zu überlegen, was er als Nächstes tun sollte, und machte schließlich eine langsame, rudernde Bewegung mit seiner Hand. Ich näherte mich ihm, und als ich ihn fast erreicht hatte, hob er den Arm, um ihn auf meine Schulter zu legen. Aus seinen Achselhöhlen drang ein beißender Gestank, der mir wie ein Schlag ins Gesicht fuhr. Ich riss mich zusammen und stützte den Alten, den ich für Silvestro hielt und der nicht schwerer war als meine Reisetasche voller Horrorfilme, betrat mit ihm die

Treppe und brachte ihn in den Ostflügel des Schlosses, wo er mehrere miteinander verbundene Zimmer zu bewohnen schien. In einem der Räume befand sich lediglich ein großer Tisch, auf dem eine geografische Karte ausgebreitet lag, eine Karte der nordwestlichen Bergprovinz mit ihren verfallenden Nestern, Schotterpisten, die ins Nichts führten, schneebedeckten Gipfeln und unbewohnten Schutthalden. In einem anderen Zimmer stand ein grüner Ohrensessel in der Mitte des Raumes, die Sitzfläche zum Fenster gedreht, in dem in dieser Sekunde ein Blitz hinter den Bergen einschlug. Ich brachte Dr. Silvestro ins dritte seiner Zimmer, zu seinem Feldbett, auf das er sich ächzend niederließ und zu einer Waschschüssel in der Ecke zeigte. Ich ging hinüber und kam mit einem Lappen zu ihm zurück, den ich in das lauwarme Wasser der Schüssel getaucht hatte. Dr. Silvestro hatte sich währenddessen auf seinem Bett ausgestreckt und wartete darauf, dass ich ihm mit dem Lappen den Oberkörper abrieb, die blutverkrusteten Beulen, die mit Eiter verklebten Striemen, die glänzenden Narben. Ich fragte, wer ihn so verletzt habe, aber er gab mir keine Antwort, stattdessen wühlte er umständlich in seiner Hosentasche und zog schließlich eine elektrische Zigarette hervor, die er sich in den Mund steckte und süßlichen Dampf bis unter die Zimmerdecke paffte. Derweil säuberte ich ihn, den Lappen fest in meiner Hand, und empfand dabei sogar das kleine Glück, endlich etwas zu tun zu haben, auch wenn es nur die Pflege des kranken, stinkenden Körpers eines Revolutionärs war, dessen Revolution wohl ohne ihn stattfinden würde. Ich fragte ihn nach Antoinette von Schenk und X Wohlff, wo sie sich aufhielten, wo ich sie finden könne. Dr. Silvestro sah mich lange mit seinen kleinen, feuchten Augen an und schüttelte dann den Kopf. Meinte er, dass sie fortgegangen waren? Oder sich in Luft aufgelöst hätten? Wo waren Antoinette von Schenk und X Wohlff? Dr. Silvestro drehte den Kopf zum Fenster, die elektrische Zigarette zwischen den Lippen. Er schloss die Augen und schlief ein. Ich säuberte den Lappen in der Waschschüssel und legte ihn auf Silvestros heiße Stirn. Dann verließ ich sein Zimmer und trat hinaus auf den Flur. Ich schlich durch das leere, stille Schloss in den Westflügel, klopfte an El Corazóns Tür, wartete vergeblich auf eine Antwort und ging dann zu meinem Zimmer. Jemand hatte es abgeschlossen. Ich rüttelte an der Klinke, trat gegen die Tür und glaubte für den Bruchteil einer Sekunde, im Teehaus im Wald gestorben und zu einem Geist geworden zu sein, sichtbar nur noch für Dr. Silvestro, von dem ich ebenfalls nicht mit Sicherheit sagen konnte, ob er wirklich noch unter den Lebenden weilte. Ich kehrte zurück zur Galerie über der Eingangshalle, durchsuchte den Salon, das Bügelzimmer, den Speisesaal, einen hohen Raum voller Gerümpel und das Treppenhaus, horchte auf Geräusche und klopfte an verschlossene Türen, fand aber nirgends eine Menschenseele. Schließlich rollte ich mich auf der Couch im Salon zusammen und wartete darauf, dass der Schlaf zurückkam, was er nicht tat. Also lag ich den Rest der Nacht über wach und stierte gedankenlos in die Dunkelheit.

Am Morgen stieg ich die Treppe hinunter und entdeckte die Küche, die sich im Keller des Schlosses befand. Dort besorgte ich etwas zu sssen für mich und Dr. Silvestro. Die Küche sah aus, als wäre sie am Vorabend geplündert worden, zerbrochenes Geschirr, Flaschen und zertretene Eier lagen herum, Schränke und Schubladen waren leer, jemand hatte großflächig Mehl und Zucker ausgestreut. Ich fand noch etwas Brot und Käse, machte ein paar Sandwiches und nahm ein Tetra Pak Orangensaft mit, das ungeöffnet auf dem Herd gestanden hatte. Auf mein mehrmaliges Klopfen an seiner Tür reagierte Silvestro nicht, also trat ich vorsichtig ein und sah nur den großen Tisch mit der Landkarte darauf. Im angrenzenden Raum saß Silvestro in seinem Sessel am Fenster, gekleidet in einen roten Mantel aus dünnem Polyester, wie ihn Boxer beim Einmarsch in die Arena tragen. Ich hielt ihm ein Sandwich und den Orangensaftkarton hin, er hob die Hände und griff danach, das Brot bekam er zu fassen, den Saft ließ er fallen, ich hob den Karton auf, und Silvestro begann zu essen. Ans Fensterbrett gelehnt, leistete ich ihm Gesellschaft, aß ebenfalls und sah ab und zu hinaus, wo der Morgennebel durch den Garten hinterm Schloss zog. Silvestro mampfte geräuschvoll, er blickte starr an mir vorbei und verschluckte sich einmal, hustete und spuckte das Zerkaute auf den Teppich. Als er fertig gegessen hatte, zeigte er zur Zimmertür, und ich glaubte schon, dass er mich rausschmeißen wollte. Doch als ihm klar geworden zu sein schien, dass ich nicht begriff, was er von mir wollte, tippte er mehrmals mit Zeige- und Mittelfinger gegen seine Lippen. Ich ging in sein Schlafzimmer, suchte lange nach der elektrischen Zigarette und fand sie endlich unter dem Bett, wohin sie in der Nacht oder am Morgen gerollt sein musste. Unmöglich hätte er sie in seinem Zustand selbst hervorholen können, dieser klapperdürre Teufel. Schnell griff ich unter das Gestell und brachte sie ihm. Eine halbe Stunde lang dampfte

Silvestro vor sich hin, den Blick auf etwas gerichtet, das sich außerhalb der gegenwärtigen Zeit und des gegenwärtigen Raumes befinden mochte und das nur er sehnsüchtig betrachten konnte, ein längst vergangenes Leben vielleicht oder eine von Grausamkeiten und Wundern gleichermaßen beseelte Zukunft. Später musste ich ihm dabei helfen, auf die Toilette zu gehen, die sich in einem Kämmerchen auf dem Korridor befand.

Während Silvestro, von Albträumen geschüttelt, seinen Mittagsschlaf hielt, musste ich mir mit irgendetwas die Zeit vertreiben, um nicht gänzlich den Mut oder den Verstand zu verlieren. Noch am Morgen hatte ich geglaubt, dass wenigstens ein paar Soldaten auftauchen würden, zur Wachablösung oder zur Gartenpflege, doch auch sie blieben fort. In der Nähe der Küche im Keller entdeckte ich eine Tür, die nur angelehnt war und hinter der eine weitere Treppe noch tiefer unter die Erde führte. Hitze stieg von dort nach oben, begleitet von einem Geruch nach Metall und Scheiße. Ich betätigte einen Lichtschalter an der Wand, Neonröhren flackerten auf, langsam stieg ich die feuchten Stufen hinab und gelangte am Ende der Treppe in einen fensterlosen Raum, der bis unter die niedrige Decke mit rostigen, leeren Tierkäfigen vollgestellt war. Federn und Fellbüschel lagen am Boden verteilt, fingerdicke, staubige Fetzen von Spinnweben hingen in den Ecken, schwarzer Schimmel wuchs auf den schwitzenden Wänden. Eine weitere Tür führte in einen Nebenraum. Auch sie war unverschlossen und erinnerte mich mit ihrer Massivität, dem Bullauge und dem Öffnungsrad an die Drucktüren des britischen Atom-U-Bootes *Christopher Fletcher* aus Sabine Oslows Film *Der Edelstein*, dessen Bordcomputer in den eisigen Tiefen des Arktischen Ozeans ein überschwängliches Eigenleben zu entwickeln beginnt, das seine dem Tode geweihte Crew all den Schrecken und die Herrlichkeit einer neugeborenen Gottheit erfahren lässt, deren Gehirn aus Schaltkreisen, Festplatten und Prozessoren besteht, eingeschlossen in den Körper eines von Atomreaktoren betriebenen, waffenstarrenden U-Bootes. In dem Raum stand unter einer von Fliegen umsurrten Hängelampe ein einfacher Holzstuhl mit kreisrund ausgesägter Sitzfläche über einem Abfluss. Zwei Türen führten in benachbarte Räume: Im ersten Raum überwältigten mich der Gestank und der Anblick eines halben Dutzends toter Hunde, im zweiten Raum war lediglich ein Nagel in die Wand geschlagen worden, an dem der schwarze Hut des Sheriffs hing. Ich verließ den Keller mit einem Gefühl in den Gliedern, als hätte sich ein Betonmantel um jeden einzelnen meiner Knochen gelegt.

Als ich zu Dr. Silvestro zurückkehrte, wartete er bereits und zeigte mit dem Ende seiner elektrischen Zigarette auf mich, als wüsste er genau, was ich getrieben hatte, oder als wüsste er rein gar nichts und wollte mich nur dazu provozieren, es ihm sofort zu erzählen. Ich brachte ihn hinunter in die Eingangshalle, wo ich ihm dabei half, die Decken auf seine zuckenden Schultern und den wie lose auf seinem Hals sitzenden Kopf zu legen. Er schnaufte wie ein rachitischer Esel, als wir hinaus in den kühlen Nachmittag gingen. Ich hatte große Mühe, ihn unter seinen Decken zu stützen, weil ich versuchte, mit beiden Armen um seine lächerliche Panzerung zu greifen und gleichzeitig zu laufen, doch dann bemerkte ich, dass Silvestro hier draußen nicht so klapprig wirkte wie im Schloss, als stärke ihn der Anblick dieses gottverfluchten Gebirges auf wundersame Weise. Wir spazierten in den Garten und kamen an der Stelle vorbei, an der Antoinette von Schenk ihre toten Eltern liegen gesehen hatte, und ich hätte dem tollkühnen Revolutionsführer gerne eine Frage zu dieser Nacht gestellt, konnte mir aber denken, dass er darauf keine Antwort geben würde, weil er vielleicht niemals wieder eine Antwort auf irgendetwas geben würde, weil er niemals eine Antwort auf irgendetwas gehabt hatte. Und deshalb fragte ich ihn auch nicht danach, ob er einen Schimmer habe, warum ich mich so aufopfernd um ihn kümmerte. Fühlte ich mich mittlerweile zu seiner Revolution hingezogen, weil ich glaubte, dass sie das Potenzial besäße, Präsidentin Jaegers heruntergekommene Republik in den Abgrund zu stoßen und etwas anderes, etwas Besseres an ihre Stelle zu setzen? Ach verdammt, was wusste ich denn schon?

Vor einem verkrüppelten Baum blieb Silvestro stehen und starrte ihn lange an. Dann trottete er weiter, auf den stillgelegten Springbrunnen zu, ein kurzes Metallrohr, das in der Mitte eines ovalen Bassins aus hellem Beton steckte. Auch das Rohr starrte er minutenlang an, als müsste er sich immer wieder aufs Neue der Anwesenheit einiger Dinge vergewissern, die ihn umgaben. Dieser Mann war am Ende angelangt, schlicht und einfach. Oder vielleicht stand er auch kurz davor, neugeboren zu werden, ein riesiger Nachtfalter, der sich plötzlich aus dem Kokon seiner Steppdecken schälen würde, jede Sekunde konnte es so weit sein, nicht wahr? Trotzdem war es mir unbegreiflich, wie sich eine Befreiungsarmee, deren Kämpfer vielleicht in diesem Augenblick die Hänge herab in Richtung

Gebirgsvorland kullerten, weiterhin auf seinen Namen stützen konnte. Auf dieser Insel gab es nichts zu erobern, nichts zu verteidigen, nichts zu halten und nichts zu holen. Diese ganze Revolution war idiotisch, weil sie zu nichts führen würde, weil Antoinette von Schenk und X Wohlff und die Soldaten des Freien Gebirges da draußen allein waren, um gegen Emmy Jaeger und ihre republikanischen Gespenster zu kämpfen, die ebenso allein waren; und das Schlachtfeld, auf dem sie sich zu treffen hofften, war ein nebliges Moor, das zuerst sie alle und danach sich selbst verschlingen würde, bis es nichts mehr gab außer warmer Finsternis, abwesenden Sternen und einem Knistern in der Luft.

Ich bemerkte, dass Dr. Silvestro mehr und mehr in sich zusammensackte, suchte unter den Decken seinen Arm und hielt ihn fest. Wir gingen zurück zum Eingang des Schlosses, Wind kam auf, ich hörte die schaurigen Geräusche der Kieselsteine unter unseren Schritten, die in dem leeren Umland verhallten, die Fenster über uns waren dunkel. Ich brachte den Alten hinauf in seine Gemächer, legte die Decken zusammen, verstaute sie in einer Ecke seines Schlafzimmers und ging mich um das Abendessen kümmern. Unten in der Küche zwang ich mich dazu, nicht zu der offen stehenden Tür und der dahinterliegenden Treppe zu schauen, die ins Verlies des Schlosses führte. Ich nahm mir vor, am nächsten Morgen in eines der umliegenden Dörfer zu gehen, um herauszubekommen, ob es nicht jemanden gab, der sich um Silvestro kümmern konnte, ein anderer Veteran der Revolution vielleicht oder ein von Mitleid erfülltes Mütterchen, denn ich wollte ja nicht für alle Ewigkeiten hierbleiben, ich würde gehen, schon bald, ich hätte schon längst auf dem Weg in die Republikanische Hauptstadt sein sollen.

Während ich über meine nächsten Schritte nachgrübelte, kochte ich Suppe aus einem alten Kürbis, den ich in der Spülmaschine aufgestöbert hatte, und streute reichlich Pfeffer rein. Ich richtete zwei Schalen an, nahm die letzten Scheiben Toastbrot mit und ging zurück zu Dr. Silvestro. Sein Körper saß nicht im Sessel, stützte sich nicht auf den Tisch mit der Landkarte und lag auch nicht im Bett, sondern darunter, die Beine angezogen, der Rücken verdreht, die Arme zu beiden Seiten ausgestreckt. Im ersten Augenblick wollte ich ihn fragen, ob er in dieser Position die Nacht verbingen wolle, doch schnell merkte ich, dass sein aufrührerisches Gemüt die Seilbahn zur Sonne genommen hatte. Ich stellte die Schalen auf dem Fensterbrett ab und horchte auf ein letztes Wort, das ein überraschend Verstorbener der alten Legende zufolge, die meine Mutter mir einmal erzählt hatte, demjenigen ins Ohr flüstert, der als Erster seinen toten Leib entdeckt, doch ich hörte nichts dergleichen. Aber ich hörte, wie jemand ins Schlafzimmer trat, drehte mich um und sah El Corazón in der Tür stehen. Er zeigte zum Fenster und sagte, dass wir heute Nacht noch in die Republikanische Hauptstadt aufbrechen würden, keine weitere Sekunde dürften wir verlieren.

Du Schwein, wo warst du die ganze Zeit?, fragte ich ihn wütend und bemerkte, wie mir dabei meine Stimme abhanden kam. Mehr aus Trotz als aus Hunger bestand ich darauf, erst zu Abend zu essen, nahm die Schalen und ging mit ihm ins Nebenzimmer, wo wir uns an den Tisch setzten. Während ich aß, studierte er schweigend die Karte des befreiten Republikanischen Gebirges. Ich beobachtete seinen Zeigefinger, der von den Graten in die Täler wanderte, dem Lauf eines Baches folgte, ein paar Höfe umrundete und schließlich die Straße erreichte, die aus den Bergen hinausführte. Für den Moment fühlte ich mich gerettet, über einem Abgrund an einem Seil baumelnd, das El Corazón geknüpft hatte und das er fest in seinen Händen hielt, bis er sich schließlich entschied, loszulassen und pfeifend davonzugehen.

El Corazón hatte in der Nacht ein Fahrzeug besorgt, mit dem wir uns als Bauern ausgeben konnten, die Vorräte an die Front oder sonstwohin fuhren, einen uralten Pick-up, der mit einem Interventionskontingent der UNO auf die Insel gekommen und irgendwann in den Besitz eines Bergbewohners übergegangen war. Beim Einsteigen fiel mir die Reisetasche mit meinen Filmen ein, die ich auf keinen Fall hierlassen konnte. Ich flehte El Corazón an, mit mir zu meinem Zimmer zu gehen und sie zu holen, er kniff die Augen zusammen und bewegte die Kiefer, dann eilten wir ins Schloss zurück, in den Westflügel und zu meiner verschlossenen Zimmertür, die der Mexikaner ohne Zögern auftrat. Ich fand die Reisetasche in der Ecke, stopfte meine herumliegenden Klamotten und das Tagebuch von Isabella von Schenk hinein und verließ endgültig das Graue Schloss der Revolutionäre des Freien Gebirges, an meiner Seite der geheimnisvolle Mexikaner El Corazón, dessen Furchtlosigkeit nur von seiner Heimtücke übertroffen wurde.

Wir jagten unseren Pick-up durch die Nacht, der Himmel über uns wie das schwarze Auge eines namenlosen Riesen, der das kalte, leere Universum in seinem Kopf trägt. Die Straßensperren standen verlassen im Mondlicht, die holprigen Pisten waren verwaist, kein anderes Auto kam uns entgegen. Ziegen und Hunde lungerten in den Vorgärten herum und in den offen stehenden Türen der wenigen Häuser, an denen wir vorüberfuhren. Ich stellte mir vor, wie El Corazón sich zwei Tage lang im Schloss versteckt gehalten hatte, auf einem Kleiderschrank sitzend oder hinter einer Tür lauernd, so lange, bis er sicher sein konnte, dass Antoinette von Schenk, X Wohlff und die Soldaten nicht zurückkehren würden. Er sprach kein Wort, und ich vermied es, ihn anzusehen, doch nach einer Weile bemerkte ich, dass er ab und zu in seine Hemdtasche griff, um sich etwas in den Mundwinkel zu stecken und darauf herumzukauen. Ich erklärte ihm müde, dass er den kleinen Knopf an der elektrischen Zigarette einige Sekunden lang drücken müsse, um sie einzuschalten. Es gelang ihm auf Anhieb, und er blies den Dampf in feinen Wolken durch die Nasenlöcher ins Wageninnere.

Als wir die Berge hinter uns gelassen und ins Gebirgsvorland gekommen waren, dämmerte bereits der Morgen. Palmen säumten die Straße, ihre Wedel rauschten im Wind. Hinter einer Brücke, die sich über ein ausgetrocknetes Flussbett spannte, erkannte ich kleine, würfelförmige Häuser. Ein leichter Regen setzte ein.

El Corazón fuhr den Pick-up mit Schrittgeschwindigkeit und ausgeschalteten Lichtern durch die Siedlung, als fürchtete er irgendwen oder irgendetwas. Wir kamen an einem ausgebrannten vietnamesischen Restaurant, einer explodierten

Tankstelle und einem geplünderten Wahlbüro der Modernen Nationalpartei vorbei, und als El Corazón einem toten Pferd ausweichen musste, das mitten auf der Straße lag, entdeckte ich ihn. Er saß neben einer umgestürzten Mülltonne, eine verlassene Baracke aus Waschbeton im Rücken. Die Fenster waren eingeschlagen, die Tür hatte jemand aus den Angeln gerissen und an die Hauswand gelehnt. Der Ort mit seinen etwa fünfzehn gleichförmigen, grauen Würfelhäuschen war komplett verlassen, die in wenigen Metern Entfernung am Straßenrand kauernde Gestalt schien sein letzter Bewohner zu sein. El Corazón hielt den Wagen an, und wir warteten auf eine Reaktion des Fremden. Weil nichts geschah, schaltete der Mexikaner die Scheinwerfer ein. Die Gestalt trug ein schmutziges T-Shirt und zerrissene Jeans, ihr Kopf war zwischen die Knie gesunken.

Mausetot, sagte El Corazón und wollte gerade den Rückwärtsgang einlegen, als plötzlich ein Rucken durch den ausgemergelten Körper ging. Die Gestalt hob den Kopf und schaute zum Wagen herüber, starrte direkt ins Licht, ohne auch nur zu blinzeln.

Das ist der Preuße, sagte ich ruhig und tastete nach dem Griff der Beifahrertür.

Weit weg von zu Hause, sagte El Corazón und rührte sich nicht.

Ich stieg aus und näherte mich vorsichtig meinem alten Freund aus dem Oderbruch. Er blickte mir in die Augen, aber ich wusste nicht zu sagen, ob er mich erkannte. Sein Gesicht war übel zugerichtet, jemand musste ihm aufs Auge und auf die Nase geschlagen haben, sein Haar war dreckig und verklebt, er zitterte. Ich hockte mich zu ihm und neigte den Kopf.

Bruno, sagte der Preuße mit einer Stimme, die so leise war, als hätte sie soeben den Weg zwischen Mond und Erde zurückgelegt.

Da bist du ja wieder, sagte ich. Komm, du Idiot.

Ich zog ihn zu mir hoch, brachte ihn zum Wagen, half ihm beim Einsteigen und setzte mich neben ihn auf den Beifahrersitz. El Corazón fuhr los, der Preuße schlief sofort ein, den Kopf gegen meine Schultern gelehnt. Ich holte Luft mit tiefen, langsamen Atemzügen. Wir ließen die verlorene Siedlung hinter uns, die Sonne ging auf, und ich glaubte, am Himmel eine Stadt zu sehen, Bürogebäude, Plätze und Hütten, breite Treppen und Terrassen, Fenster, Türen und reglose Menschen, das Abbild der Republikanischen Hauptstadt in den violetten Wolken, die sich Stück für Stück voneinander lösten und hinaus aufs Meer wehten.

Was sollen wir mit ihm anstellen?, fragte El Corazón, den Blick starr auf die Windschutzscheibe gerichtet.

Wir nehmen ihn mit in die Hauptstadt, sagte ich, zum Flughafen. Er muss in ein Flugzeug steigen und nach Deutschland zurückfliegen.

El Corazón schüttelte den Kopf.

Was ist los?, fragte ich.

Ich glaube nicht, dass gerade auch nur eine Maschine die Insel verlässt. Der Hauptstadtflughafen ist geschlossen.

Dann müssen wir ihn in ein Krankenhaus bringen.

El Corazón schüttelte wieder den Kopf.

Was?, rief ich empört und lauter, als ich wollte.

Der Preuße stöhnte im Schlaf auf, erwachte aber nicht.

Vielleicht wird er gesucht, sagte El Corazón. Die Republikanische Sicherheit arbeitet eng mit den Ärzten in der Hauptstadt zusammen. Die melden jeden Ausländer, der sich von ihnen behandeln lässt.

Aber irgendjemand muss sich seine Verletzungen ansehen, sagte ich.

Der Atem des Preußen rasselte, seine Handgelenke waren aufgescheuert, ganz so, als wäre er lange und zu fest gefesselt gewesen. Immer wieder zuckte er im Schlaf, als würde er von unangenehmen Träumen heimgesucht.

Irgendetwas müssen wir doch tun können, flüsterte ich und drehte den Kopf zum Fenster.

El Corazón starrte schweigend auf die Straße. Der Motor keuchte vor sich hin.

Ich kenne da jemanden, sagte er schließlich. Das heißt nicht, dass diese Person uns auch helfen wird, verstehst du? Aber wir können es versuchen.

Danke, sagte ich.

Wir fuhren an einem gelben Schild vorbei, das uns in der *Ersten Landschaft* willkommen hieß, jenem sagenumwobenen weitläufigen Gebiet zwischen dem Gebirgsvorland und dem nördlichen Rand der Republikanischen Hauptstadtprovinz. Madame Iljuschina hatte mir einmal erzählt, dass es sich dabei um den Teil der Insel handle, der zuerst aus dem Ozean aufgetaucht sei. Schon bald habe sich hier Leben entwickelt, während die restliche Landmasse noch unter Wasser ruhte, riesige Schirmpilze, fleischfressende Büsche und verdrehte Bäume, deren schwarze Blätter wie Krähenfedern aussähen, blinde, fischflossige Nagetiere, die sich aus dem Boden wühlten, transparente Skorpione und kugelrunde, flugunfähige Vögel mit kurzen, kräftigen Schnäbeln.

Die asphaltierte Straße endete plötzlich am Fuße eines kahlen Hügels und verzweigte sich zu mehreren Pfaden, die durch die Erste Landschaft führten. El Corazón lenkte den Pick-up auf einen der Wege, gab vorsichtig Gas und ließ das Auto durch tiefe Pfützen und über Bodenwellen hinweg rumpeln. Niedrig hängende Äste und dichtes Buschwerk ratschten an der Karosserie entlang, das Licht der Scheinwerfer fiel auf einen Vorhang aus weißen Insekten, die Kälte der Nacht wurde von einer Schwüle verdrängt, die direkt aus dem Erdboden zu steigen schien und mehr und mehr ins Wageninnere drückte. Der Preuße schlief jetzt tief und fest, atmete ruhig und rührte sich nicht. Selbst die rumpelnden Bewegungen störten ihn nicht. Manchmal legte ich meine Hand auf seinen Oberschenkel oder Unterarm, wenn wir über einen großen Stein oder eine Senke hinauf fuhren. Ich wollte nicht, dass er erwachte und im ersten Moment nicht wusste, wo er war, dass er Angst bekam und nach jemandem zu rufen begann, der sich nicht an Bord dieses Wagens und nicht einmal auf dieser gottverfluchten Insel befand. Ich hoffte, dass er erst in der Republikanischen Hauptstadt wieder zu sich kommen würde, in einem Krankenbett, mit mir an seiner Seite, der ihm alles in Ruhe erklären würde, auch wenn ich keine Ahnung hatte, wie. Der Motor schrie, die Insektenschwärme brummten, das Sonnenlicht fiel grau durchs Blattwerk der Bäume über uns. Und plötzlich ging alles ganz schnell. Die Scheinwerfer erhellten eine riesige Baumkrone, die auf der Straße lag, ein Durcheinander aus Zweigen und Blättern, die im flackernden Lichtkegel zitterten. Ich schrie auf, und El Corazón stieg auf die Bremse, drehte wild das Lenkrad in beide Richtungen, die Räder verließen den Pfad, der Wagen brach durchs Unterholz, rollte einen Abhang hinab, Holz splitterte, Blätter wischten über die Scheiben, etwas krachte tief im Inneren des Pick-ups. Mit einem Ruck kamen wir zum Stehen. Ich hatte mich über den Preußen geworfen, damit er nicht gegen das Armaturenbrett knallte, und hörte ihn unter mir keuchen. Als ich mich aufsetzte und ihn ansah, starrte er mit aufgerissenen Augen zu mir zurück, als würde er mich nicht erkennen. Dann drehte er langsam den Kopf zum Fenster. Die Scheibe war gesprungen und mit Fruchtfleisch verschmiert, ein Auberginenstrauch drückte von draußen seine Zweige dagegen. Es stank nach fauligem Wasser, verbranntem Gummi und feuchter Erde. El Corazón trat fluchend die verkeilte Fahrertür auf und sprang hinaus. Mit übertrieben ausholenden Gesten schlug er Zweige beiseite und tauchte hinter dem Kotflügel ab. Als er wieder in der Tür erschien, schüttelte er nur den Kopf.

Achsenbruch, sagte er. Nimm deine Sachen.

Stundenlang bahnten wir uns unseren Weg durch den Urwald, El Corazón stapfte stoisch voraus, wir beiden anderen hinterher. Der Preuße brauchte viele Pausen. Er humpelte neben mir, sprach nicht und berührte mich kurz an der Hüfte, wenn er stehen bleiben und verschnaufen wollte. Die feuchte Hitze drückte auf unsere Köpfe und Schultern wie die Steppdecken des Dr. Silvestro. Weinrote Äffchen mit großen, grünen Augen turnten in den Bäumen über uns.

Als es zu dämmern begann, suchten wir uns einen Platz in der Nähe des Pfades, schichteten ein Lagerfeuer auf und sammelten irgendwelche gelben Früchte ein, die hier überall herumlagen. El Corazón zog ein Messer aus seiner Hosentasche und ritzte damit den fett glänzenden, glatten Stamm eines nahen Baumes an, wenige Sekunden später sickerte milchiges Wasser aus der Wunde, süßlich und trinkbar. Ich half ihm dabei, für den Preußen ein Nachtlager zu errichten: Aus Blättern, Ästen und Rindenfasern bauten wir ein Dach, das wir gegen einen Baum lehnten. Darunter polsterten wir die Erde mit unserer Wechselkleidung. Der Preuße, der auf einem Stein gesessen und auf unser Zeug aufgepasst hatte, schlurfte herbei, öffnete den Mund, schloss ihn wieder, gab jedem von uns die Hand und kroch in sein Versteck. Bis spät in die Nacht saßen El Corazón und ich am Feuer. Wir grillten dicke, blaue Maden, die zu Hunderten knapp unter der Erdoberfläche schliefen. Man brauchte sie nur herauszuziehen, in ein Blatt zu wickeln und mit Glut zu bedecken, um nach wenigen Minuten ein Abendessen zu haben, das nach Holzrauch, grünem Pfeffer und Tintenfisch schmeckte. Im Wald um uns herum kratzten, schnauften, pfiffen und brummten die Tiere. Ich blickte ins Feuer und erzählte leise vor mich hin, bis El Corazón mich aufforderte, lauter zu sprechen, und ich sagte ihm, dass ich gerade an den Slasherfilm *Am Rande des Milchgartens* der Geschwister Abdul und Shoshanna Bulli gedacht hätte, in dem eine Gruppe Rucksacktouristen ein kleines Königreich in den zentralasiatischen Bergen bereist, dessen Gesellschaftssystem und seine Gewaltenteilung einzig und allein auf einem fortschrittlichen Prinzip des Kannibalismus beruhen, nämlich darauf, dass jeder, der seinen Hunger gestillt habe, auch persönlich dafür sorgen müsse, dass andere ihren Hunger stillen könnten. El Corazón rollte mit den Augen und bleckte die Zähne, ein Gürteltier wackelte grunzend vorbei, kurz darauf hörten wir Motorengeräusche in der Nähe. Die Affen über uns begannen an den Ästen zu rütteln und brachten die Baumkronen ins Wanken. Ich sah, wie El Corazón das Feuer austrat, den Zeigefinger gegen seine Lippen gepresst, und legte mich flach auf den Boden. In seinem Unterschlupf schnarchte der Preuße, El Corazón robbte zu ihm hinüber, verschwand unter dem Dach aus Blättern und Ästen, der Preuße hustete einmal und war dann still. Lichter flackerten zwischen den Bäumen auf, Holz knackte, Messerklingen zerschnitten herabhängendes Laub, Schritte näherten sich unserem Lager. Sie mussten den Schein unseres Feuers im Wald gesehen haben. Verdammte Scheiße, wer sind die?, kreischte eine viel zu hohe, viel zu junge Stimme in mir auf. Und ich versuchte mit immer schneller klopfendem Herzen, ihr ein paar Antworten zu geben, von denen mich allerdings keine beruhigte: bewaffnete Kämpfer aus dem Freien Gebirge, die ihre entlaufenen Gefangenen ergreifen wollten, Soldaten des Republikanischen Heeres, die umherstreunende Revolutionäre in den Wäldern aufstöberten und umgehend vor ein Standgericht brachten, Gardisten eines jugendlichen Kriegsfürsten, der vor wenigen Tagen die Macht in dieser Region an sich gerissen hatte, ein aufgeriebenes Sonderkommando der Republikanischen Sicherheit auf dem Nachhauseweg in die von der Regierung kontrollierten Gebiete, eine Bande verwahrloster Rauschgifthändler, die das unwegsame Zentrum der Ersten Landschaft als Drogenversteck nutzte, oder eine Gruppe schwerreicher Westeuropäer, die jedes Jahr zu einem bestimmten Zeitpunkt auf die Insel kam, um in diesen Wäldern Menschenjagden zu veranstalten. Ich hob den Kopf und sah jemanden, der sich nur fünf Meter von mir entfernt durch das Blattwerk tastete. Lichtkegel strichen über ihn, und ich erkannte, dass er in eine Art schwarzer Rüstung gekleidet war, mit glänzender Brustplatte, schweren Stiefeln und zerkratzten Beinschienen. Er hob den Fuß und setzte ihn vorsichtig auf, drückte Äste und Zweige beiseite, so führte er seinen Körper durch das Gestrüpp. Hinter ihm tauchte einer seiner Begleiter aus der Finsternis des Urwalds auf. Er blickte in meine Richtung, und ich hörte, wie er mehrere Male stoßartig Luft durch die Nase ein- und ausatmete. Dann setzten sich die beiden in Bewegung und kamen direkt auf mich und unsere qualmende Feuerstelle zu. Eine dritte Gestalt folgte ihnen, nur war sie nicht so trittsicher wie die beiden anderen, verhedderte sich in einem niedrigen Strauch und blieb einen Moment lang mit der Schuhspitze an einer Wurzel hängen. Als sie unsere kleine Lichtung erreicht hatten, sah ich, dass sie durch ein langes, schwarzes Seil miteinander verbunden waren, das mit Karabinerhaken an ihren Gürteln festgemacht war und dessen Ende sich irgendwo in der Dunkelheit des Dickichts verlor, wo eine weitere Gestalt es vielleicht in den Händen hielt und darauf wartete, dass ihre Kumpane zurückkehrten, El Corazón, den Preußen und mich im Schlepptau. Ich rührte mich nicht und atmete flach, als sie neben mir zum Stehen kamen. Ihre Augen waren unter Stoffbändern verborgen, sie leckten sich über die Lippen und bewegten die Köpfe wie Vögel, die jedem noch so leisen Geräusch ihre Aufmerksamkeit widmeten. Derjenige, den ich zuerst erblickt hatte, strich jetzt vorsichtig um unsere Feuerstelle herum. Unter seinen Schuhsohlen schmatzte der feuchte Boden. Seine beiden Kameraden standen starr, der eine schnupperte, der andere lauschte. So verging vielleicht eine Minute, in der der Kämpfer am Feuer nur den Arm hätte ausstrecken müssen, um das Versteck am Baum zu berühren. Auch fürchtete ich, dass er irgendwann auf mich treten würde, doch nichts davon geschah, er machte ein paar Schritte in diese, dann in jene Richtung, ich hörte das Knacken seiner Gelenke, wenn er das Gewicht verlagerte, und plötzlich zog jemand mit einem Ruck an dem Seil, die drei Gestalten streckten die Rücken durch, zogen sich gemeinsam zurück und verschwanden zischelnd im Unterholz. Noch eine ganze Weile lag ich da und erinnerte mich an meinen Vater, der immer wieder, wenn er über die Eskapaden der Regierung geschimpft hatte, auch von einem hartnäckigen Gerücht über eine geheime Sondereinheit gesprochen hatte, die in den ländlichen Regionen der Insel für Ordnung sorgen, bei Nacht die Verstecke von Räuberbanden ausheben und Vertreter der politischen Opposition entführen würde, wenn sie es am allerwenigsten erwarteten. So ziemlich jeder Kämpfer dieser Einheit sei blind, und mein Vater sah dies als Beweis für den maßlosen Irrsinn unserer Regierung, die sich in den Kopf gesetzt habe, Menschen ohne Augenlicht besäßen so etwas wie beherrschbare Seelen, weil sie den Dreck und den Müll und das Elend und die unaufgeklärten Verbrechen und all die Entbehrungen und die hässliche Architektur um sich herum völlig anders wahrnehmen würden als die Sehenden, nämlich auf eine ganz und gar unvoreingenommene Art und Weise.

Ich wartete, dass El Corazón und der Preuße zu mir kamen, aber alles blieb ruhig. Irgendwo leuchtete noch einmal kurz Taschenlampenlicht auf. Minuten vergingen, bis ich mich endlich traute, Arme und Beine auszustrecken und zum Unterschlupf zu kriechen. Im Versteck hatte El Corazón seine Arme um den Preußen gelegt und hielt ihn fest an sich gedrückt. Sie sahen mich beide an, und ich flüsterte ihnen zu, dass die blinden Männer jetzt fort seien, aber sicher bald zurückkommen würden. Wie so ziemlich alles auf dieser Insel mussten auch sie dem Zwang der abstrusen Wiederholung unterworfen sein: Wieder und wieder würden sie in diesen Wald zurückkommen, manchmal entdeckten sie dort etwas, manchmal auch nicht, manchmal aber konnten sie plötzlich an einem ganz anderen Ort auftauchen, warum auch nicht, an den grünen Hängen eines toten Vulkans, in einem vom Fieber geschüttelten Armenviertel von Swampthing, Hauptstadt der Sumpfprovinz im Süden der Insel, am Grunde eines ausgetrockneten Canyons in den Ausläufern des Republikanischen Gebirges oder auf einem leuchtenden Feld am Rande der Großen Savanne, dessen Mohnblumen der Wind bewegte, wo sie wieder und wieder nichts anderes tun würden als das, wozu sie irgendwer bestimmt hatte: suchen, finden und verschwinden lassen.

Eilig nahmen wir unser Zeug und machten uns aus dem Staub. Ich spürte die Müdigkeit, auch der Preuße gähnte hinter vorgehaltener Hand und rieb sich die Augen, nur der Mexikaner schien nicht an Schlaf zu denken, möglicherweise tat er das einfach nie.

El Corazón trieb uns an, half uns über umgestürzte Baumstämme und schnitt uns den Weg mit seinem Messer frei, wenn Gesträuch ihn versperrte.

Nach einer Stunde waren die Schmerzen des Preußen so stark geworden, dass wir eine längere Pause machen mussten. Noch war es dunkel, der Sonnenaufgang ließ auf sich warten. Der Preuße saß an einen Baum gelehnt, ich hockte neben ihm und hielt die fast leere Wasserflasche, nach der er ab und zu griff, El Corazón stand in einigen Metern Entfernung. Sein Blick war auf uns gerichtet, aber ich glaubte nicht, dass er wirklich nur unsere dreckigen Gesichter, unsere nassen Haare, unsere verschwitzte Kleidung betrachtete, vielmehr kam es mir so vor, als würde er konzentriert dahinterblicken, dorthin, wo unsere Organe pulsierten, das Blut träge strömte, unsere verzagten Seelen zirkulierten und anscheinend das Geheimnis verborgen war, das uns in diese missliche Lage geführt hatte.

Wir wanderten noch die ganze Nacht hindurch und bis zum späten Vormittag. Dann endlich lichtete sich der Wald, wir traten auf einen sanft abfallenden Abhang hinaus, und vor uns erstreckte sich die Republikanische Ebene, an deren gegenüberliegendem Ende, *banzai!*, die Hauptstadt in der Mittagssonne dörrte. Ich zählte fünfzehn Seen, unschließbare Augen, die in den dunkelgrünen Himmel über uns schauten, Schimpansenherden saßen um mächtige Termitenhügel und popelten mit Stöckchen darin herum, ein schwer atmender Ameisenbär in unserer Nähe beobachtete ein Rudel Kojoten, das im Schatten eines Walnussbaums ruhte. Wir spazierten durch ein Meer roter Gräser, scharfkantig wie zerbrochenes Glas.

Der Preuße ging dicht neben mir, doch irgendwann griff er nach meinem Arm, zog fest daran und blieb stehen.

Bruno, wer ist das?, fragte der Preuße und zeigte auf El Corazóns Rücken, der sich mehr und mehr entfernte, in gerader Linie auf einen Punkt in der Ferne zu, der identisch sein mochte mit der Republikanischen Hauptstadt, vielleicht aber auch mit dem äußeren Rand des Universums.

Ich wusste es nicht, und das sagte ich ihm auch.

Hör zu, ich glaube, ich bin diesem Typen schon einmal begegnet, flüsterte er. Nachdem du Savannah verlassen hattest, brachten mich die Männer des Sheriffs in ein heruntergekommenes Fitnessstudio, wo sie mich auf einem dieser Trainingsfahrräder festbanden. Mehrere Stunden saß ich darauf, ab und zu stellte sich ein Typ ohne Zähne zu mir und fragte mich, weshalb ich nicht in die Pedale treten würde, ich bräuchte ja nur loszufahren, auf und davon, und alle meine Sorgen wären vergessen. In der Nacht kam der Sheriff in das Studio, in Begleitung eines anderen Mannes, der einen schwarzen Motorradhelm trug. Der Sheriff stellte mir viele Fragen, woher ich käme, was ich auf der Insel triebe, ob mir die Rebellion in den Bergen etwas sagen würde, ob mich irgendwann einmal jemand von der Regierung angesprochen habe. Ich wusste nichts. Daraufhin trat der Kerl mit Motorradhelm hinter mich, presste sich fest an meinen Rücken, legte mir den Arm um den Hals und drückte zu. Ich hörte ihn atmen unter seinem Helm und fiel in Ohnmacht. Als ich wieder zu mir kam, stellte mir der Sheriff die gleichen Fragen noch einmal, ich antwortete wahrheitsgemäß, der mit dem Motorradhelm kam und drückte zu. So ging das bis zum nächsten Morgen. Und als El Corazón gestern Nacht zu mir in mein Versteck kroch, da wachte ich auf und wollte schreien, doch er hatte längst seinen Arm um meinen Hals gelegt und zugedrückt.

Aber du hast damals sein Gesicht unter dem Helm nicht gesehen?, fragte ich.

Nein. Vielleicht war er es, vielleicht aber auch nicht. Irgendwann stürmten Soldaten ins Fitnessstudio, ich glaube, von der Regierungsarmee. Sie befreiten mich und schickten mich auf die Straße. Ich sagte ihnen, wer ich sei, zeigte ihnen meinen Reisepass, aber sie interessierten sich nicht dafür. Also bin ich einfach losgegangen, aus der Stadt hinaus, querfeldein, irgendwohin. Keine Ahnung, wieso.

Mit dem Finger stieß ich gegen die blauen Flecken auf seinen Armen. Der Preuße zuckte, presste die Lippen zusammen und fing an zu zittern.

Aber warum bist du so verletzt?, fragte ich ihn.

Seitdem ich Savannah verlassen habe, sagte er, weiß ich nicht mehr viel. Vielleicht hat man mich unterwegs überfallen. Oder wilde Pferde haben mich über den Haufen gerannt, als ich nichtsahnend über eine Wiese ging. Vielleicht bin ich in den Straßengraben gestürzt, vielleicht hat mich ein Auto angefahren, vielleicht sind das weitere Symptome der Krankheit, die ich mir hier eingefangen habe.

Ich wollte ihm gerade erklären, dass er sich zumindest keine Sorgen um seine blöden Diktatorenbücher machen müsse, die seien alle sicher in meinem Haus in Kajagoogoo verwahrt, doch El Corazón war zu uns zurückgekommen und befahl uns weiterzugehen, wir hätten noch einen anständigen Marsch vor uns.

Gegen Mitternacht beschlossen wir, zu rasten und erst am frühen Morgen weiterzugehen. Meine Schuhe waren kaputt und mit Schlamm bedeckt. Wir machten kein Feuer, denn wir fürchteten, erneut entdeckt zu werden. Die Nacht war nicht finster, der Himmel hatte eine dunkelrote Färbung angenommen, die möglicherweise die Lichter der Republikanischen Hauptstadt reflektierte oder den Angriff einer Streitmacht aus den Tiefen des Alls ankündigte, eine drohende Invasion, die aber einfach nicht eintreten wollte, obwohl jeder, der die unmissverständlichen Zeichen zu deuten verstand, sie angespannt erwartete, wie in dem Film *Ausweg ins Leere* des in einer Irrenanstalt in den französischen Alpen dahinsiechenden Regisseurs Eddie from Outer Space. El Corazón brachte uns Wasser aus einem nahen See, schweigend aßen wir Wurzeln, kurze Rüben und die geleeartigen Häuser phosphoreszierender Schnecken, später legten wir uns ins Gras und schliefen unruhig bis zum Sonnenaufgang.

DIE NAMENLOSE METROPOLE

in Natalia van Vijfeijkens wunderlichem Film *Stadt aus Staub* ist eine chaotische Ansammlung von zahnweißen Würfeln und Quadern, die sich zu Türmen, Wällen und wilden Haufen stapeln, zwischen denen enge Passagen und breite Boulevards verlaufen, weite Plätze sich öffnen und Sackgassen den Weg abschneiden. Wie in allen ihren Filmen gleitet die Kamera (Ein Mensch? Nein! Wer auch?) einsam durch die menschenleere Szenerie, verharrt und betrachtet Details, erhöht aus unerfindlichen Gründen das Bewegungstempo und verlangsamt es wieder, dreht sich gemächlich um die eigene Achse und schwebt für einige Minuten in mehreren Metern Höhe. So und nicht anders hatte ich mir immer die Republikanische Hauptstadt vorgestellt. So und nicht anders hatte ich mir eigentlich auch alle anderen Großstädte auf diesem Planeten vorgestellt, vertraute ich doch aus tiefstem Herzen van Vijfeijken und ihrem Film, der einzig und allein das wahre Wesen einer jeden Stadt wiedergeben wollte: abweisende Oberflächen, leere Straßen, fehlende Menschen.

Der Übergang zwischen der Grasebene und der Republikanischen Hauptstadt war, ganz wie in van Vijfeijkens Vision, ein scharfer, mit enormer Kraft ausgeführter Schnitt: Keine losen Ansammlungen von Hütten zwischen Sträuchern, belebten, sonnigen Plätzen und Schotterwegen bildeten ihren äußersten Randbezirk, sondern die lang gestreckte, sandsteingelbe Rückwand einer hohen, fensterlosen Häuserfront. Davor graste eine Herde Gazellen. Schmale Durchlässe öffneten sich ins Innere der Hauptstadt, die sich wie der nach einem verlorenen Krieg ausgegrabene Bunker, das auf die Erde gestürzte Mutterschiff einer Zivilisation vom anderen Ende des Universums oder der hohle Panzer eines gewaltigen Urzeittieres vor uns aufbäumte. Soldaten waren nirgends zu sehen, nur ein in Alufolie gekleideter Bettler hockte im Schatten des Torbogens, lächelte El Corazón an und streckte die Hand nach ihm aus, als erkenne er in ihm seinen früheren Begleiter, der vor langer Zeit mit ihm auf diesem Planeten gestrandet war, zwei außerirdische Vagabunden, die sich im Streit oder aufgrund höherer Gewalt getrennt und nun wieder zueinandergefunden hatten. El Corazón schien sich allerdings nicht mehr daran zu erinnern und ging grußlos an ihm vorbei.

Mit jedem Schritt wurde ich aufgeregter und hielt angestrengt Ausschau nach Plakaten, die auf die Filmfestspiele hinwiesen, nach abgehalfterten Prominenten inmitten von jubelnden Fans, nach Scheinwerfern, Stretchlimousinen, Taschendieben und sich prügelnden Fotografen, doch wir tappten nur durch immer weitere Gassen, in denen verkrüppelte Katzen spielten, Klimaanlagen brummten und alte Leute mit sich selbst redeten. Allmählich gelangten wir vom äußeren bebauten Ring, einem steinernen Wall aus übereinandergetürmten, mit steilen Treppen verbundenen Häuschen, in die zentrumsnahen Viertel der Hauptstadt, und nach einem weiteren Durchgang taten sich endlich breite Straßen auf, erhoben sich glänzende Bürogebäude, entfaltete die republikanische Architektur vollends ihre wirre Pracht. El Corazón führte uns scheinbar direkt zu einem von ihm gewählten Ziel, und so sah ich zum ersten Mal in meinem Leben jenen metallischen Golfball, in dem sich das Republikanische Staatstheater befand, den mit grünem Asphalt beschichteten Platz der Verteidigung der Freundschaft zwischen den Völkern, das einem blau angestrichenen Schuhkarton ähnelnde Hauptgebäude der Michael-Jackson-Universität, den Eingang zur Tiefgarage der Marschall-Hamid-Klinik für Sucht- und Depressionstherapie, die Museen für Nationalkunsthandwerk und Prostitutionsgeschichte, die kristalline Fassade der Kirche zu Ehren des kybernetischen Organismus und den in einem zylindrischen Bergfried untergebrachten Hauptgeschäftssitz des Konzerns *Schönheit & Hoffnung*. Schließlich gelangten wir zum Denkmal für die Vereinigung der Provinzen zur Republik, einem riesigen Kreisverkehr mit einem monumentalen Steinfigurenensemble in der Mitte: bewaffnete Männer, Frauen und Kinder, die zwischen blühenden Rosensträuchern auf einem aus schrottreifen Autos, gefällten Bäumen, kaputten Computern, zerschlagenen Toilettenschüsseln und goldenen Totenschädeln zusammengeschobenen Hügel knieten und streng in die Ferne blickten. Drumherum drehte ein Corso von Dutzenden Autos hupend Runde um Runde. Die Sonne stand hoch am wolkenlosen Himmel, auf den Boulevards eilten die Menschen an uns vorbei, Brücken spannten sich über schnurgerade Wassergräben, drei Heißluftballons stiegen auf, eine Polizeipatrouille verfolgte auf schreienden Mauleseln einen flüchtenden Ladendieb. Ein Geruch nach frittiertem Essen und aufgeheiztem Müll wehte mir um die Nase. Der Preuße keuchte und lief immer wieder einige Schritte mit geschlossenen Augen.

Kurz nach Betreten der Stadt hatte er damit angefangen, sein linkes Bein nachzuziehen, weshalb ich El Corazón darum bat, langsamer zu gehen, doch bei dem ganzen Lärm um uns herum verstand er mich wohl nicht.

Auf den Grasstreifen zwischen den mehrspurigen Straßen befanden sich im Abstand weniger Meter Plakatwände, von denen Präsidentin Emmy Jaeger herablächelte, im Abendkleid an einem Bistrotisch sitzend, vor sich eine Schale mit goldenen Orangen, einen mit dunkelrotem Crémant gefüllten Kelch und einen halben Laib getoastetes Weißbrot, das republikanische Festmahl des ungerechten Wohlstands und des bedeutungslosen Zorns, das sie mit allen Bewohnern der Insel zu teilen gedachte.

Am Rande eines Sees in der Ferne erhoben sich pompöse Gebäude, die ich bereits aus dem Staatsfernsehen kannte: das Regierungsviertel mit dem Parlament, dem Präsidentinnenpalast, der Hauptzentrale für die Republikanische Sicherheit sowie den Ministerien für die Wahrung der republikanischen Werte, Kindererziehung und Zukunftsforschung, ein von unsichtbaren Parlamentariern, Totenbeschwörern und ihren herbeigerufenen Gespenstern bewohnter Ort. Immer wieder rasten vollbesetzte Sammeltaxis an uns vorüber, und ich sehnte mich so sehr danach, einfach in eines von ihnen zu steigen und mich zurückzulehnen. Aber El Corazón stapfte unbeirrt weiter, ohne sie auch nur eines Blickes zu würdigen. Auch der Zustand des Preußen, der sich beständig verschlechterte, schien ihn nicht zu kümmern. Manchmal blieb der Mexikaner für einige Sekunden reglos stehen, als müsste er sich daran erinnern, wohin wir eigentlich unterwegs waren, oder sah mit bösem Blick irgendeinem Menschen hinterher. Wenn er überhaupt mit uns sprach, dann herrschte er uns an, dass wir gefälligst schneller gehen sollten. Ich stellte mir vor, wie er uns kurz vor Dienstschluss bei einer Polizeistation voller grinsender Beamter ablieferte und ein Bündel Scheine einstrich, um sich mit der Zunge schnalzend aus dem Staub zu machen.

Wir verließen das Stadtzentrum und bewegten uns in südöstlicher Richtung. Die Häuser wurden wieder kleiner und ärmlicher, die Straßen schmaler, weniger Menschen kreuzten unseren Weg. Am Rande eines Parks, in dem Obdachlose eine kleine Zeltstadt errichtet hatten, stürzte der Preuße und wand sich mit schmerzverzerrtem Gesicht im Gras. Ich kniete mich zu ihm herab, wischte ihm mit meiner Hand den Schweiß von der Stirn und sah mich nach El Corazón um, der aber wie vom Erdboden verschwunden war. Der Preuße wimmerte, dass er nichts mehr sehen könne, dass sein Kopf schmerze und er das Gefühl habe, dass etwas tief in seinem Inneren ihn zu zerreißen drohe. Ich rief um Hilfe, doch die Straße war leer, und in der Zeltstadt hinter uns reagierte niemand auf meine Rufe. Der Preuße bekam einen trockenen Hustenanfall, der so heftig war, dass ich glaubte, er würde ersticken, aber irgendwann beruhigte er sich wieder und streckte sich lang im Gras aus, flach atmend, den linken Arm auf sein Gesicht gepresst. Nach einigen Minuten kam El Corazón, in der Hand eine Plastikflasche mit Wasser und ein feuchtes Tuch. Er beugte sich zu uns herunter und wollte beides dem Preußen geben, aber ich wehrte ihn mit den Händen ab und schrie ihn an, dass er sich zum Teufel scheren solle, ich hätte die Schnauze voll davon, ihm weiter hinterherzurennen.

Wir müssen deinen Freund zu jemandem bringen, der ihm helfen kann, sagte El Corazón mit ruhiger Stimme. Und zwar schnell.

Dann lass uns endlich ein Taxi rufen, schrie ich, aber er schüttelte bloß den Kopf.

Warum nicht? Hast du sie noch alle?

El Corazón schloss für einen Moment die Augen. Als er sie wieder öffnete, erschauderte ich vor dem feuchten Flimmern in seinem Blick, das ihn für ein paar Sekunden wie einen sanftmütigen Wahnsinnigen dreinschauen ließ.

Ich bringe euch an einen sicheren Ort, okay?, sagte er. Aber niemand darf wissen, dass es diesen Ort gibt, kein Polizist, kein Taxifahrer, ja nicht einmal die gottverfluchte Dilly Monsanto. Und jetzt gib deinem Freund aus Preußen das Wasser und hör auf zu heulen.

Zornig riss ich ihm die Flasche aus der Hand, öffnete sie, gab sie dem Preußen und kühlte ihm Handgelenke und Nacken mit dem Tuch. Gleich darauf stopfte ich ihm das Tuch in den Kragen, nahm ihm die Flasche weg und feuerte sie über den Rasen.

Ist schon gut, Bruno, sagte der Preuße, alles halb so wild. Gleich haben wir es geschafft.

Die Sonne wanderte schwerfällig über den Himmel, wir strauchelten weiter voran, der dünne El Corazón einige Schritte voraus, die Arme zu beiden Seiten ein wenig ausgestreckt, ein Schutzschild gegen die vielgestaltigen Gefahren der Hauptstadt und zugleich ein Messer, das sich jederzeit gegen uns richten konnte.

Allmählich wurde es Abend. Wir kamen durch eine Einkaufsmeile, in der sich Süßigkeitengeschäfte, Suppenküchen, Elektronikläden und Sexshops aneinanderreihten, von denen die meisten aber verlassen schienen. Dahinter gelangten wir in ein Viertel, das offensichtlich nie an das Stromnetz angeschlossen worden war. Menschen saßen in den Vorgärten ihrer niedrigen Reihenhäuser, die in lang gestreckten Zeilen die Straße säumten, brieten Fleisch auf Feuerstellen und beaufsichtigten die Kinder, die schwatzend und lachend miteinander Karten spielten, im Dämmerlicht Fußbälle kickten oder Nagetiere jagten. Alles bewegt sich in einer gewaltigen unsichtbaren Umwälzung, dachte ich, während die Finsternis direkt aus dem Himmel und dem Erdboden, den offen stehenden Reihenhaustüren und den müden Augen ihrer Bewohner heraufzuziehen begann, alles schichtet sich permanent um, morgen schon befindet sich an der Stelle, über die ich gerade gehe, etwas völlig anderes, eine andere Straße, ein Hochhaus, ein Loch, ein anderer Landstreicher, eine Leere, so muss es an zahllosen Orten auf diesem Planeten zugehen, sie befinden sich in einem ständigen Wandel, und nur sehr wenig davon bekommen wir tatsächlich mit. Die Geschichte von der Stabilität der Atome und ihrer Verbindungen zueinander ist nur das, was es ist: eine ausgedachte Geschichte, nicht mehr und nicht weniger.

Zeigt mal eure Gesichter, Jungs, befahl El Corazón und klopfte fest gegen ein mit Stacheldraht bewehrtes Metalltor.

Vorbei an einzeln stehenden Gehöften, Wasserpumpen an jeder Straßenecke und Brachflächen voller Geröll, Bauschutt und Plastikmüll waren wir in einer Seitengasse gelandet. Surrend richtete die Videokamera über dem Tor ihre Linse auf uns. Die Sprechanlage knisterte.

Darío?, fragte eine Stimme.

Ja, sagte El Corazón.

Kurz darauf ertönte der Summer, das Schloss schnappte zurück, und das Tor sprang auf. Wir betraten einen kleinen Garten, in dem das Gras uns bis zu den Oberschenkeln reichte. Zwischen kahlen Bäumen stand ein blassgelb angestrichener Bungalow. Das Tor hinter uns schlug zu, für einen Moment war es still, dann kamen drei Hunde hinter dem Haus hervor, die Eingangstür öffnete sich, sechs weitere rasten hinaus, und sogar aus den geöffneten Fenstern sprangen vier oder fünf ins Freie, direkt auf uns zu. Sie bellten nicht, wedelten mit den Schwänzen und umzingelten uns, schnüffelten an unseren Füßen und leckten an unseren Händen. El Corazón riet uns, langsam weiterzugehen, und als wir die wenigen Stufen hinauf zur Veranda erreicht hatten, erschien in der Eingangstür eine ältere Frau, groß gewachsen und kräftig. Das lange, dunkle Haar hing ihr in fettigen Strähnen bis zur Hüfte, sie trug ein dunkelblaues Hemd und Jeans, an ihren Handgelenken sah ich goldene Ringe, in ihrem faltigen Mundwinkel klemmte eine brennende Zigarette.

Señora Lamprecht, sagte El Corazón, ich muss Sie um einen Gefallen bitten.

Sie sah über unsere Köpfe hinweg nach ihren Tieren, dann schüttelte sie dem Preußen und mir die Hand und bat uns hinein.

Das Wohnzimmer des Hauses war mit vergilbtem Zeitungspapier ausgelegt, auf dem vermutlich die Hunde schliefen. Es gab fast keine Möbel, nur eine Küchenzeile mit Spüle und Kochplatte, eine Toilette, die nicht mehr als ein Loch im Boden war, und in der Ecke einen Schrank, der, so erklärte es uns Señora Lamprecht, ein Klappbett enthalte, der einzige Luxus, den sie sich gönne. Wir legten unsere Rucksäcke und Taschen ab und nahmen auf dem klebrigen Linoleum in der Küche Platz, während Señora Lamprecht Kaffee kochte. Ich bemerkte, dass der Preuße mit aller Kraft versuchte, wach zu bleiben, indem er ständig die Augen bewegte, den Blick umherspringen ließ von der einen Ecke des Zimmers in die andere, auf El Corazón und auf Señora Lamprechts Hintern, doch schließlich schlief er für ein paar Sekunden ein, schreckte auf, schlief wieder ein und erwachte, geweckt von einem einzigen Schnarcher. Erst nachdem er eine Tasse entgegengenommen und den heißen Kaffee in zwei Zügen herabgestürzt hatte, bekam er sich wieder etwas in den Griff.

El Corazón erklärte unsere Situation, dass wir aus dem Gebirge kämen, verfolgt von den düsteren Geheimnissen dieser Insel, über die niemand spreche, obwohl alle wüssten, dass es sie gebe.

Silvestro ist tot, richtig?, fragte Señora Lamprecht, doch es klang mehr wie eine Feststellung.

Ja, sagte El Corazón, aber wer weiß schon mit Sicherheit, ob die Toten auch wirklich tot sind?

Señora Lamprecht lächelte und stellte ihre Tasse beiseite.

Hier haben wir nichts darüber gehört, sagte sie, weil niemand mehr über die Revolution berichtet. Mir sind bloß einige Gerüchte zu Ohren gekommen.

Ich rutschte unruhig auf meinem Hintern herum und versuchte, dem Gespräch der beiden zu folgen, fragte mich aber immerzu, ob diese Frau nun eine Ärztin, eine Hundezüchterin oder wohlmöglich sogar El Corazóns Mutter war. Dieser Gedanke schien mir allerdings ziemlich abwegig. Wenn El Corazón eine Mutter hatte, dann raste sie sicher gerade auf einem mit Menschenknochen verzierten Feuerstuhl durch die hell erleuchteten Straßen eines mexikanischen Badeortes an der Golfküste, eine doppelläufige Schrotflinte im Anschlag und ein Trinklied auf den Lippen, vor dem sich der Mond hinter den Wolken verkroch.

Señora Lamprecht hatte ihre Unterredung mit El Corazón beendet und wandte sich endlich dem Preußen zu. Ohne zu blinzeln und ohne die Augen zu bewegen, starrte sie auf einen Punkt in seinem Gesicht, was ihn einigermaßen nervös zu machen schien. Als sie genug geschaut hatte, drehte sie ihren Kopf zu mir und sagte, dass ich bestimmt ein Kind der Insel sei, das habe sie mir sofort angesehen. Ich nickte zwar artig, fragte sie aber, wie zur Hölle sie so was sehen könne.

Kennst du die Geschichte von den zweibeinigen Fischen, die dieses Land bewohnten, als es sich noch tief unter dem Meer befand?, fragte Señora Lamprecht zurück.

Ich schüttelte argwöhnisch den Kopf.

Macht nichts, sagte Señora Lamprecht, diesen Quatsch glaubt heute sowieso keiner mehr. Aus welchem Teil der Insel kommst du?

Ich erzählte ihr, dass ich am Rande der Großen Savanne geboren sei, in einem Dörfchen namens Kajagoogoo, und dass ich den weiten Weg in die Hauptstadt auf mich genommen hätte, um die Republikanischen Filmfestspiele zu besuchen, vielleicht habe sie ja schon einmal etwas davon gehört.

Señora Lamprecht überlegte kurz und sagte dann, dass ich Glück hätte, die Filmfestspiele würden in wenigen Tagen beginnen. Sofort füllte mir eine alte, fast vergessene Freude das Herz, und ich verzog das Gesicht zu einem Grinsen, wie der Regisseur Eddie from Outer Space auf einem Foto, das seinen kleinen Kopf im Fenster eines Zimmers in der französischen Nervenheilanstalt zeigte, die gespiegelten Gipfel der Alpen auf seiner Stirn.

Auf meinem Unterarm spürte ich die kalte Hand des Preußen.

Wie schön für dich, Bruno, sagte er leise.

Als alle ihren Kaffee ausgetrunken hatten, führte Señora Lamprecht den Preußen in ein anderes Zimmer, verschloss die Tür und ließ El Corazón und mich allein. Die Hunde waren ins Haus zurückgekommen, und ich vertrieb mir die Zeit damit, eine Runde mit ihnen im Wohnzimmer zu spielen, kraulte ihre Bäuche und ließ sie an meinen Schuhen nagen, die mir sowieso bald von den Füßen fallen würden. Auch fragte ich El Corazón, der am Küchenfenster stand und in den Garten hinaussah, woher er Señora Lamprecht kenne, ob er früher mit ihr zusammengearbeitet oder ob sie ihm einmal aus der Patsche geholfen habe. Er sagte nur, dass schon lange eine Freundschaft zwischen ihnen beiden bestehe, die weder von seinen noch von ihren früheren Taten in Mitleidenschaft gezogen worden sei.

Nach inniger Liebe zwischen Mutter und Sohn klang das zwar eher nicht, aber letztendlich war es mir auch egal, wie die beiden zueinander standen.

Ich zog Hemd und Hose aus und machte es mir in einer Ecke bequem, meine Reisetasche als Kissen. Einige der Hunde gesellten sich zu mir, und irgendwann bekam ich im Halbschlaf mit, dass die Tiere ihre weichen Körper bewegten und die Köpfe hoben, weil El Corazón durchs Zimmer schlich, die Haustür öffnete und verschwand. Da breitete sich eine große Wärme tief in meinem Inneren aus, weil ich glaubte, dass El Corazón mich nur freiwillig allein lassen würde, wenn er mich in Sicherheit wähnte, und ich schlief weiter, die kühlen Schnauzen der Hunde auf meiner Haut, aus denen heiß ihr Atem strömte.

Am frühen Morgen, die Sonne war noch nicht aufgegangen, weckte mich Señora Lamprecht. Sie kniete über mir, die Hunde waren aufgesprungen und wuselten um sie herum. Nachdem sie mir einige Sekunden zum Wachwerden gegeben hatte, half sie mir auf und brachte mich in das kleine, fensterlose

Zimmer, in dem sie den Preußen behandelt hatte. Es war leer, kein Bett stand darin, kein Schrank, kein Tisch, und auch der Preuße war nicht dort. Einzig ein feuchter Fleck hatte sich auf dem Boden ausgebreitet, und verschlafen fragte ich Señora Lamprecht, ob dieser Fleck das Einzige sei, was noch vom Preußen übrig sei.

Dein Freund ist in der Nacht gestorben, sagte sie. Ich habe Darío gebeten, seinen Körper wegzubringen. Es tut mir leid, Bruno, aber er hatte schwere innere Verletzungen, die niemand mehr hätte behandeln können. Sieh dir alles in Ruhe an. Ich bin draußen im Garten.

Señora Lamprecht verließ das Haus, die Hunde folgten ihr. Eine Weile horchte ich auf ein Geräusch, aber es war nichts zu hören. Ich dachte an die Eltern des Preußen in Deutschland, denen bevorstand, vergeblich auf ihren Sohn warten zu müssen, denn sehr wahrscheinlich würde ihnen niemand die Nachricht überbringen, dass er nicht mehr nach Hause kommen würde. Meine Eltern hatten mir beigebracht, dass die Verbindung zwischen den Toten und den Lebenden auf unserer Insel sehr eng war, dass die meisten von uns den Tod eines anderen Menschen mit großer Gewissheit fühlen konnten, auch wenn sie bei seinem Sterben gar nicht dabei gewesen waren, und dass die Toten wirklich in uns Lebenden überdauerte, nicht als Spuk oder als Idee, sondern auf eine gänzlich physische Art, denn der Wind trug die sich auflösenden Zellen der Verstorbenen über die gesamte Insel und ließ sie in die lebendigen Zellen der Menschen eindringen, wo sie unseren gesamten Körper veränderten, mit jeder Sekunde und mit jedem weiteren Toten, manchmal mehr, manchmal weniger spürbar.

Ich wusste nicht, ob das an anderen Orten der Welt auch so war, aber ich wusste genau, dass der Preuße tot war und meine Eltern nicht.

Ich ging aus dem Zimmer und schloss die Tür hinter mir. Durchs Fenster sah ich Señora Lamprecht im Garten stehen, umringt von ihren Hunden.

Es war hell geworden, der Wind bewegte die Gräser, ein paar Vögel saßen auf der Mauer, die das Grundstück umgab. Ich beobachtete, wie Señora Lamprecht, beide Zeigefinger in die Luft gestreckt, eine Weile mit ihren Hunden sprach. Dann ließ sie die Arme sinken, und die Tiere hetzten davon. Nach einigen Sekunden kehrten sie zurück, Stöckchen in den Mäulern, Grasbüschel, alte Zeitschriften, zertretene Getränkedosen, leere Plastikflaschen Flüssigwaschmittel, weggeworfene Kleidungsstücke oder die zerkauten Reste von Autoreifen. Das ganze Zeug legten sie Señora Lamprecht zu Füßen und warteten auf einen weiteren Befehl von ihr. So wiederholte sich das Spiel einige Male, und als Señora Lamprecht ins Haus zurückkam, hatte ich bereits Kaffee gekocht und steinhartes Brot aufgeschnitten, das ich in einem Schrank unterhalb der Herdplatten entdeckt hatte.

Beim Frühstück plauderte ich über den Aufbau des Dorfes, den ich aber nicht mitbekommen hätte, weil ich zu diesem Zeitpunkt noch nicht geboren gewesen sei, über den Laden des Schönen Hans, in dem ich meine Horrorfilmsammlung zusammengekauft hätte, über den Hof von Madame Iljuschina und ihrer Enkeltochter Lissa, über meinen Freund Perry Hartwig und seinen Vater, der im Rollstuhl sitze, und über die Ausflüge in die Große Savanne, die meine Eltern mit mir unternommen hätten.

Señora Lamprecht blickte mich die ganze Zeit über an, trank dann und wann einen Schluck aus ihrer Tasse und sagte kein Wort. Nach dem Frühstück zündete sie sich eine Zigarette an, blies mir den Rauch ins Gesicht und atmete mit einem leisen Zischen durch die Nase ein. Irgendwann stand ich vorsichtig auf, räumte unser Geschirr in die Spüle und sah den Hunden draußen beim Herumtollen zu.

Es wäre so schön, hörte ich Señora Lamprechts Stimme hinter mir flüstern, wenn unsere Republik Kinder wie dich wieder auf ihren Schoß ziehen, fest an sich drücken und nie wieder loslassen würde. Aber das tut sie nicht, nein, das tut sie schon lange nicht mehr.

Ich drehte mich zu ihr und sagte, dass ich von meinem Vater immer den Satz gehört hätte, dass unsere Republik nichts anderes als eine Insel voller Gräber sei, in denen Skelette schliefen, die von Skeletten regiert würden.

Jemand klingelte am Zugangstor. Kurz darauf tauchte El Corazón im Garten auf. Er kam aber gar nicht erst ins Haus, sondern schien nur etwas mit Señora Lamprecht besprechen zu wollen. Sie trat vor die Tür und unterhielt sich eine Zeit lang mit ihm. Dann machte er sich wieder davon. Ich kümmerte mich um den Abwasch, wühlte ein wenig zwischen den Filmen in meiner Reisetasche, fand das Tagebuch von Isabella von Schenk und wartete darauf, dass Señora Lamprecht ins Haus zurückkam.

Was hast du denn da?, fragte sie, noch in der Eingangstür stehend.

Ich gab ihr das Buch. Señora Lamprecht drehte es in ihren Händen, schlug es auf, las kurz darin und klappte es wieder zu.

Denkst du, das ist ein gutes Buch?, fragte sie mich.

Nein, antwortete ich, ich finde es eher anstrengend. Es verfolgt einen bis in den Schlaf, und dort wird es zu einem Albtraum, der einem so lange auf die Nerven geht, bis man aufwacht.

Sei froh, Bruno, sagte Señora Lamprecht da, dass deine Albträume enden, wenn du wach wirst.

Wir gingen zusammen in den Garten, wo sie, versteckt hinter Brombeersträuchern, einen kleinen Schuppen besaß, nicht größer als ein aufgestellter Sarg. Von dort brachten wir eine Kokosmatte, eine dünne Decke, ein paar alte Klamotten und einen Zahnputzbecher ins Haus und richteten mir im Zimmer, in dem der Preuße gestorben war, eine vorübergehende Bleibe ein.

Macht dir das was aus?, fragte Señora Lamprecht, während sie mir zeigte, wie man die Matte möglichst platzsparend zusammenrollte.

Nein, sagte ich, das ist in Ordnung. Es ist ja nur ein Zimmer.

Ich öffnete meine Reisetasche und reihte ein paar meiner liebsten Videokassetten an der Wand auf, um sie im Falle eines Falles griffbereit zu haben. Señora Lamprecht beobachtete mich dabei, stellte jedoch keine Fragen.

Du kannst die Hunde hereinlassen, wenn du dich fürchtest, sagte sie.

Ich fürchte mich nicht. Außer vor El Corazón, aber vor dem auch nur ein bisschen.

Darío, sagte Señora Lamprecht, sein richtiger Name ist Darío.

Jagt er wirklich Revolutionäre?

Ich weiß es nicht. Hast du ihn gefragt?

Nein.

Lass es lieber bleiben. Er muss sich konzentrieren, um eine Aufgabe zu erfüllen, die nur ihn etwas angeht. Und dabei sollten wir ihn nicht stören, hörst du?

Arbeitet er für Sie, Señora?

Nein. Er hilft mir ab und zu, und ich helfe ihm ab und zu. Was er nebenbei tut, geht mich nichts an.

Señora Lamprecht verließ das Haus, um auf der Straße ein paar Besorgungen zu machen. Die Hunde warteten auf sie im Garten.

Ich dachte darüber nach, ob Johnny, Sylvie und Liam mit ihrem Wohnmobil mittlerweile in der Hauptstadt angekommen waren, und erinnerte mich daran, dass sie mit einem Dokumentarfilm über irgendeine geheimnisvolle nordirische Armee am Wettbewerb um den Goldenen Waran teilnahmen. Für Dokumentarfilme interessierte ich mich immer noch nicht sonderlich, aber ich freute mich auf die Gelegenheit, ihren Film zu sehen, sofern Señora Lamprecht mir gestattete, ihr Grundstück zu verlassen. Eine Weile stromerte ich im Haus herum und stellte fest, dass sie wirklich nichts besaß, außer dem Futter für ihre Hunde, das sie in zahlreichen Büchsen unter der Küchenspüle lagerte.

Obwohl ich nie eine Uhr besessen hatte, glaubte ich zu spüren, dass die Zeit hier sehr langsam verging. Manchmal schien die Sonne zum Fenster herein, manchmal verschwanden ihre Strahlen plötzlich, und es wurde finster, obwohl es draußen taghell war.

Ein kleiner, weißer Hund kam ins Haus und beobachtete mich dabei, wie ich nichts tat, dann lief er wieder nach draußen. Ich setzte mich in eine Ecke, schloss die Augen und stellte mir Antoinette von Schenk vor, die ein Heer zerlumpter Bergbewohner quer durch die Savanne führte, der Steilküste entgegen, auf deren Rand die Mauern und Türme der Schwarzen Stadt im letzten Licht der Abendsonne leuchteten. X Wohlff, die große Brille mit dem Milchglas auf der Nase, wich ihr nicht von der Seite und half ihr dabei, den Angriffsplan zu entwerfen, das Zelt für die Nacht aufzustellen oder den Soldaten Mut zu machen. Ob die beiden bereits davon erfahren hatten, dass Dr. Silvestro in den ewigen U-Bahn-Tunnel eingefahren war? Im Halbschlaf malte ich mir aus, wie ich nach den Republikanischen Filmfestspielen zu ihnen reisen würde, weil ich plötzlich das Gefühl hatte, sie beide wiedersehen zu wollen, für einen Augenblick nur, bevor sie mit ihrer Revolution die ganze Insel sprengten, denn ich musste Antoinette von Schenk eine Frage stellen, die wichtige Frage nach dem vorläufigen Ende des Weges, den wir alle einzuschlagen hatten und der viel zu oft durch unwegsames Gestrüpp führte, durch heiße Sümpfe, krachendes Eis und verheerte Gegenden, wo Lava brodelt, Tiere in Erdlöchern lauern und giftiger Nebel über die Steine zieht.

Das Knallen einer Tür riss mich aus dem Schlaf. Señora Lamprecht war zurückgekommen.

Bruno, sagte sie, du schläfst zu viel. Schau, was ich dir mitgebracht habe.

In ihren Armen trug sie einen Korb voll Gemüse und einen kleinen Fernseher, so ein würfelförmiges japanisches Ding mit integriertem Videorekorder. Ich schnappte mir das Gerät und begann sofort damit, aufgeregt nach einer Steckdose zu suchen.

Zeigst du mir nach dem Essen einen deiner Filme?, hörte ich Señora Lamprechts Stimme aus der Küche.

Wenn Sie wollen, rief ich aus dem Wohnzimmer zurück.

Ich entschied mich, etwas mit ihr zusammen zu schauen, das ihre Nerven nicht allzu sehr belastete. Vielleicht *Letzte Landschaften* von Buster Lee, ein Film, der höchstens für eine kitzelnde Verwunderung, aber keineswegs für eine aggressive Verstörung sorgt.

Wir bereiteten gemeinsam eine Gemüsepfanne zu, fütterten die Hunde und warteten mit dem Essen auf El Corazón. Er kam nach Einbruch der Dunkelheit, setzte sich zu uns auf den Küchenboden und verdrückte einige Brokkoliröschen.

Die beiden warteten, bis ich aufgegessen und mich in eine andere Ecke des Zimmers verzogen hatte. Während sie leise miteinander sprachen, spitzte ich die Ohren und sah mich schon den roten Teppich der Republikanischen Filmfestspiele entlangschreiten, Hand in Hand mit Adelaide Turner und Marcel Kürten, die soeben aus einem mit Blut gefüllten Teich getaucht waren.

Ein verrücktes Ganzes löst sich in seine noch verrückteren Bestandteile auf, hörte ich El Corazón flüstern.

Soso, sagte Señora Lamprecht.

Enttäuscht stellte ich fest, dass sie sich über den bevorstehenden Einmarsch der Revolutionäre in die Republikanische Hauptstadt unterhielten und gleich darauf über den bevorstehenden Einmarsch der Revolutionäre in die Schwarze Stadt, Hauptstadt der Steilküstenprovinz. Präsidentin Emmy Jaeger, so El Corazón, wisse weder ein noch aus: Zöge sie ihr ruinöses Heer zur Verteidigung der Republikanischen Hauptstadt zusammen, marschierten die Rebellen munter in die Steilküstenprovinz ein. Beschützte sie mit ihren abgerissenen Truppen die Schwarze Stadt an der Steilküste, würden die Hauptstadtprovinz und mit ihr die gesamte Insel in sich zusammenfallen wie eine Kinderhüpfburg, aus der die Luft gelassen wird. Nicht zu vergessen die betrunkenen Milizen und ihre nervösen Anführer in den übrigen Provinzen, die nur darauf warten würden, dass diese am Rande der Umnachtung dahindämmernde Republik sich endlich selbst zerlegte.

Genug, sagte Señora Lamprecht. Bruno und ich schauen uns jetzt noch einen seiner Filme an. Hast du nicht auch Lust?

Auf gar keinen Fall, sagte El Corazón, zog sich seine Jacke an und ging aus dem Haus.

Señora Lamprecht und ich breiteten Bettdecken und Kissen auf dem Boden aus und setzten uns vor den Fernseher, die Hunde kamen und legten sich gähnend zwischen uns. Ich schob die Videokassette ein, und das Bild begann zu flimmern. Der Film *Letzte Landschaften* des Belgiers Buster Lee, der eigentlich Noël van den Bosch hieß und nach seiner flüchtigen Karriere als Regisseur eine ultranationalistische Partei für die Unabhängigkeit der Wallonie gründete, besteht gänzlich aus animiertem Kartenmaterial, auf dem sich fortlaufend die menschlichen Ansiedlungen, Ländergrenzen, Biotope und Kontinente einer fremden Welt verschieben, während eine weibliche Erzählstimme Passagen aus einem Buch vorliest, das sie als *Dritten Kodex des trauernden Wanderers und der ihn umgebenden Natur* bezeichnet, eine Sammlung verschiedener aufwendiger Menüs, deren Hauptbestandteil gebratenes Fleisch ist: Gebirge falten sich zusammen und wieder auseinander, Städte werden gegründet, wachsen und verschwinden (einhundertzweiundzwanzig hauchdünne Scheiben Entenleber, in Form eines Möbiusbandes angeordnet, mit Kartoffelstampf, Preiselbeermus und gerösteten Pinienkernen), griesgrämige Binnenstaaten okkupieren ihre Nachbarn, dann halbe Erdteile und werden schließlich von internationalen Allianzen in zahlreiche funkelnde Ländereien zerschlagen (Sauerbraten vom Shetlandpony in einer herben Schokoladen-Rotweinsauce, dazu spanische Salzkartoffeln und gezuckertes Mischgemüse), heranktiechende Gletscher begraben von Barbaren bewohnte Steppen, Asteroiden schlagen ein, Straßen entstehen, Wälder grünen und verdorren, tiefe Löcher tun sich auf (gegrilltes Entrecôte unter Basilikumschaum, angerichtet auf einer kreisrunden Scheibe aus Eis, die von vier Kapuzineräffchen serviert wird), Küsten versinken im Meer, und neue Inseln erheben sich aus den Fluten. Der Film hört auf, wie alles aufhört: unvermittelt und stumm. Ich überlegte, ob auch Noël van den Bosch als eines dieser bemitleidenswerten Ungeheuer endete, die aufgrund ihres zweifelhaften politischen Engagements von einem Attentäter hinterrücks niedergeschossen wurden, im Treppenaufgang seines Wohnhauses in Lüttich, in einem Sonnenstuhl am Ufer des Bütgenbacher Sees, vor dem verglasten Eingang des Musée de la Photographie in Charleroi oder auf dem Vorplatz der Alten Kommerzkammer im Zentrum von Namur, aber ich konnte mich einfach nicht mehr an sein weiteres Schicksal erinnern.

Señora Lamprecht war längst eingeschlafen, schon vor mehr als einer Stunde, leise atmend lag sie zwischen den Kissen, die zuckenden Schnauzen einiger Hunde auf ihren Oberschenkeln. Ich beugte mich über sie und betrachtete ihr Gesicht, in dem sich bis auf die winzigen Bewegungen ihrer Lippen nichts regte. Was träumte so eine Frau? Träumte sie überhaupt? Der Preuße hatte mir einmal erzählt, dass er ständig von seinen Diktatorenbüchern und den darin enthaltenen Grausamkeiten träumen musste, Träume, die beinahe jede Nacht sein Herz zum Stehen brachten, was ihn mit dem Gefühl aufwachen ließ, einen über Stunden andauernden Orgasmus gehabt zu haben. Ich schlich in mein Zimmer, legte mich auf die Kokosmatte und schloss die Augen, dachte an den Preußen und träumte von einem fernen Königreich namens Kambodscha, vom Schwemmland des Mekong, vom Sandstein und Schiefer in den Hügeln des Dângrêk, von zarten Regenschleiern über dem großen See Tonle Sap und vom Urwald an den Westhängen des Kardamomgebirges, und ich träumte von einem Kambodscha, in dem die Asiatischen Elefanten über die Menschen herrschten, Straftäter von Elefanten zertreten wurden, Frauen und Männer sich von Elefanten begatten lassen mussten, Jugendliche anlässlich der zahlreichen Festtage von Elefanten verspeist wurden, die Hofschranzen des

Königs und die Schergen der Roten Khmer tagein, tagaus die Stoßzähne der Elefanten zu polieren hatten, Menschenkinder von Elefantenkindern durch die verlassenen Straßen Phnom Penhs gejagt wurden, Elefantenherden auf den verdörrten Leibern toter Menschen schliefen und alle noch lebenden Kambodschaner jeden Sonntag in große Zelte an den Rändern der Reisfelder getrieben wurden, um sich gemeinsam französische Dokumentarfilme über den Ruhm und die Allmacht der Asiatischen Elefanten anzusehen. Am frühen Morgen wachte ich auf und sah den Wolken eine Weile dabei zu, wie sie in einem Loch in der Decke über den dunklen Himmel zogen.

Meine Tage bei Señora Lamprecht verbrachte ich wie jemand, der sich durch ein Haus bewegt, dessen Zimmer bis unter die Decke, bis in jede Ecke und Ritze mit zähem, durchsichtigem Knochenleim gefüllt sind. Meist war ich allein, nur die Hunde an meiner Seite, weil die Señora im Viertel unterwegs war. Das Tor zur Straße schloss sie immer ab. El Corazóns Besuche wurden seltener, manchmal kam er nur alle zwei, drei Tage für ein paar Minuten vorbei, aß etwas, blickte sich schweigend im Wohnzimmer um, drückte Señora Lamprecht etwas Geld in die Hand oder unterhielt sich mit ihr im Garten. Stundenlang tat ich nichts anderes, als draußen im Gras zu liegen oder mir Videofilme anzusehen, doch meine Gedanken kreisten ständig um die Republikanischen Filmfestspiele oder um Kajagoogoo, und mir war inzwischen bewusst geworden, dass beide in unerreichbare Ferne gerückt waren. Ich musste mich auf meinen Atem konzentrieren, um den Ort, an dem ich mich befand, für einen Moment zu vergessen, und ertappte mich immer wieder dabei, wie ich bei kurzen Spaziergängen durch das Haus und seinen Garten mit schnellen Blicken die Beschaffenheit der Türschlösser und die Höhe der Gartenmauer prüfte. Meist kehrte Señora Lamprecht am späten Nachmittag zurück, von einem Einkauf, von einer geheimen Besprechung oder von einem Ausflug auf die vergifteten Müllplätze der Stadt, wo sie stundenlang unter einem Eukalyptusbaum gesessen und die vorüberziehenden Meuten der Straßenhunde beobachtet hatte. Immer öfter kam es mir so vor, als hätte sie irgendwo Drogen genommen, denn ganze Abende verbrachte sie damit, rauchend in einer Zimmerecke zu sitzen und in die Dunkelheit zu flüstern, vier dösende Hunde auf ihrem Schoß. Dann gelang es mir nicht, sie zum Abendessen zu überreden oder für einen Film von Adelaide Turner vor den Fernseher zu locken. Auf Fragen gab sie mir keine Antwort und streckte nur drohend den Zeigefinger aus, um mich zum Schweigen zu bringen. Manchmal hörte ich, wie sie immer wieder den Namen von Präsidentin Jaeger aussprach: Emmy, sagte sie dann, Emmy, Emmy, Emmy Jaeger. Vielleicht hatten die beiden mal was miteinander, überlegte ich, oder Señora Lamprecht gehörte zu Jaegers früherem Kabinett, das die Präsidentin nach wenigen Wochen aufgelöst und dessen Mitglieder ins Meer gejagt hatte, oder Señora Lamprecht war sich schlicht und ergreifend nicht mehr bewusst, was sie da alles so vor sich hin brabbelte.

Señora, fragte ich sie einmal behutsam, warum sind Sie so traurig?

Warum lässt mich denn niemand einfach mal in Ruhe?, schrie sie mich an und schlief kurz darauf ein, den Kopf gegen einen alten Heizlüfter gelehnt, der in der Ecke stand.

Ein andermal bat ich sie darum, endlich die Filmfestspiele besuchen zu dürfen, aber sie tat so, als hätte sie mich nicht gehört, und fuhr seufzend damit fort, einem ihrer Hunde die Krallen mit einem Buschmesser zu kürzen.

Wenn ich dann allein vor dem Fernseher saß, verfolgte ich die Geschehnisse auf dem Bildschirm schon längst nicht mehr, sondern stellte mir vor, auf welche verschiedenen Arten Señora Lamprecht mich verletzen oder sogar töten könnte, unzählige verschiedene Arten, eine grausamer und zerstörerischer als die andere.

Eines Nachts weckte mich ihre Stimme. Sie sagte: Bruno, Bruno, Bruno, wie jung du doch bist.

Ich hob den Kopf. In der geöffneten Zimmertür saßen ein paar Hunde. Señora Lamprecht entdeckte ich am Fußende meiner Kokosmatte. Dort hockte sie und rauchte eine Zigarette, ohne sie zwischendurch aus dem Mund zu nehmen.

Señora, rief ich, ist alles in Ordnung?

Zwei Hunde jaulten auf.

Ach was, nichts ist in Ordnung, sagte sie, schüttelte kurz ihre zerzauste Frisur und spuckte die brennende Zigarette auf meine Bettdecke. Ordnung, Ordnung, fuhr sie fort, was soll das sein, du kleiner Idiot? Warum spricht jemand wie du, der nichts kennt und nichts gesehen hat, ausgerechnet von Ordnung? Was läuft nur falsch bei dir?

Ich schluckte, nahm die Kippe von meiner Decke und drückte sie an der Wand aus.

Na?, rief Señora Lamprecht laut. Und dann noch einmal: Na?

Da warf ich mich zur Seite, zog die Decke über den Kopf

und dachte fest an Marcel Kürtens Film *Lydia*, der von einer jungen Frau erzählt, die durch eine Großstadt mitten im Dschungel streift und schließlich in ein Einfamilienhaus einbricht, wo sie in den Kaminabzug klettert und nicht mehr herauskommt. Über Jahre hinweg lebt sie in diesem Abzug, ohne dass die dreiköpfige Familie, die nach einer Woche aus dem Urlaub zurückgekehrt ist, sie jemals bemerkt. Nichts kann dieser Frau etwas anhaben, weder Hunger, Durst noch Müdigkeit, auch nicht das Kaminfeuer, das in den Wintermonaten täglich entzündet wird. Die Familie lebt vor sich hin, die Frau im Kamin lebt vor sich hin, zwischen ihnen findet keinerlei Kontaktaufnahme statt, und schließlich endet der Film in einer fernen Zukunft, in der der Dschungel die gesamte, von ihren Bewohnern längst verlassene Stadt und eben auch jenes verfallene Häuschen mit seinem Kamin überwuchert hat, in dem noch immer ein rußiges, behaartes Wesen mit leuchtenden Augen wohnt und leise atmet.

Irgendwann hörte ich, wie Señora Lamprecht aufstand. Es kam mir so vor, als würde das Knacken ihrer Knie im Zimmer nachhallen. Ich schaute unter meiner Decke hervor und sah, wie sie in die Dunkelheit des Wohnzimmers davonschlurfte. Die Hunde folgten ihr, noch für ein paar Sekunden kratzten ihre Krallen über den Boden.

Am darauffolgenden Tag war ich allein im Haus. Ich benutzte Señora Lamprechts einzigen Kochtopf, um darin Wasser zu erwärmen und mich zu waschen. Dann kochte ich Kaffee, öffnete die Fenster, rief die Hunde herbei, ließ sie in den Garten und schaute ihnen dabei zu, wie sie ins Gras schissen. Die

Mauer um Señora Lamprechts Grundstück war so hoch, dass die Dächer der Nachbarhäuser nicht zu sehen waren.

Gegen Mittag suchte ich nach einem Weg, aufs Dach zu kommen. Die Hunde beobachteten mich dabei, wie ich Gerümpel aus dem Garten an der Hauswand stapelte, eine Schubkarre ohne Rad, zwei durchgebrochene Sonnenliegen, eine alte Gemüsekiste. Ich kletterte auf meine Konstruktion, griff nach der Dachkante und zog mich hinauf. Das Dach besaß eine leichte Schräge, sein Wellblech war an einigen Stellen durchgerostet und bereits mehrmals mit Teerpappe geflickt worden. Von hier aus konnte ich über den Rand der Mauer auf die umliegenden Gehöfte und die Gassen blicken. Die Höfe waren in einem ähnlich beklagenswerten Zustand wie Señora Lamprechts Garten, die dazugehörigen Häuser heruntergekommen, Schlafstätten für Trickbetrüger, Herumtreiber oder Todkranke, vielleicht wohnte auch niemand mehr darin. Ganz weit hinten flimmerte das unzerstörbare Zentrum der Republikanischen Hauptstadt, ein schwarzes Luftschiff zog seine Runden darüber. Die Mauer von hier aus zu erreichen war unmöglich, zumal ihre Oberseite mit dichtem Stacheldraht versehen war. Ohne Señora Lamprechts Erlaubnis würde ich ihr Grundstück nicht verlassen können.

Mittlerweile hatte ich Hunger bekommen, stieg hinunter und holte mir aus der Küche ein rohes Ei. Isabella von Schenks *Herrliche Tage* lag auf Señora Lamprechts Klappbett, und ich nahm es mit aufs Dach. Dort setzte ich mich auf das von der Mittagssonne erwärmte Wellblech, öffnete das Ei mit dem Fingernagel und saugte den Inhalt heraus. Das Buch schlug ich von hinten auf. *Vielleicht*, schrieb Isabella von Schenk dort, *ist diese Insel kein Zufluchtsort, sondern eine Raketenrampe in Richtung jener Hölle, die hinter den Sternen liegt. Vielleicht verliere ich aber auch bloß meinen Verstand, und niemand steht mir bei. Niemand auf dieser Insel spricht über das, was ihm widerfahren ist. Wenn es dunkel wird, schaltet Rodolfo das Radio ein, und wir hören gemeinsam dem Rauschen in unseren Köpfen zu. Jetzt wird eine Straße von einer Küste zur anderen gebaut. Über uns die Sonne, unter uns die Insel. Die Heiteren Falkner kommen. Sie erzählen sich Witze in der Dunkelheit. Sie schultern ihre Gewehre. Sie reiten auf Maultieren von Dorf zu Dorf. Die Falkner kommen. Ich habe ein kleines Mädchen geboren. Ihr Name ist Antoinette.*

Ich blätterte um, doch die letzte Seite war leer.

Wie auch immer, dachte ich und warf das Buch vom Dach.

Was machst du denn hier oben?, fragte mich die Stimme Señora Lamprechts.

Ich fuhr herum und sah sie auf der anderen Seite des Daches stehen, aber nicht an der Stelle, wo ich hinaufgeklettert war. Wie hatte sie das bloß gemacht?

Mir ist langweilig, sagte ich.

Mir auch, sagte sie in einem Ton, als befände sie sich allein in einem verfallenen Haus tief im Wald.

Ich blickte an ihr vorbei, in Richtung des Zentrums der Republikanischen Hauptstadt.

Lass uns was spielen, sagte Señora Lamprecht. Steh mal auf.

Ich stöhnte, befolgte aber ihren Befehl.

Und nun?, fragte ich.

Bleib, wo du bist.

Nichts geschah. Señora Lamprecht sah mit einem Blick zu mir hinüber, bei dem sich mir die Haare auf den Armen aufstellten. Unten hörte ich die Hunde durchs Gras streifen.

Eins, begann Señora Lamprecht langsam zu zählen, zwei, drei, vier ...

Ich wartete.

Fünf, sechs, acht, neun ...

Moment, rief ich, das ist doch schwachsinnig.

Nein, sagte sie, das ist die Wahrheit. Ab jetzt gibt es keine Festlegungen mehr, verstehst du? Das Meer hat sich in Bewegung gesetzt, die Erde wirft ihre äußere Schale ab, der Wind stürzt aus allen Richtungen auf uns zu.

Ich sah zur Seite, zupfte an meiner Hose herum, bewegte meinen Fuß und dachte lange über meine diffuse Gewissheit nach, dass ich Señora Lamprecht und ihre beschissene Situation irgendwie verstehen konnte.

Bruno!, rief sie plötzlich.

Ich erschrak, trat einen Schritt zurück und hob die Hände, ohne zu wissen, was ich mit ihnen anstellen sollte. Señora Lamprecht trat einen Schritt auf mich zu, die Arme ausgestreckt, vielleicht um mich zu packen und zu liebkosen oder bis zur Besinnungslosigkeit zu würgen. Eine Weile fuchtelte ich wie ein verrückt gewordener Kung-Fu-Kämpfer mit meinen Händen und Füßen in der Luft herum, um sie auf Abstand zu halten, woraufhin Señora Lamprecht ein Gesicht machte, in dem ich peinliche Berührung und eine große Traurigkeit zugleich las.

Okay, sagte sie, das war's.

Was?, fragte ich.

Nichts. Das Spiel ist vorüber. Niemand hat gewonnen, niemand hat verloren.

Langsam bewegte ich mich auf den Teil der Dachkante zu, von wo aus ich auf meine Konstruktion aus zusammengestapeltem Unrat hinunterklettern konnte. Als ich gerade in die Hocke gehen wollte, traf mich etwas am Hinterkopf.

Aber lass bitte deinen Müll nicht immer überall herumliegen, sagte Señora Lamprecht.

Benommen schaute ich nach unten, blickte auf Isabella von Schenks Buch *Herrliche Tage* zu meinen Füßen, fasste mir an den Hinterkopf und fühlte eine feuchte Stelle. Ich betatschte sie einige Male und stellte mir dabei die Nisshin Maru, Flaggschiff der glorreichen japanischen Walfangflotte, bei ihrem alljährlichen Auslauf vor, dann kippte ich zur Seite und fiel vom Dach herunter, in eine Brombeerhecke hinein, die keine Früchte trug.

Meine Eltern hatten oft davon gesprochen, dass Kajagoogoo ein Wunder sei. Es war mir nie in den Sinn gekommen, danach zu fragen, was sie vor dem Aufbau des Dorfes getrieben hatten. Waren sie überhaupt auf der Insel geboren worden? Warum wusste ich das nicht? Warum hatte es mich nie interessiert? Als ich klein gewesen war, hatte ich mich viel mit mir selbst beschäftigt. Kajagoogoo war für mich nur ein Ort gewesen, den ich mir nicht ausgesucht hatte, aus dem ich aber auch nicht so einfach hatte fliehen wollen, denn ich war ein phlegmatisches Kind gewesen. Der Zeitpunkt meiner Geburt fiel mit den Bemühungen der Menschen zusammen, sich von den demütigenden Jahren der Herrschaft der Heiteren Falkner zu erholen. Internationale Strafgerichtshöfe verurteilten ein paar Scharlatane der früheren Regierung zu mal mehr, mal weniger langen Haftstrafen und schickten sie auf riesige Gefängnisschiffe, die unentwegt die Ozeane befuhren, junge Politiker mit gegenläufigen Überzeugungen strebten nach der Macht, der Welthandel setzte alles daran, die Kaufkraft der Inselbewohner zu reanimieren. Und Kajagoogoo wurde errichtet. Wer waren die Frauen und Männer, die die Entscheidung gefällt hatten, sich aus den Städten zurückzuziehen und am unbewohnten Rand der Großen Savanne die Einsamkeit zu suchen? Schon als Kind war mir auf eine nebulöse Weise bewusst gewesen, dass Kajagoogoo nur schwer sichtbar sein musste, dass es unser Dorf eigentlich nicht gab, weil niemand in den anderen Teilen der Insel davon Notiz zu nehmen schien, weil Fremde nur alle paar Jahre hier auftauchten und ihre kurze Anwesenheit keinerlei bemerkenswerte Folgen nach sich zog. Vielleicht hatten meine Eltern vor meiner Geburt für die Regierung in der Republikanischen Hauptstadt gearbeitet, vielleicht waren sie Teil eines inkompetenten Widerstandes gewesen, vielleicht traf beides zu, vielleicht nichts davon. So zumindest ließe sich erklären, weshalb ich mir in jenem Moment, als ich aus der Brombeerhecke kroch, meine Eltern, mich selbst, unser Dorf Kajagoogoo und seine Bewohner folgendermaßen vorstellte: Ein dichter, grauer, nicht enden wollender Sturzregen, der über einer grenzenlosen Landschaft niederging, in der menschliche Umrisse zu erkennen waren, die brennende Kerzen oder kleine Taschenlampen in ihren Händen hielten.

Das Tor zur Straße war leicht geöffnet, ich wankte darauf zu, Señora Lamprechts Hunde dicht hinter mir. Der Wind wehte um mich herum und kühlte die kleinen Wunden, die die Dornen der Brombeerhecke in meinem Gesicht und an den Händen hinterlassen hatten. Meine Beine schmerzten, und mein Hintern fühlte sich taub an. Ich stieß das Tor mit dem Fuß auf und taumelte hinaus. Eine Gruppe Warzenschweine wartete im Schatten einer verbarrikadierten Tankstelle, jemand hatte ein Transparent mit der krakeligen Aufschrift *Katastrophentourismus stärken! Nieder mit der Bourgeoisie! Telefongespräche für umsonst!* an einem Telegrafenmast befestigt, ein Okapi rieb seinen Kopf an einem Benzinkanister, in einer nahen Grube verbrannte ein liegen gebliebenes Motorrad. Die Hunde hatten Señora Lamprechts Grundstück nicht verlassen.

Na los, ihr Köter, sagte ich, jetzt oder nie.

Brav saßen sie im Gras und glotzten mich an.

Ich drehte mich um und wollte gerade losstürmen, die Straße hinunter, den Filmfestspielen entgegen, als ich ihn sah.

El Corazón lehnte neben dem Eingang eines Schuhgeschäfts und schaute mich durch eine Sonnenbrille mit gelben Gläsern an. Dann steckte er sich Dr. Silvestros elektrische Zigarette zwischen die Zähne, stieß eine Dampfwolke aus und kam auf mich zu.

Lass mich, schrie ich und hob die Fäuste. Ich will nicht zurück!

Los geht's, du kleiner Trottel, sagte er und klopfte gegen die Reisetasche, die über seiner Schulter hing. Erst jetzt erkannte ich, dass es meine Filmsammlung war.

Am späten Nachmittag erreichten wir das Ufer des Hauptstadtflusses, der den Namen *Schweigen* trug. Auf seiner Wasseroberfläche schwammen zahlreiche Flöße, miteinander über Holzstege, Leitern und armdicke Seile verbunden. Mit der Hand schirmte ich meine Augen gegen die Sonne ab und suchte nach einem Weg, um den Fluss zu überqueren. Auf einem Floß saßen Mütter und säugten ihre Babys, auf einem anderen standen Männer um eine zerbeulte Metalltonne herum, in der sie das Nationalgetränk unserer Republik brannten, den schmerzhaften Knoblauchschnaps *Herz der Republik*, auf einem dritten bauten Kinder Handys auseinander, die in riesigen Haufen um sie herumlagen. Wir spazierten zum Ufer und kletterten auf einen Ponton aus alten Autobatterien, durchquerten ein im Wellengang schaukelndes Casino, in dem gerade jemand den Croupier verprügelte, gingen an einer schwimmenden Kirche vorbei, vor deren Tür ein alter Geistlicher sein Ornat, ein altes Fischernetz, von Muscheln, Schlick und Tang säuberte, gruben die Nasen in unsere Armbeugen, als wir das Latrinenfloß betraten, und dann waren wir auch schon am anderen Ufer, den Geruch von verwesendem Fisch, Spiritus, Fliederparfum und gewürzter Salzlake in den Kleidern.

El Corazón schlug vor, den Rest des Weges ins Stadtzentrum mit der U-Bahn zu fahren, die nächste Station sei nicht weit entfernt.

U-Bahn?, fragte ich misstrauisch.

Ja, sagte El Corazón, aber sie ist nur zu Feiertagen in Betrieb.

Und heute ist ein Feiertag?

Ja. Der Tag des Erstkontakts.

Nie gehört.

Der Tag des Erstkontakts mit einer außerirdischen Zivilisation, der zwar noch nicht stattgefunden hat, auf deiner komischen Insel aber trotzdem schon einmal gefeiert wird. Gott weiß, wieso.

Das ist so dämlich, dass sogar ich das scheiße finde, sagte ich.

Wir gingen zu einem Platz, der von kleinen Häusern umringt war, aus deren Schornsteinen unentwegt schwarzer Rauch in die Luft stieg. Die Häuser waren allesamt aus Holz und mit detailreichen Schnitzereien verziert, die verschiedene Szenen aus der Besiedlungsgeschichte der Insel darstellten: Eine Frau und ein Mann liegen sterbend am Strand, ein Kind feuert mit einem Maschinengewehr auf einen herannahenden Waran, zwei Frauen gehen Hand in Hand über eine Großbaustelle, ein Raumschiff stürzt ins Meer, ein Mann hockt auf einem Fernseher und hat das Gesicht in seine Hände gelegt, ein Haus explodiert, ein Waran trägt ein Kind in seinem Maul in Richtung Sonnenuntergang, eine Blume blüht auf, drei Soldaten halten ein Nickerchen auf ihrem im Morast stecken gebliebenen Panzer, ein Tornado trifft auf einen anderen Tornado, ein Kind tritt aus der Dunkelheit des Dschungels, eine gelbe Würgeschlange um den Hals, von der es bis zum bitteren Ende beschützt wird. In der Mitte des Platzes befand sich ein tiefes Loch, das wie ohne Sinn und Verstand in die Erde gehauen schien. Wir mussten von seinem Rand anderthalb Meter auf eine hölzerne Plattform herabspringen, und von dort brachte uns eine Rolltreppe in die unterirdische Station. Sie sah aus wie der allerschlimmste Albtraum eines Innenarchitekten aus dem Rokoko: ein hoher, leerer Tunnel, dessen Wände vollständig mit durchscheinenden Platten bedeckt waren, hinter denen unzählige Neonröhren die Station gleißend hell erleuchteten. Wir stellten uns an die Bahnsteigkante und warteten. Kurz darauf fuhr der Zug ein, blank poliert und silbern, und öffnete mit einem leisen *Sssit* seine Türen. Niemand stieg aus, und niemand stieg mit uns ein. In die Lehnenpolster der Sitze war das Gesicht des gestürzten Präsidenten Immanuel Sullus eingearbeitet, an vielen Stellen mehrfach aufgeschlitzt. Der Junge hielt beide Augen geschlossen und lächelte ein wenig, als könnte er die Sorgen und Ängste derjenigen, die da ihre Rücken gegen seine Nase drückten, sicher nicht ungeschehen machen, aber erdulden. Die Türen schlossen sich, und wir rasten hinein in die Finsternis unter der Republikanischen Hauptstadt.

Als wir die U-Bahn an der Endstation verließen (genau genommen gab es nur vier Haltestellen, von denen zwei nicht bedient wurden), fiel mein Blick sofort auf die großen, roten Tücher, mit denen die Haltestellendecke abgehängt war und die sich im Fahrtwind des abfahrenden Zuges blähten. Auf ihnen las ich die aufgestickten Worte *Die Hauptstadt begrüßt ihre Gäste zu den Republikanischen Filmfestspielen!*, und mein Kopf wurde ganz heiß.

Der Rolltreppe nach oben fehlten zwar die Stufen, aber jemand hatte eine Holzleiter aufgestellt, über die wir schließlich zurück an die Erdoberfläche gelangten. Dort klopften wir uns den Staub von den Kleidern und atmeten tief durch.

Hier, sagte El Corazón und warf mir meine Tasche mit den Filmen zu.

Er tippte sich mit der Zigarettenspitze an die Sonnenbrille, drehte sich um und ging ohne ein Wort des Abschieds davon.

Und jetzt?, rief ich ihm hinterher, aber er hatte mich wohl nicht gehört.

Autos stauten sich auf der Straße, aus Lehm gebaute Wohntürme schraubten sich in den Himmel, fliegende Händler priesen Krokodillederhandtaschen an, Fahrradfahrer wichen eilenden Menschen aus, die untergehende Sonne spiegelte sich in der gläsernen Pyramide eines Einkaufszentrums.

Entschuldigung, sprach ich eine junge Frau an, ich suche das Filmfestival.

Ihr Blick schnellte von meinem Gesicht zu meinen Füßen und wieder zurück. Sie zuckte mit den Schultern und ging weiter.

Ich schlenderte zu einem Zeitungsverkäufer, der die aktuellen Ausgaben des wirtschaftsliberalen Wochenblattes *Bariton der Republik*, der rechtsgerichteten Fernsehzeitschrift *TV Futuro* und der anarchistischen Tageszeitung *Lampion* in seinen Händen hielt. Auf jeder Titelseite war ein Foto von Antoinette von Schenk abgedruckt, hier als grinsendes Kind mit einem Meerschweinchen im Arm, dort als mordlüsterne Irre und anderswo als eine in Gedanken versunkene Partisanin, das Kinn auf den Lauf eines Unterhebelrepetierers gestützt. Schön kam sie mir vor, gespenstisch und komplett verrückt. Die Schlagzeilen handelten allesamt vom Vormarsch der Revolutionäre aus der Bergprovinz, den selbst der plötzliche Tod ihres Anführers Dr. Silvestro nicht stoppen konnte.

Wissen Sie, wie ich zu den Filmfestspielen komme?, fragte ich den Verkäufer.

Er zeigte auf das Gebäude hinter sich, in dem sich das Kino *Belial* befand.

Danke, sagte ich und kramte in meinen Hosentaschen nach einer Republikanischen Münze, um ihm einen *Lampion* abzukaufen, hatte aber kein Geld dabei. Der Zeitungsverkäufer wedelte mich mit seiner Hand davon, und ich ging zum Kino hinüber, einem zu Beginn der flüchtigen kommunistischen Diktatur auf der Insel errichteten Betonschalenbauwerk, dessen Form und Anstrich einen blutunterlaufenen Augapfel imitierte. Die Eingangstür war geöffnet. Daneben kündigte ein Plakat die am frühen Abend stattfindende Retrospektive *Der kurze Traum von der Zerstörung Hollywoods – Die Horrorfilmsammlung des jungen Inselbewohners Bruno Hidalgo* mit anschließender Verleihung des Goldenen Warans für die besten Filme des Wettbewerbs an. Ich überflog die Ankündigung ein zweites und ein drittes und ein viertes Mal und bekam es mit einer munteren Angst zu tun. Dann schloss ich für einen Moment die Augen, öffnete sie wieder und sah das Plakat noch einmal an. Meinen Namen las ich darauf nicht mehr, stattdessen war von einem anderen jungen Inselbewohner namens Marco Pizarro die Rede, der erotische Science-Fiction-Filme aus der ersten Hälfte des 20. Jahrhunderts sammelte und auch nicht die Zerstörung Hollywoods im Sinn hatte, sondern die *Vorwegnahme des Pazifikkriegs.*

Puh, machte ich und dachte doch gleichzeitig daran, dass in einem halbseidenen Paralleluniversum mit ziemlich hoher Wahrscheinlichkeit mein Name auf dem Plakat gestanden hätte.

Im Foyer des Kinos waren bereits die Stehtische für den Sektempfang aufgestellt worden. Der Zugang zum Saal war geschlossen. An der Seite befand sich ein Tresen, hinter dem das Mädchen arbeitete, das ich vor langer Zeit in der Bar *Herrlichkeit der republikanischen Landschaft* in Savannah getroffen hatte.

Einen fröhlichen Tag des Erstkontakts, sagte es lustlos, während es Bierschaum aus den Zapfhähnen laufen ließ.

Was machst du denn hier?, fragte ich, stellte meine Reisetasche ab und nahm auf einem Hocker Platz.

Arbeiten.

Seit wann?

Seit einer Weile. Möchtest du was trinken?

Hast du Weißwein?

Das Mädchen tauchte hinter dem Tresen ab, holte ein Tetra Pak mit Strohhalm hervor und schob es zu mir herüber.

Und?, fragte ich. Wie läuft's?

Gut, sagte das Mädchen, und bei dir?

Bin ein bisschen neben der Spur.

Ja, das sehe ich. Ist dein Freund noch bei dir? Der Kranke?

Nein. Der ist wieder nach Hause geflogen.

Gut für ihn.

Wieso bist du nicht mehr in Savannah?

Das Mädchen wischte schweigend ein paar Gläser trocken.

Du musst es mir nicht erzählen, wenn du nicht willst, sagte ich.

Weißt du denn nicht, dass die Armee Savannah dem Erdboden gleichgemacht hat?

Nein. Ich war schon lange nicht mehr dort.

Tja. Dein Glück.

Ich trank meinen Wein und schaute eine Weile im Foyer umher.

Gleich geht's hier so richtig zur Sache, oder?, sagte ich zu dem Mädchen.

Es sah genervt von seinem Buch auf, das es irgendwann von irgendwo hervorgeholt und auf den Tresen gelegt hatte.

Ich meine die Retrospektive und die Preisverleihung und so, fügte ich hinzu.

Ja, ja, sagte das Mädchen und widmete sich wieder seiner Lektüre.

Und? Was liest ... du da?, stammelte ich.

Das Mädchen klappte das Buch zu und zeigte mir seine Vorderseite. *Sprache, Literatur und Geschichte Südostasiens von den Khmer-Königreichen bis zur Unabhängigkeit der Demokratischen Republik Timor-Leste* von Wilewaldo Bautz.

Ist ganz gut, sagte es. Wollen wir jetzt endlich ein bisschen rummachen, oder nicht?

Klar doch, sagte ich und rutschte von meinem Hocker herunter.

Wir schlichen in die kleine, schmutzige Küche hinter der Bar. Dort zog sich das Mädchen die Hose herunter und klemmte sich zwischen einen Kühlschrank und eine Arbeitsplatte, auf der ein in Klarsichtfolie eingewickelter Schweinefuß lag. Ich umarmte es fest, möglicherweise aber ein paar Sekunden zu lang, denn es stieß mich zurück, wischte sich die Haare aus dem Gesicht, schnellte nach vorn, öffnete meine Hose und küsste mich. Seine Zunge schmeckte nach Mentholzigarette, Wasserspinat und Bier. Dann drehte es sich um, nahm meinen Schwanz in die Hand und drückte ihn sich zwischen die Beine. Ich machte drei, vier Bewegungen mit der Hüfte, das Mädchen gab ein paar keuchende Geräusche von sich. Einen Moment lang standen wir aneinandergepresst da, bis es mich mit seinem Hintern zur Seite drückte, mir durch die Haare wuschelte, sich anzog und die Küchentür einen Spaltbreit öffnete.

Verdammt, sagte das Mädchen, die Scheiße geht ja schon los.

Ich sah zu, wie es nach draußen verschwand, holte mir aus dem Kühlschrank ein Stück Käse, schnaubte mir mit einem Geschirrtuch die Nase und verließ die Küche.

Im Foyer hatten sich einige Leute versammelt, alte Männer mit goldenen Brillen und Einstecktüchern, Fotografen, junge Anzugträger und Frauen in schlichten Abendkleidern. Ein Journalist, der sich ein viel zu großes Jackett übergeworfen hatte, interviewte eine betagte, grell geschminkte Dame, die ein Sauerstoffgerät hinter sich herzog. Ich griff nach meiner Packung Weißwein auf dem Tresen. Das Mädchen beachtete mich nicht, weil es gerade die Getränkebestellung von einem schwitzenden Typen mit Pelzstirnband und Walrossbart aufnahm.

Einige Minuten später erschien ein blasses Bürschchen, kurze Hose, Strickpullover, Gel im Haar, in Begleitung einer Frau und eines Mannes. Die Menschen applaudierten, als es zaghaft durch das Foyer schritt. Das musste Marco Pizarro sein, flankiert von Mama und Papa, die vor Stolz schon ganz blau angelaufen waren. Eine ganze Retrospektive für diesen Wicht? Ich spürte die Wut von Bulbin dem Zertrümmerer in mir. Zugleich fühlte ich mich aber auch so hilflos wie der armselige Vampir Hermelin, dem das Schicksal den Ausweg verwehrte, im Sonnenlicht zu Staub zu zerfallen.

Das Publikum ging mit Marco Pizarro und seinen Eltern in den Saal. Ich griff nach meiner Reisetasche, folgte ihnen und suchte mir in der hintersten Ecke einen Platz auf dem Boden. Die Leute ließen sich schwatzend auf Plastikstühlen, Holzhockern, Bierbänken und Sitzsäcken nieder. Auf der Leinwand lief bereits der erste Film aus Marcos Sammlung, *Mondbasis der Leidenschaft*. Eine Rakete trudelt über der Mondoberfläche dahin, in der Mondbasis hadert ein Astronaut mit seiner Zuneigung für einen anderen Astronauten, die Ureinwohner des Mondes, Mischwesen aus Mensch und Blechblasinstrument, greifen mit Speeren bewaffnet ein Mondfahrzeug an, eine Mondlandefähre feuert eine Raketensalve ab, zwei Astronauten liegen eng umschlungen in einem Mondkrater und schauen seufzend zu den Sternen hinauf.

Na und?, fragte ich mich und blickte schnaubend im Saal umher. Das Publikum wirkte weder bewegt noch irritiert. Schräg vor mir saß der Typ mit dem Walrossbart in sich zusammengesunken auf einem Gartenstuhl und schnarchte leise.

Kein Wunder, dachte ich. Den Leuten müsste man eher zeigen, wie die Ureinwohner diese verschissenen Weltraumkolonialisten ohne viel Aufhebens überwältigen und aus ihren Köpfen eine Suppe kochen, die sie in der Dunkelheit der erdabgewandten Seite des Mondes in ihre Schalltrichter schütten, in friedlicher Eintracht beisammensitzend, während ein Meteoritenschauer über sie herniedergeht.

Und dann geschah es oder geschah nicht – jedenfalls flog die Tür zum Saal auf, und herein stürmte Kommandant X Wohlff, gefolgt von seinen Revolutionären aus der Bergprovinz in Kampfmontur. Er marschierte schnurstracks zur Leinwand und riss sie mit einem beherzten Griff herunter, dann ließen er und seine Soldaten sich in der ersten Reihe nieder. An den

Wänden loderten ein Dutzend Fackeln auf, und ich streckte den Oberkörper und reckte den Hals. Auf dem schwarzen Mauerwerk, das von der Leinwand verdeckt worden war, erschien ein weißer Schriftzug: *Die Befürchtung*. Die Schrift verschwand, rauschendes Wasser war zu hören, ein neuer Schriftzug wurde eingeblendet: *Ein Film von Bruno Hidalgo*. Orgelklänge setzten ein, begleitet vom Sausen eines starken Windes.

Ach du Scheiße, rief ich und sah dabei zu, wie sich über das Mauerwerk der Wand das Grasmeer der Großen Savanne auszubreiten beginnt, über das die Kamera mit immer schneller werdender Geschwindigkeit hinweggleitet, bis ein kahler Hügel an der oberen Kante der Wand auftaucht und sich ins Zentrum des Bildes schiebt. Dort leben in einer fensterlosen Hütte vier missgestaltete Kannibalen: ein Kannibalenkind, ein Kannibalenteenager, ein Kannibale mittleren Alters und ein sehr, sehr alter Kannibale. Sie verbringen ihre Tage damit, in die Ferne zu schauen, mit einem Medizinball aus Menschenhaut zu spielen, sich in einer unbekannten Sprache zu streiten oder ihre Angeln auszuwerfen, an deren Haken sich manchmal eine Maus, manchmal ein Grasbüschel und sehr oft einfach gar nichts verfängt. Von Zeit zu Zeit ziehen sie los, auf einem motorisierten Floß, das sie aus einer alten Tür gezimmert und mit vier Gummirädern versehen haben, und überfallen die Hügel in der Nähe, verspeisen deren Bewohner und kehren satt und zufrieden nach Hause zurück. Irgendwann jedoch beginnt der Kannibale im Teenageralter, den Hügel allein zu verlassen: Mit rudernden Armen bewegt er sich immer weiter von zu Hause fort, kriecht in ein Gebüsch hinein, ruht im Schatten eines Termitenbaus oder erfreut sich daran, die Ziegenmelker von ihren Nistplätzen aufzuscheuchen. Immer kehrt er am frühen Abend zurück, und immer muss er sich dann die Vorwürfe der anderen Kannibalen anhören, bis er eines Tages gar nicht mehr zurückkommt. Die anderen Kannibalen erklären sich sein Verhalten damit, dass er den Verstand verloren haben müsse, und leben weiter, als sei nichts geschehen. (Aber es ist etwas geschehen, wollte ich dazwischenrufen, etwas Schreckliches ist geschehen, aber kein Idiot schert sich darum, weil jeder immer nur mit seinem eigenen Mist beschäftigt ist! Das wollte ich rufen, aber ich traute mich nicht.) Schließlich bricht ein gewaltiger Sturm los, Blitze zucken über den Himmel, Wassermassen stürzen herab, Flüsse entstehen und treten über ihre Ufer, ein Ozean breitet sich langsam, aber sicher aus. Die Kannibalen werden mitsamt ihrem Floß, ihrer Hütte, ihrem Ball und ihren Angeln davongespült und versinken jaulend auf Nimmerwiedersehen in den Fluten. Jahre, Jahrhunderte oder Jahrtausende später zündet das US-amerikanische Militär ein paar Wasserstoffbomben, und der Hügel mit seiner von Korallen überwucherten Hütte taucht aus dem Wasser auf, und die Tiere schwimmen nichtsahnend heran, und die Pflanzen wachsen ungehindert darauf und die Menschen kommen neugierig herbei, und hier sind wir nun, hier sind wir wieder, verfluchte Scheiße, hier sind wir ja. *Fin.*

Nimm das, Marco Pizarro, dachte ich und grinste vor mich hin.

Einen Augenblick lang war es totenstill, dann setzte die Orgelmusik erneut ein. Dumpf und schwer hallte sie im Saal wider. X Wohlff erhob sich von seinem Stuhl, rückte sich die

Brille mit dem Milchglas auf seiner Nase zurecht und salutierte mit ernster Miene. Aus dem Foyer kamen eine Frau und ein Mann herein. Seite an Seite stolzierten sie, in schwarze, sackartige Gewänder gekleidet, zwischen den Reihen entlang, Hand in Hand, und zuerst glaubte ich, den Regisseuren Adelaide Turner und Marcel Kürten bei ihrer Bluthochzeit beizuwohnen, doch sofort war ich mir unsicher, ob nicht in Wahrheit Johnny und Sylvie auf X Wohlff zuschritten oder vielleicht sogar meine Eltern, und ich schloss die Augen und öffnete sie wieder, und da saßen sie alle auf den Stühlen und Hockern verteilt und blickten gespannt nach vorn, die Lebenden, die nichts anderes als Aufregung kannten, und die Toten, die einfach keine Ruhe finden konnten: mein Vater, meine Mutter, Adelaide und Marcel, der Preuße, Johnny und Sylvie und ihr kleiner Sohn Liam, El Corazón, Señora Lamprecht, der Schöne Hans, Perry Hartwig und seine Eltern, Madame Iljuschina und ihre Enkeltochter Lissa, E. T. der Außerirdische, das Mädchen hinter dem Tresen, Emmy und Carlo Jaeger in Begleitung ihrer drei Kinder, der Sheriff und seine Familie, Dr. Silvestro, Isabella und Rodolfo von Schenk, Marco Pizarro und Marcos Mutter und Marcos Vater und natürlich auch meine lieben Horrorfilmregisseure Roberto Madrigal, Jael Guldenburg, Alejandro Filippo Zeissiger, Donata Michalczuk, Eddie from Outer Space, Buster Lee, Sabine Oslow, Jim Wu, Abdul und Shoshanna Bulli, Natalia van Vijfeijken, Terrence Nadongo, Krister Kristiansborg, Yoshiko Nakamura, Junior Galante und Ferenc Lima. Und X Wohlff da vorne schloss seine Arme um ein Mädchen namens Antoinette von Schenk und einen Jungen namens Bruno Hidalgo und küsste diese beiden Taugenichtse mit bleichen Lippen auf die Wangen, und ein Schwarm Flughunde flog durch die Tür zum Foyer herein, und Blut strömte von den Wänden, und die Erde rasselte unter unseren Füßen, und der helle Schein des Filmprojektors erlosch, und niemand sagte ein Wort, und niemand dachte auch nur einen Moment lang an sich.

... und begrüßen Sie bitte, rief eine Lautsprecherstimme, mit einem rasenden Applaus den Gastgeber der heutigen Preisverleihung: den berühmten Schauspieler Jeff Goldblum aus Amerika!

Ich blinzelte. Scheinwerfer waren aufgestellt worden. Eine Mariachiband spielte. Der Saal war voll. Niemand hatte mich in meiner Ecke bemerkt.

Von rechts trat ein braun gebrannter Mann, der offensichtlich eine billige Perücke trug, winkend vor die Leinwand, verbeugte sich vor den Mariachis, wiegte sich lächelnd im Takt ihres Corridos und strich einige Male mit der Hand über eine imaginäre Geige.

Das ist doch nicht Jeff Goldblum, dachte ich müde und verzweifelt, sondern wieder einmal nur irgendein dahergelaufener Strolch, der uns alle für dumm verkaufen will.

Der Mann, der Jeff Goldblum darstellte, riss Augen und Mund auf und streckte jemandem in der ersten Reihe die Hand hin. Eine Frau, niemand Geringeres als Emmy Jaeger, die Präsidentin der Republik, erhob sich, zupfte an ihrem schwarzen Kleid herum und ließ sich von ihm ein paar Runden vor der Leinwand umherwirbeln. Ihr dicker Mann Carlo war ebenfalls aufgestanden und klatschte kräftig in die Hände. Da schnappte ich meine Reisetasche, zwängte mich zwischen den Leuten hindurch, die keinen Sitzplatz mehr abbekommen hatten, und verschwand aus dem Saal.

Ich eilte durch das Foyer, ohne mich noch einmal umzusehen. Draußen war es bereits dunkel geworden, und es regnete leicht. Nicht weit vom Eingang des Kinos entfernt lehnte das Barmädchen an einer Parkuhr, las in seinem Buch und rauchte eine Zigarette.

Ich spazierte frierend die Straße hinunter und spürte, wie die Feuchtigkeit durch meine kaputten Schuhsohlen drückte.

In meinem Augenwinkel erkannte ich, wie sich ein Wagen neben mich schob und im Schritttempo weiterfuhr. Lasst mich doch alle in Ruhe, dachte ich, versenkte die Hände in den Hosentaschen und stapfte weiter, den Blick stumpf zu Boden gerichtet. Der Typ in dem Auto hupte einmal und noch einmal, und beim dritten Mal drehte ich mich zornig um.

Bruno, alte Kanaille, du hast es ja doch noch geschafft, rief Johnny durch das Seitenfenster. Schwing deinen Arsch rein, in dieser grässlichen Stadt sollte niemand zu Fuß unterwegs sein.

Ach, ach, dachte ich, öffnete die Seitentür des Wohnmobils, schleppte mich in den hinteren Teil der Kabine, legte meine Reisetasche ab und fiel sofort ins Bett.

ALS ICH WIEDER WACH WURDE,

schimmerte gleißendes Sonnenlicht durch das rückwärtige Fenster ins Innere des Wohnmobils. Ich sah die Sitzgruppe mit dem zusammenklappbaren Tisch und dahinter das breite Cockpit, in dem sich niemand befand. Die Matratze, auf der ich lag, roch nach geschmolzener Schokolade und meinem Achselschweiß. Aus dem Autoradio trällerte Musik, die nach russischem Pop klang.

Stimmen waren von draußen zu hören. Ich setzte mich auf, fuhr mir übers Gesicht und hob die Gardine vor dem Fenster an.

Das Wohnmobil stand an einer mehrspurigen Straße, die von verwahrlosten Hochhausblöcken gesäumt wurde.

Eine Hand klopfte gegen die Scheibe, ihr folgte ein Kopf mit müden Augen und unrasiertem Kinn. Ich versuchte, Johnny anzulächeln, doch ich spürte sofort einen Schmerz in den

Schläfen, weshalb es wohl eher danach aussah, als würde ich gleich anfangen zu heulen. Sein Kopf verschwand, und nach wenigen Sekunden kam er zu mir rein, Liam an der Hand, schloss im Vorbeigehen einen offen stehenden Schrank und trat zu mir ans Bett.

Wir haben einen Platten, sagte er, und das nicht zum ersten Mal auf dieser beschissenen Insel.

Ich stand auf und suchte nach meinen Schuhen. Sie lagen mitten im Gang, kurz vor der Stufe, die das Cockpit vom Wohnbereich trennte. Ich drückte mich an Johnny vorbei, hob sie auf und setzte mich mit halbem Arsch auf ein Polster der Sitzgruppe.

Während ich mir die Schnürsenkel zuband, fragte ich Johnny, wo denn Sylvie abgeblieben sei.

Die sammeln wir jetzt ein, wenn ich diesen blöden Reifen geflickt bekomme, sagte er und fing an, in einer Kiste unter der Sitzgruppe herumzukramen. Sie ist diesen irren Rebellen zur Steilküste hinterhergefahren. Wir haben im Radio davon gehört. Hat sich ihre Kamera geschnappt, einen Wagen gemietet, und weg war sie. Wenn sie sich mal was in den Kopf gesetzt hat, ist da nichts zu machen. Wo zum Teufel ist dieser verfluchte Wagenheber?

Und warum seid ihr nicht mitgefahren?, fragte ich. Hast du sie noch alle? Du kannst sie mit diesen Leuten doch nicht alleine lassen. Außerdem muss sich jemand um den Ton kümmern, wenn sie filmt.

Jetzt reg dich nicht gleich so auf, sagte Johnny und warf einen Spielzeugroboter, ein Kruzifix und ein leeres Trinkhorn hinter sich. Liam und ich wollten unbedingt zu den Festspielen. Das müsstest du doch am besten verstehen können. Ah! Da ist er ja.

Ich sah ihn mit großen Augen an. Johnny und Sylvie kamen mir vor wie zwei gedankenverlorene Kinder auf einer Landpartie an die Randgebiete des Todes. Andererseits besagte ein altes Sprichwort: Paart sich Dämlichkeit mit Größenwahn und alles geht schief, kann man immer noch damit rechnen, von intelligenten Echsen aus dem Weltraum gerettet zu werden.

Und? Wie ist es mit eurem Film gelaufen?, fragte ich, um auf andere Gedanken zu kommen. Habt ihr gewonnen?

Dritter Platz, sagte Johnny fröhlich. Jeff Goldblum persönlich hat mir einen Kunstblumenstrauß und eine Dose Corned Beef überreicht, geile Sache. Wo willst du eigentlich hin, kleiner Freund?

Einfach nur nach Hause, seufzte ich.

Liegt auf dem Weg. Mach's dir gemütlich und wirf mal ab und zu ein Auge auf Liam. Ich kümmere mich um die Karre.

Ein paar Stunden später reihten wir uns in den dichten Verkehr auf der Straße ein. Jemand hupte, Johnny hupte zurück. Ein Militärkonvoi zog an uns vorbei, die Soldaten auf den Ladeflächen der Laster schliefen oder winkten gelangweilt den Menschen am Straßenrand zu, die sie nicht beachteten. Johnny steuerte den Wagen Richtung Südosten, denn nur hier waren die Viertel der Hauptstadt nicht von einer durchgängigen Mauer aus Häusern vom Umland abgetrennt. Stattdessen wucherte ein Wirrwarr aus unbefestigten Straßen, improvisierten Hütten und Zeltlagern planlos in die Landschaft hinein. Über diesen Zuweg seien sie auch in die Stadt gekommen, erklärte mir Johnny, alle anderen Einlässe hätte Präsidentin Jaeger längst abriegeln lassen, sie wollte wohl kein weiteres Risiko eingehen.

Nachdem wir die quirligen inneren Stadtteile verlassen hatten und in die südlichen Randbezirke vorgedrungen waren, fing erst Liam und kurz darauf auch ich an zu quengeln, weil wir so hungrig und durstig waren. Johnny weigerte sich zu halten und beschimpfte uns als Waschlappen, die überhaupt keine Ahnung hätten, was Hunger oder Durst bedeuteten. Irgendwann drosselte er dann aber doch die Geschwindigkeit und schien nach einer geeigneten Stelle zum Parken zu suchen. Die Menschen in diesem Viertel lebten in niedrigen Verschlägen aus Holz, Erdlöchern, Planwagen und ausgeschlachteten Militärfahrzeugen. Ein paar Gestalten mit kahlen Schädeln und dreckigen Öljacken campierten unter freiem Himmel oder stocherten mit langen Stäben in den Tümpeln herum, die hier überall in der Sonne faulten. Kinder mit geschminkten Tiergesichtern liefen umher und verkauften gebrannte CDs, junge Männer hockten über kleinen Gaskochern und brieten Nudeln und Taubeneier in schwarzen Pfannen, eine dicke Frau stand mitten auf der Straße, ein altes *Superman*-Heft in der Hand, und verkündete die Ankunft des schlangenäugigen Propheten, der sich im Inneren eines auf die Insel gestürzten Asteroiden befinde.

Wir hielten vor den Toren einer Basilika, in die eine Bäckerei gezogen war, wo neben Weißbroten, Zuckerkringeln und Hochzeitstorten auch sogenannte *Schätze* verkauft wurden, die die Leute überall aus dem Erdboden der Insel gruben und in die Hauptstadt brachten, Fossilien unbekannter Tierarten, eiskalte Gesteinsklumpen, die im Dunkeln leuchteten, verzierte Holzschatullen mit mumifizierten Mäusen darin, Halsketten aus Dinosaurierknochen oder tonnenweise Tonkügelchen, die die Funktion elektrischer Geräte beeinträchtigen konnten.

Johnny sagte, er würde uns in der Bäckerei etwas holen, und bat mich, auf Liam achtzugeben. Als er das Wohnmobil verlassen hatte, löste ich unseren Anschnallgurt, kroch vom Beifahrersitz und schnallte Liam wieder fest. Dann ging auch ich nach draußen, denn schon seit einer ganzen Weile hatte ich ein unangenehmes Kribbeln in den Beinen, das ich nur durch einen kurzen Spaziergang loswerden konnte. Die Sonne begann gerade unterzugehen, am Himmel zog ein Schwarm Pelikane vorüber. Ich spazierte um den Wagen herum, wechselte einen Blick mit Liam, der brav auf dem Beifahrersitz saß, und entdeckte in einem Bushaltestellenhäuschen nicht weit von uns entfernt eine dürre Gestalt, die mir bekannt vorkam. Auf ihrem Kopf trug sie einen Kopfhörer, dem eine Muschel fehlte. Sie verströmte einen Geruch nach verkochtem Kohl, feuchtem Laub und irgendeinem scharfen Reinigungsmittel. Ich näherte mich ihr und wartete darauf, dass sie mich bemerkte, doch sie starrte nur auf einen Punkt in der Luft, wo nichts zu sehen war.

Erinnern Sie sich an mich?, fragte ich neugierig.

Sie drehte den Kopf zu mir und meinte, nein, sie könne sich an fast nichts mehr erinnern, aber das sei ihr ziemlich egal.

Ich erklärte ihr, dass wir uns schon einmal begegnet seien, in der chinesischen Pagode im Botanischen Garten von Savannah. Sie habe damals einen riesigen Hund bei sich gehabt und einen Einkaufswagen voll mit Elektroschrott.

Kein Schrott, sagte sie langsam und atmete einige Male tief durch.

Kein Schrott, wiederholte sie nun schwungvoller, sondern das Gedächtnis der gesamten Menschheit, gespeichert in schweigenden Apparaten, die ich einfach nicht zum Laufen bekommen habe.

Aufgeregt begann ich ihr zu erzählen, dass ich ihre Worte vom Ort meiner Ankunft und vom Fundament des Todes, auf dem wir alle wandelten, nie vergessen hätte, obwohl mir im Großen und Ganzen bis heute unklar sei, was sie eigentlich damit gemeint habe, und ob sie nicht noch etwas mehr darüber sagen könne, mir allein, hier und jetzt.

Die Frau blickte mich lange an. Ihre Augen lagen so tief in ihren Höhlen, dass sie fast nicht mehr zu sehen waren.

Es gibt keinen Ort der Ankunft, sagte sie und hob beide Hände.

Alle Orte sind ausgelöscht, sagte sie und ließ die Hände wieder sinken.

Mykene, Saigon, Savannah, fügte sie leise hinzu und wackelte mit dem Kopf.

Auch Kajagoogoo?, fragte ich.

Sie schaute zu Boden und meinte, ich solle mein Maul halten, sie habe nicht den geringsten Schimmer, wovon ich spräche. Kein Mensch wisse, wovon ich spräche, zu keiner Zeit, weil jeder nur mit sich selbst reden würde, und dass ich mir das immer ins Gedächtnis rufen sollte, bevor ich den Mund aufmachte.

Aber so ist das nun mal, und das ist völlig okay, sagte sie dann, presste beide Hände gegen ihre Ohren und summte eine Melodie, die ein wenig nach dem berühmten Lied der großen Mexikanischen Revolution klang, *La Cucaracha*, von einem dressierten Delfin gesungen.

Am Wohnmobil wartete Johnny bereits auf mich. Er stieß seine Hände gegen meine Schultern und herrschte mich an, dass ich doch auf seinen Sohn aufpassen sollte. Als er merkte, wie ich zusammenzuckte, entschuldigte er sich augenblicklich, er habe das nicht so gemeint, seine Nerven lägen blank, seit er diese widerliche Insel zum ersten Mal betreten habe.

Im Wagen verteilte er Brot, Kekse und Zitronenlimonade, die er in der Bäckerei gekauft hatte. Außerdem zeigte er uns einen eiförmigen Stein, der nach den Worten des Verkäufers das Herz eines Zauberers sei, das seinen Besitzer vor schlechten Nachrichten, Geschlechtskrankheiten und Sonnenbrand schützte. Ich sagte ihm, dass es sich dabei eher um die versteinerte Scheiße eines Waschbären handelte, aber Johnny glaubte mir nicht. Wir aßen und tranken, dann fuhren wir weiter, begleitet von den letzten fahlen Lichtern dieser herzzerreißenden Metropole, die heraufziehende Nacht vor uns.

Wir verließen die Stadt und begegneten nicht einem Soldaten oder Geheimdienstler, nicht einmal einem wild in der Luft herumballernden Milizionär. Niemand hielt uns auf, verlangte Geld oder drohte damit, uns ins Gefängnis zu werfen und dort verrotten zu lassen. Still ignorierte uns die Insel, wie sie immer alles um sich herum ignorierte. Und wenn die Fluten des Ozeans in naher oder ferner Zukunft über ihr zusammenschlagen würden, dachte ich, während ich in das finstere Umland der Hauptstadtprovinz hinausblickte, würde sie reibungslos untergehen, einfach so, nichts leichter als das. Offenkundig hatte sie ja auch schon längst damit begonnen: Sie versank und mit ihr all jene, die auf ihrer porösen, staubigen Erde Zuflucht gefunden hatten. Sie hatte nicht verhindert, dass wir jetzt hier waren. Sie hatte unsere Anwesenheit still hingenommen. Und irgendwann – wusch! – schließt das Meer seine tobende Oberfläche über all diesen schlechten Träumen und zwecklosen Hoffnungen, letzte Luftblasen steigen auf, die Wellen beruhigen sich, nur ein paar zerzauste Paradiesvögel ziehen am Himmel unermüdlich ihre Kreise.

Beseelt von einem anrüchigen Gefühl der Leichtigkeit sank ich in den Sitz zurück, stupste den schlafenden Liam zwei-, dreimal an und schloss die Augen.

Ich wachte auf und war allein im Cockpit. Das Wohnmobil stand still. Durch die Windschutzscheibe sah ich, dass die eingeschalteten Scheinwerfer auf die leere Straße gerichtet waren, die sich zwischen schwarzen Felsen in der Finsternis verlor. Das Autoradio lief, jemand sprach leise darin, ich drehte es lauter und hörte jetzt deutlich Präsidentin Emmy Jaeger erzählen: ... wie Napoleon am Strand von St. Helena stand und in Richtung Frankreich schaute, das durch Abertausende Kilometer Ozean von ihm getrennt war. Sicher wusste er genau, dass er niemals dorthin zurückkehren würde, dieses Mal auf gar keinen Fall. Die Sturmschwalben schrien, und die Wolken bildeten wunderschöne Formationen über dem offenen Meer, die ihn vielleicht an den Pulverdampf auf den Feldern zwischen Austerlitz und Brünn erinnerten oder an den Atem seines ersten Sohnes, der in den kalten französischen Nächten wie Nebel aus dem Mund des Kindes strömte und sich in der Höhe des Schlafzimmers im Palais des Tuileries verflüchtigte. Und dann spazierte Napoleon zurück zu seinem Wohnsitz Longwood House, wo er einen kleinen Garten angelegt hatte, der sein ganzer Stolz war, und in diesem Garten stand er nun und schaute auf die dunkle Erde, und niemand weiß, was er in diesem Augenblick gedacht haben mag, aber man kann mit an Sicherheit grenzender Wahrscheinlichkeit sagen, dass im selben Augenblick Leute in den verschiedensten Ecken der Welt wagemutige Pläne schmiedeten, wie man den gestürzten Kaiser mit einem kühn konstruierten Tauchboot, einem koreanischen Schildkrötenschiff oder einer mit allen Annehmlichkeiten ausgestatteten, bis unter die Wolken schwebenden Montgolfière aus seinem Exil befreien und napoleonische Kaiserreiche in Südamerika, am nördlichen Polarkreis und in Texas errichten könnte. Doch Napoleon, der sein ganzes Leben lang ein Unwetter gewesen war, stand ganz ruhig in seinem Garten, weil es nur noch zwei Alternativen für ihn gab: sterben, was er ja wenig später auch tat, oder abwarten, bis sich ihm die nächste Gelegenheit bot, erneut zum Herrscher der Welt zu werden. Die erhitzten Gemüter, daran besteht nicht der geringste Zweifel, kühlen schneller ab, als man gemeinhin …

Ich ging in den hinteren Bereich des Wagens, öffnete die Falttür und setzte mich auf die Toilette.

Buuuno!, hörte ich Liam von draußen nach mir rufen.

Ich beeilte mich, wusch mir das Gesicht und verließ das Wohnmobil.

Wir befanden uns auf einem Hochplateau, wahrscheinlich irgendwo zwischen der Hauptstadtprovinz und der Großen Savanne – eine zerklüftete, trostlose Gegend, in der nie ein menschliches Wesen heimisch geworden war. Scharf und kalt wehte der Wind, und ich fragte mich ernsthaft, weshalb wir gerade an diesem Ort gestoppt hatten.

Johnny kniete vor einem kleinen Lagerfeuer, in dem er Brotstücke röstete, die er auf kurze Zweige gespießt hatte. Liam saß neben ihm und spielte mit der abgeschnallten Prothese seines Vaters.

Da bist du ja, sagte Johnny, als ich mich näherte. Hast du irgendeine Ahnung, wo wir sind?

Ich drehte mich einmal im Kreis und antwortete: Nein.

Kein Problem, rief er. Dein Bruder weiß es.

Aus dem Schatten einer Felswand trat El Corazón und nickte mir zu.

Nein, nein, nein, nein, dachte ich und bückte mich schnell, griff nach einem Stein, zielte auf ihn und schrie: Lass mich endlich in Ruhe.

Ganz ruhig, sagte Johnny und steckte sich hastig seine Prothese ans Bein. Was ist denn mit dir los, kleiner Freund?

El Corazón ist nicht mein Bruder, rief ich.

Johnny glotzte mich an, stand auf und machte einen Schritt auf mich zu. Ich roch seinen Atem und sah, dass bereits ein paar weiße Bartstoppeln aus seinem Kinn sprossen.

Und wer ist der Mexikaner dann?, fragte er.

Das weiß ich nicht. Lass uns bitte fahren. Wie zum Teufel kommt er überhaupt hierher?

Hat die ganze Zeit im Schrank gesessen, sagte Johnny und schnalzte mit der Zunge. Wir haben uns in der Hauptstadt getroffen. Er meinte, du fändest das witzig. Früher hättet ihr so was ständig gemacht.

Johnny kniff die Augen zusammen, fuhr sich durch die Haare und schüttelte dabei leicht den Kopf.

Komm schon, Bruno, sagte er. Ist doch alles nur ein Witz.

El Corazón schaute mich durchdringend an. Johnny verschränkte die Arme vor seiner Brust, Liam kicherte vor sich hin. Ich hielt noch immer den Stein in meiner zitternden Hand. Schließlich tauschten Johnny und El Corazón einen Blick, Johnny klatschte in die Hände und stieß einen Schrei aus, El Corazón sprang auf mich zu und riss mich zu Boden, drückte mich mit seinen Armen zusammen, fester und fester, sodass ich keine Luft mehr bekam und mir Tränen in die Augen schossen. Er richtete meinen Oberkörper auf und saß mit mir eine Weile so da, wärmte mich an seinem klopfenden Herzen und bedeckte meine schlotternde Brust mit seinen kalten, reglosen Händen. Johnny legte ganz ruhig Holz ins Feuer und setzte sich zu uns, zog Liam auf seinen Schoß und küsste den Scheitel seines Sohnes. Während mir El Corazón etwas ins Ohr flüsterte, das ich nicht verstand, beobachtete ich die beiden und war mir sicher, dass nichts auf der Welt sie voneinander trennen konnte, auch wenn das vielleicht ein Irrtum war.

In dieser Nacht erschien mir mein Vater im Traum. Er spielte die Hauptrolle in einem Film von Adelaide Turner namens

Joachim Stroutbeck, von dem ich noch niemals etwas gehört hatte und den ich im Traum zum ersten Mal sah. Darin irrt mein Vater zwischen silbernen Obelisken, zerstörten Palästen und wandernden Gesteinsbrocken durch eine Landschaft, an deren Horizont die sich in Zeitlupe aufblähenden Wolkenpilze explodierender Wasserstoffbomben zu sehen sind. Sein Körper bewegt sich vollkommen lautlos, doch seine Stimme spricht aus einer anderen Welt zu mir und vertraut mir an, dass er schon seit langer Zeit wisse, dass er sich unaufhaltsam in ein Gebirge verwandele. In einer Erdmulde trifft er schließlich auf meine Mutter, gespielt von einer greisen Judy Garland, die ihren eigenen Tod überlebt hat. Schweigend sitzen sie beieinander, meine Mutter raucht eine Zigarette, die nie verglimmt, die Haut meines Vaters reißt zu tiefen Schluchten auf, verhärtet zu Felswänden und wirft Grate, das Sonnenlicht färbt alles um die beiden herum in ein tiefes Orange, es beginnt zu schneien, es schneit und schneit.

Wir fuhren die ganze Nacht hindurch. El Corazón saß hinten in der Kabine und starrte auf seine Fingernägel. Liam schlief, und Johnny hing schweigend seinen Gedanken nach, die vielleicht um Sylvie, vielleicht um Südafrika, möglicherweise aber auch um gar nichts kreisten.

Am frühen Morgen erreichten wir Kajagoogoo, mein Heimatdorf, das ich aus dem einfachen Grund nicht mehr wiedererkannte, weil es vollständig vom Erdboden getilgt worden war. Trüb fiel das Sonnenlicht durch die dichte Wolkendecke. Johnny hielt das Wohnmobil an, wir stiegen aus und blickten uns um. Dort, wo sich einst der Brunnen, der Bauwagenplatz und der Laden des Schönen Hans befunden hatten, breitete sich nun eine großflächige Gesteinsschicht aus, dunkelgrau und faltig wie erkaltete Lava. Hier und da taten sich Verwerfungen auf, in denen sich Wasser sammelte, als würde die Erde ihr Fieber ausschwitzen. Johnny hob Liam in die Luft und setzte ihn sich auf die Schultern, El Corazón klopfte mit der Schuhspitze einige Male gegen einen kugelrunden, melonengroßen Stein, und ich blickte in die Richtung des Hauses meiner Eltern, wo Nebel über die Stelle zog, an der es einst gestanden hatte. Auf dem ehemaligen Hof von Madame Iljuschina türmte sich das Geröll zu gleichmäßigen, niedrigen Hügeln, Hochseewellen ähnlich, in der Bewegung erstarrt. Die Luft war warm, es roch nach verbranntem Gummi, ein Motorrad näherte sich uns, von Süden kommend. Sein Fahrer, ein Junge, in etwa so alt wie ich, vielleicht auch ein oder zwei Jahre jünger, bremste, sprang ab, noch bevor er angehalten hatte, das Motorrad stürzte um und schlitterte über den Boden. Der Junge riss sich die Fliegerkappe vom Kopf und stürmte mit wedelnden Armen auf uns zu. Was wir hier wollten, schrie er, wer uns erlaubt habe, hier zu sein. Sein Gesicht war grau vom Staub, er trug eine kurze, dünne Stoffhose und ein schwarzes T-Shirt, auf das ein großes, goldenes Hakenkreuz gedruckt war. Ich sah, wie Liam sich in Johnnys Haare krallte. El Corazón trat einen Schritt nach vorn und stellte sich zwischen uns und den Jungen.

Was ist hier passiert?, fragte er.

Der Junge klopfte sich mit beiden Händen den Dreck aus den Haaren.

Die Steine, sagte er, sind in Bewegung geraten. Habt ihr es nicht gespürt?

Und das Dorf?, fragte El Corazón.

Welches Dorf? Der Junge öffnete seine Hand, in der sich eine Trillerpfeife befand, und blies einmal kräftig hinein.

Kurz darauf tauchten aus dem Nebel weitere Gestalten auf, zehn, fünfzehn, zwanzig junge Leute in ausgeblichenen Klamotten, zu Fuß, manche von ihnen mit mehreren Rucksäcken beladen, andere führten mit Bündeln bepackte Esel an Leinen hinter sich her, jemand ging an Krücken, eines der Mädchen schien schwanger zu sein. Sie umringten uns und den Jungen, einige sprachen leise miteinander. Liam machte ein paar glucksende Geräusche, dann fing er an zu weinen, Johnny nahm ihn von seinen Schultern und drückte ihn fest an sich.

Die Jugendlichen begannen damit, ihre mitgebrachten Säcke und Taschen abzulegen, Kleidungsstücke, Lebensmittel und Decken aus ihnen hervorzukramen und sich auf den Boden zu setzen. Einige von ihnen hockten in Gruppen beisammen, flüsterten oder verständigten sich in Gebärdensprache miteinander, andere standen allein herum und blickten hinaus in den Nebel. Ich versuchte, dem Jungen mit der Trillerpfeife zu erklären, dass sich noch vor wenigen Wochen an dieser Stelle ein Dorf befunden habe, in dem ich aufgewachsen sei. Der Junge legte mir den Arm um die Schulter, nahm mich beiseite und erklärte mir, dass ihn dass nicht interessierte. Er und seine Begleiter, die Kinder der Auflösung, seien einige Tage zuvor aus allen Teilen der Insel hier zusammengekommen, am leeren Mittelpunkt der Republik, und er sehe überhaupt keinen Grund, weshalb sie weiterziehen sollten. Plötzlich waren laute Stimmen ganz in der Nähe zu hören. Zwei Typen wollten

Johnny davon abhalten, mit Liam zum Wohnmobil zurückzugehen. Der Junge neben mir steckte sich die Trillerpfeife zwischen die Lippen und hob die Hand, ein Pfiff ertönte, die beiden anderen drehten sich zu ihm um.

Lasst sie in Ruhe, sagte er.

Kein Dorf, fügte er nach einem Augenblick hinzu. Wir sind jetzt hier.

Nachdem Johnny und Liam im Wohnmobil verschwunden waren, bot der Junge El Corazón und mir etwas zu essen an. Es gab kein Feuer, auf dem gekocht werden konnte, aber die Jugendlichen hatten Butterkekse, Schokoriegel, getrocknete Früchte und Fischdosen dabei, die sie auf einer Decke drapierten. Wir sollten uns bedienen. Ein älteres Mädchen, die Schwangere, die ich vorhin schon gesehen hatte, fragte uns, wohin wir unterwegs seien. Ich antwortete ihr, wir würden an die Steilküste fahren, wo wir uns in der Schwarzen Stadt mit jemandem treffen wollten. Doch El Corazón widersprach, er wolle mit mir hinter die Mauern der Republikanischen Hauptstadt zurückkehren, wo ich wenigstens für einen weiteren Augenblick sicher sein würde. Ich schüttelte den Kopf. El Corazón sah mich lange an. Dann fragte er den Jungen mit der Trillerpfeife, der nicht weit von uns entfernt auf einem flachen Felsbrocken saß und den Saft aus einer Thunfischdose schlürfte, zu welcher Seite er und seine Freunde gehörten, zu den Revolutionären aus den Bergen oder zu den Verteidigern der Republik.

Der Junge hob die Dose in die Luft und rief: Auf die Ödnis!

Die Kinder der Auflösung wiederholten im Chor. Dann erhoben sie sich, schnallten die Bündel von den Rücken der Esel ab und breiteten die hellen Stoffplanen auf dem Erdboden aus. Jeder von ihnen nahm sich, was er gerne haben wollte, Geschirr, Spielsachen, Geldscheine, Bilderrahmen, Jagdmesser, Comichefte, Medikamente, kleinkalibrige Schusswaffen, Mobiltelefone, Schlüsselbunde, Feuerzeuge, Perlenketten, Kupferrohre. Sie betrachteten die Dinge, alberten mit ihnen herum oder ließen sie nach einer Weile auf dem Boden liegen, ohne sich weiter darum zu kümmern. Fassungslos sah ich dem schwangeren Mädchen dabei zu, wie es das Magnetband aus einer Videokassette pulte, auf deren Etikett jemand *WOHLFF, X: DER TERRORISTISCHE MOND* mit einem schwarzen Filzstift geschrieben hatte. Sie lächelte mich schief an und wickelte sich das Magnetband um den Hals, sodass die Kassette wie ein übergroßes Schmuckstück auf der Höhe ihrer Brüste baumelte. Fast hätte ich nach dem Video gegriffen und ihr damit einmal kräftig auf den Kopf gehauen, aber ich war wie erstarrt.

Irgendwann forderte der Junge die anderen auf, alles wieder auf die Planen zu tun, zu Bündeln zusammenzuschnüren und die Esel zu beladen. Ich konnte mir denken, woher sie die ganzen Gegenstände hatten, wollte es mir aber auch nicht genauer ausmalen. Ich warf El Corazón einen Blick zu, lief dem Jungen nach und griff nach seiner Schulter.

Aber wo sind denn alle hin?, rief ich, während der Wind meine Stimme davonwehte. Der Schöne Hans? Madame Iljuschina? Die Häuser, der Brunnen und der Bauwagenplatz?

Hör mal, sagte der Junge und stieß mich zur Seite, wenn du glaubst, dass hier dein Zuhause ist, dann bleib doch einfach, richte dich gemütlich ein, und geh mir nicht weiter auf die Nerven.

Ich wollte irgendwas sagen, doch mir fehlten die Worte, alles war plötzlich weg, die Erinnerungen an Kajagoogoo, an meine Kindheit dort, an meine Eltern. In mir war da nur noch eine unbändige Wut, und ich streckte die Hand nach dem Jungen aus und zwickte ihn fest in den Oberarm. Er schrie auf, wirbelte herum und schlug mir mitten auf die Nase. Wir umklammerten uns, er biss mir in die Hand, ich boxte ihm in die Eier, er zog an meinem Ohr, ich trat ihm gegen die Wade. El Corazón kam, presste seine Arme zwischen uns, verpasste mir einen Stoß, der mich zu Boden warf, und packte den Jungen im Nacken. Einige der anderen Jugendlichen stürzten sich auf El Corazón und malträtierten ihn mit Tritten und Hieben, brachten ihn zu Fall und drehten ihm seine Arme auf den Rücken. Ich rappelte mich auf und stürzte davon, auf das Wohnmobil zu, in dessen geöffnetem Eingang Liam stand und an mir vorbeisah, einen Zeigefinger in den Mund gesteckt. Der Wagen rollte los, Liam verlor das Gleichgewicht und wäre um ein Haar hinausgefallen, wenn ich nicht rechtzeitig auf dem Zustiegstreppchen gewesen wäre und ihn mit mir ins Innere gerissen hätte.

Johnny drehte eine Runde um die Jugendlichen herum, die sich zu einem Pulk zusammengerottet hatten. El Corazón war nirgends zu sehen, er musste sich befreit haben. Die Kinder der Auflösung strichen mit ihren Händen über die Verletzungen des Jungen in ihrer Mitte, atmeten durch, die Rücken gekrümmt. Dann begannen sie alle laut zu pfeifen und setzten sich in Bewegung, auf El Corazón zu, der keine fünfzehn Meter von ihnen entfernt seelenruhig über die versteinerte Erde schlenderte, den Blick auf einen Punkt in der trüben Ferne gerichtet. Nichts schien er zu fürchten.

Johnny fuhr, so schnell er konnte, mitten durch die Savanne auf die Nationalstraße zu. Am Fahrbahnrand stand ein Lastwagen des Republikanischen Heeres. Soldaten waren nirgendwo zu sehen.

Als wir die Savanne durchquert hatten, brachte ich Liam nach hinten, setzte ihn an den Tisch und suchte Papier und Stifte, mit denen er sich beschäftigen konnte. Am Steuer versuchte Johnny mehrmals zu telefonieren, aber es schien keine Verbindung zustande zu kommen. Liam malte, einen Buntstift in der Faust, mit wilden Bewegungen große Kreise aufs Papier, dann verlor er die Lust und erzählte etwas in einer Sprache, die ich nicht verstand. Ich zeigte zum Fenster, auf die vorüberziehende menschenleere Landschaft mit ihren abgegrasten Weideflächen, überfluteten Senken und gespenstischen Kiesgruben, und erklärte ihm, dass ich keine Ahnung hätte, wie dieser Teil der Insel, der zwischen Savanne und Nordküste liege, genannt werde, denn nicht alle Ort hier hätten einen Namen bekommen, aus Desinteresse vielleicht oder aus Faulheit, so wie zum Beispiel die Insel selbst, die bisher niemand benannt habe.

Wie würdest du die Insel nennen, Liam?, fragte ich. Hast du eine Idee?

Er sah mich an, als würde ich ihn hauen wollen.

Ich würde sie Pompeji oder so nennen, rief Johnny aus dem Cockpit, wegen der Stadt und diesem Vulkan. Und wegen der ganzen Menschen, die damals bei dem großen Ascheregen in Stein oder so eingeschlossen wurden, wie lebendige Statuen, nur dass sie tot waren.

Ich dachte an einen Kurzfilm von Marcel Kürten, in dem

solche Pechvögel Jahrhunderte nach einem Vulkanausbruch wieder zum Leben erwachen, zumindest ihre hohlen Hüllen aus Stein, die keinen drängenderen Wunsch verspüren, als hinaus aufs Meer zu gelangen, um endlich jenen verfluchten Erdboden zu verlassen, dem sie ihr furchtbares Schicksal verdanken.

Liam, flüsterte ich, welchen Namen würdest du der Insel geben?

Aber Liam war längst eingeschlafen.

Ich stand auf, schwankte durchs Wohnmobil und setzte mich auf den Beifahrersitz. Vor uns zog sich die Nationalstraße schnurgerade bis zum Horizont. Die Sonne glühte hinter den Wolken. Johnny kurbelte das Seitenfenster runter, gab Gas und schaltete einen Gang hoch. Links schwelten die Reste von zerstörten Schaufelradbaggern in einem Tagebau, rechts bewegten tote Obstbäume ihre vertrockneten Zweige im Wind.

Ich weiß auch nicht, warum, sagte Johnny mit flatternder Stimme und trommelte mit den Fingern auf dem Lenkrad herum, aber ich muss die ganze Zeit daran denken, wie Sylvie und ich während unserer Dreharbeiten in Nordirland eine dieser unzähligen Militärparaden gefilmt haben, mit denen die protestantischen Loyalisten die republikanischen Katholiken und die republikanischen Katholiken die protestantischen Loyalisten verhöhnen. Die zogen mit ihren Trommeln also direkt an uns vorbei und sangen ihre Lieder, und wir saßen in dem winzigen Auto ihres Vaters, sahen ihnen dabei zu und beschlossen, sofort miteinander zu vögeln. Irgendwann klopfte ein britischer Soldat ans Fenster und drohte uns mit seinem

Gewehr. Da sind wir losgefahren und haben irgendwo anders weitergemacht. Merkwürdigerweise kann ich heute nicht mehr darüber lachen, vielleicht, weil Liam auf der Welt ist. Eines Abends sprach Sylvie davon, nach Nordirland zurückzugehen. Und dann sprach ich davon, für immer in Südafrika zu bleiben. An jenem Abend haben wir uns gegenseitig fast umgebracht. All diese zahllosen Grenzen sind unübersehbar, sie strahlen geradezu, und jeder von uns ist in ihnen gefangen, selbst wenn sie sich verschieben.

Ich murmelte etwas, das weder zustimmend noch ablehnend klingen sollte, schloss die Augen und schlief ein. Im Traum traf ich in meinem Elternhaus auf El Corazón, der in seiner weißen Schiffsuniform auf der Couch im Wohnzimmer saß. Er sah mich nicht an und antwortete auf keine meiner Fragen. Draußen blies jemand in eine Trillerpfeife. El Corazón stand auf, ging an mir vorbei und verließ das Haus. Durchs Fenster sah ich ihn mit Señora Lamprecht in unserem Garten stehen. Sie sprachen miteinander. In der Küche klingelte das Telefon, obwohl meine Eltern nie eines besessen hatten. Ich nahm ab. Am anderen Ende sagte jemand mit der Stimme eines Kindes: Die Zuneigung ist ein scharfes Schwert, aber es gibt sie gar nicht – und legte auf. Im Garten war niemand mehr. Vor vielen, vielen Jahren haben hier Mondfische gelebt, dachte ich und wachte auf.

Der Ort, der *Schwarze Stadt* genannt wurde, war keine Stadt, sondern ein Dorf, und er war auch nicht schwarz, sondern braun wie verrostetes Blech. Am Ortseingang verkündete ein an die Holzwand einer Scheune genageltes und mit roter Farbe beschriebenes Bettlaken, dass es den revolutionären Engeln des Freien Gebirges vor einigen Tagen gelungen sei, die letzten Kämpfer der ruchlosen republikanischen Regierung und ihren verbrecherischen Gouverneur Tao Bo zu verjagen und die Kontrolle über die Steilküstenprovinz zu übernehmen. Auf den Straßen sahen wir nur wenige Menschen. Sie blieben stehen und drehten sich nach unserem Wohnmobil um. Jeder von ihnen trug ein einfaches weißes Hemd mit schmaler Lederkrawatte, schwarze Jeans und auf der Nase eine große Brille, deren linkes Glas mit einem Pflaster abgeklebt war. Johnny hielt an, streckte den Kopf aus dem Fenster und fragte eine Frau, die gerade damit beschäftigt war, mit einer kleinen Drahtbürste die Schuppen vom Körper einer Regenbogenforelle zu kratzen, wo wir das Hauptquartier der neuen Machthaber finden könnten. Sie zeigte in Richtung einiger einzeln stehender Gehöfte, die sich offenbar nicht weit vom Rand der Steilküste befanden. Dahinter öffnete sich weit und grau der endlose Himmel.

Im Dorf begegneten wir weiteren Bewohnern, die mit ihren weißen Hemden, schwarzen Hosen und den abgeklebten Brillen dicht gedrängt vor kugelrunden Häusern aus Lehm standen, beaufsichtigt von einem Soldaten des Freien Gebirges, der ihnen mit fuchtelnden Armbewegungen beizubringen schien, in Zeichensprache zu sprechen. Zwischen den Wohngebäuden entdeckte ich Sylvie, die ihre Kamera auf ein Stativ geschraubt hatte und ein paar Menschen filmte, die auf einer quadratischen, schlammigen Fläche Samenkörner in Ackerfurchen warfen. Sie waren alle identisch gekleidet, und auch Sylvie trug diese seltsame Uniform. Erschrocken fuhr sie herum, als Johnny, wie ein Verrückter hupend, den Wagen anhielt. Soldaten kamen aus den Seitenstraßen, stellten sich in einiger Entfernung zum Wohnmobil auf und beobachteten uns. Johnny nahm Liam vom Beifahrersitz, wir verließen den Wagen und gingen zu Sylvie hinüber. Sie trug sogar eine dieser Brillen, die sie sich, um besser filmen zu können, ins Haar geschoben hatte. Liam fing sofort an zu quietschen, als er sie erkannte. Er zappelte und streckte die Ärmchen nach ihr aus, doch seine Mutter trat einen Schritt zurück, lächelte unsicher und gab uns mit einer Handbewegung zu verstehen, Abstand von ihr zu halten. Die Soldaten sahen immer noch in unsere Richtung. Auch die Menschen auf dem Feld hatten ihre Arbeit unterbrochen und schienen gespannt darauf zu warten, was als Nächstes geschah.

Johnny sagte etwas auf Afrikaans zu seiner Frau und setzte Liam ab. Der Junge wankte brabbelnd auf sie zu und klammerte sich an ihrem Hosenbein fest. Sylvie machte keinerlei Anstalten, ihn zu begrüßen oder zu umarmen, stattdessen löste sie sich mit zwei schnellen Handbewegungen von Liams Griff und begann damit, ihre Filmausrüstung zusammenzupacken, ohne uns weiter zu beachten. Der Kleine stand ratlos neben ihr und zupfte an seinen Ohren.

Sylvie trug ihre Sachen zum Wohnmobil, die Menschen nahmen ihre Feldarbeit wieder auf, einer der Soldaten zeigte den anderen Soldaten etwas am Himmel, das er gerade gesehen haben musste, einen dichten Schwarm blutsaugender Insekten vielleicht oder das grüne Auge eines Fruchtbarkeitsgottes, das neugierig und zornig zugleich durch ein Loch in den Wolken spähte.

Johnny schnappte sich Liam, und wir gingen zum Wagen zurück. Drinnen saß Sylvie am Tisch, die Kamera vor sich. Sie reinigte mit einem Tuch die Linse, bat uns, die Tür zu schließen, und erlaubte Liam, sich auf ihren Schoß zu setzen.

Johnny fragte sie, was hier, verdammt noch mal, vor sich gehe. Aber Sylvie schwieg, griff nach seiner Hand und ließ auf dem kleinen Display der Kamera ihre Filmaufnahmen abspielen, die sie in den letzten Tagen gemacht hatte: Die Bilder zeigten ein Dorf im Wald, das X Wohlff, ohne mit der Wimper zu zucken, in Schutt und Asche legen ließ, und sie zeigten einen furchteinflößenden General des Republikanischen Heeres, der, nackt an einen Affenbrotbaum gekettet, in der Mittagshitze fluchte, sang und schrie und abends geheime Botschaften in die Dämmerung flüsterte. Sie zeigten die Revolutionäre auf ihrem Marsch durch eine jämmerliche Geröllandschaft, und sie zeigten Antoinette von Schenk in ihrem Zelt, die aussah, als würden ihr jeden Moment Tränen aus den Augen laufen, was aber nicht geschah. Sie zeigten, wie bei einem Gewitter ein Bach über sein Ufer trat und ein paar Männer mit sich riss und der Boden unterspült wurde und einige Pferde verschluckte, und sie zeigten X Wohlff in seinem Zelt, der davon sprach, dass er panische Angst davor habe, das lebendigste Wesen auf diesem Planeten zu sein, weil er sich selbst weder sehen noch hören könne, während alle anderen ihn scheinbar sehen und hören könnten.

Eines Nachts, begann Sylvie leise zu erzählen, hätten ein paar Soldaten die übrig gebliebenen Vorräte geplündert und alles in sich hineingeschüttet, was sie in die Finger bekommen hätten. X Wohlff habe die ganze Zeit über vor einem Lagerfeuer gestanden und leicht den Oberkörper hin und her gewiegt. Im Morgengrauen habe sie die Soldaten davon sprechen hören, dass ihr Kommandant wenige Stunden zuvor auf die Idee gekommen sei, sein Gewehr reinigen zu wollen, und dabei habe sich ein Schuss gelöst, der ihm den Kopf zerrissen habe. Nach zwei schweigsamen Tagen hätten sie schließlich die Schwarze Stadt am Rande der Steilküste erreicht, von republikanischen Soldaten keinerlei Spur. Die Menschen seien vor ihre Häuser getreten und hätten sich ängstlich aneinandergedrückt. Kurz nach dem Einmarsch habe Antoinette von Schenk befohlen, dass alle Bewohner der Provinz das Aussehen Wohlffs anzunehmen hätten, um seiner als mutiger Befreier und hingebungsvoller Erneuerer der Insel in jeder Sekunde zu gedenken. Außerdem sollten sie in Zukunft so wenig wie möglich sprechen, aus Ehrfurcht vor den im Kampf um die Insel Gefallenen, weshalb die Soldaten ihnen eine einfache Zeichensprache beibrachten. Seitdem herrsche hier eine große Stille, die nur durch die wenigen Geräusche unterbrochen werde, die die Menschen bei der Feldarbeit machten. Antoinette von Schenk wolle die Steilküstenprovinz zum Blühen bringen, und jeder Einzelne solle seinen Beitrag dazu leisten.

Meinst du, ich kann mit Antoinette von Schenk sprechen?, fragte ich Sylvie, die jetzt schweigend dasaß und die Brille in ihren Händen drehte.

Bestimmt, sagte sie leise. Wenn sie mit dir reden möchte. Sie ist meist oben an der Steilküste, geht die Ränder des Kliffs ab und schaut aufs Meer.

Dann brach sie in Tränen aus.

Ich beschloss, die Familie für eine Weile in Ruhe zu lassen, sie hatten vermutlich so einiges zu bereden. Also schulterte ich meine Reisetasche, gab den beiden die Hand und bedankte mich bei Johnny für alles, was er auf sich genommen hatte. Er kniff die Augen zusammen, schüttelte den Kopf und meinte nur, dass er das Gefühl habe, seine Albträume nicht mehr voneinander unterscheiden zu können.

Als ich auf die Straße trat, stieg mir der Geruch von geräuchertem Fisch in die Nase, und ich fühlte, wie mein Magen zu rumoren begann. Neben einer von Kugeln durchsiebten Regentonne hockte ein älterer Mann und kratzte mit einem spitzen Stein kleine Löcher in die Erde. Ich fragte ihn, wo ich hier etwas zu essen bekommen könne, und er führte mich zu einem der runden Lehmhäuser in der Nähe. Drinnen saßen drei Männer an alten Nähmaschinen und fertigten aus dem Segeltuch ihrer alten Fischerboote jene weißen Hemden, die die Bevölkerung von nun an zu tragen hatte. Von ihnen bekam ich ein Hemd, eine schwarze Hose und eine Lederkrawatte, dazu eine Brille mit abgeklebtem Glas. Die Sehstärke war nicht sehr hoch, trotzdem hatte ich das Gefühl, dass sich alle Dinge um mich herum schleichend in ihre undeutlichen Bestandteile auflösten. Als ich mich umgezogen hatte, gab mir der ältere Mann ein Stück Fisch, das er bei einem der Näher für seinen Stein eingetauscht hatte. Dann brachte er mir verschiedene Gesten bei, die ich für meine ersten Tage in der Schwarzen Stadt gebrauchen konnte. Falls ich alles verstanden hatte, bedeuteten sie so viel wie: *Gib mir etwas zu essen, Gib mir etwas zu trinken, Wie spät ist es?, Hast du Arbeit für mich?, Liest du gern Ge-*

dichte?, *Wo ist der Mond?* und *Gute Nacht*. Ich dankte ihm und verließ das Haus. Am Wohnmobil sah ich Johnny stehen und die Reifen prüfen. Er drehte sich um und winkte mir, doch ich ging in die andere Richtung weiter, dem Stadtrand zu.

Der Weg zu den Gehöften über dem Kliff führte mich durch ein vetrocknetes Wäldchen und eine mit schwarzen Disteln übersäte Wiese. Kaninchen jagten sich in den Sträuchern, am Himmel zog ein Mäusebussard seine Kreise. Vier Blockhäuser wackelten am Rande der Steilküste im Wind, der übers Meer geweht kam. Die ersten beiden, an denen ich vorbeikam, schienen verlassen oder wurden einzig noch von bettelarmen Wiedergängern bewohnt, die sich bei Tage unter einer umgedrehten Zinkbadewanne im Keller verkrochen. Im dritten Haus waren die Soldaten des Freien Gebirges untergebracht. Sie hingen an den Fenstern herum, rauchten und unterhielten sich, spielten Karten auf der Veranda und wuschen ihre Wäsche im Hof. Einige lachten, als sie mich sahen. Das vierte Haus war verschlossen. Ich vermutete, dass es Antoinette von Schenk gehörte, die von hier aus die Geschicke der Freien Insel leitete. Durch ein Fenster spähte ich in ein großes Zimmer hinein, in dem sich schwere Sitzmöbel, Bücherregale, Kommoden und hohe Schränke befanden. Einer der Soldaten kam und verscheuchte mich.

Bis zur Steilküste waren es nur wenige Schritte. Dort beugte ich mich über die Kante. Tief unten, etwa hundert Meter entfernt, war ein heller, schmaler Streifen Strand zu sehen. Dahinter breitete sich die gewaltige dunkle Fläche des Ozeans aus bis zum Horizont. Kleine, graue Vögel nisteten im Gestein der Uferwand, und schon in der nächsten Sekunde flogen sie in

Schwärmen aufs Meer hinaus, kehrten aber sofort wieder zurück, als hätte es gar keinen Grund für ihre Flucht gegeben. Und wie ich so herabschaute, überkam mich plötzlich ein heftiges Schwindelgefühl, und ich kotzte die noch unverdauten Fischreste in den Abgrund hinab. Gerade noch rechtzeitig gelang es mir, mich zu setzen, bevor ich das Gleichgewicht verlor. Mit geschlossenen Augen saß ich da, konzentrierte mich auf die wirbelnde Kraft, die meine Innereien durcheinanderbrachte, und fühlte den Wind an meinen Haaren reißen. Nach einigen Minuten öffnete ich die Augen wieder und sah in der Ferne eine Gestalt, die sich vom Abgrund entfernte. Ich nahm die Brille ab, doch da war sie schon hinter einem Hügel verschwunden.

Zurück in der Schwarzen Stadt teilte ein Soldat mir einen Schlafplatz in einer Unterkunft zu, in der sich bereits mehrere junge Leute in meinem Alter eingerichtet hatten. Einige waren wie ich ohne Familie hier angekommen, andere hatten im Gebirge gelebt und waren mit der Armee ausgezogen, die Steilküste zu befreien. Wir schliefen in engen Räumen, vier oder fünf Leute auf einem Zimmer, doch die Belegung der Betten wechselte Tag für Tag, sodass ich mit niemandem Freundschaft schließen konnte. Morgens und abends brachten Dorfbewohner Essen vorbei, in der restlichen Zeit beschäftigten wir uns mit uns selbst, weil es keinen Plan zu geben schien, der uns für die Feldarbeit einteilte. Ab und zu beobachtete ich Johnny und Sylvie von Weitem, wie sie einige letzte Aufnahmen für ihren Film drehten. Eines Morgens, drei oder vier Tage nach unserer gemeinsamen Ankunft in der Schwarzen Stadt, war ihr Wohnmobil verschwunden, und an der Stelle, an der es gestanden hatte, lag nur noch ein wenig Müll herum, aufgerissene Verpackungen, zerknülltes Papier, ein leerer Benzinkanister.

Zweimal in der Woche rief man alle Bewohner auf dem zentralen Platz des Ortes zusammen, und die Soldaten verlasen gelangweilt eine Liste mit all jenen Vorhaben, die noch der Umsetzung bedurften – der Ausbau des Bewässerungssystems, die Umgestaltung des Gouverneurspalastes zur Kongresshalle der Freien Menschen oder die Fertigstellung der asphaltierten Zufahrt zur Nationalstraße –, doch keine dieser Arbeiten wurde jemals in Angriff genommen. Im Anschluss an die Zusammenkunft wurde jedes Mal X Wohlffs Film *Der terroristische Mond* gezeigt, von einem alten Projektor an die Rückwand des einzigen Supermarkts im Dorf geworfen. Ziemlich bald hatte ich die Nase gestrichen voll von diesem Quatsch. Ich versuchte, einem vorbeigehenden Soldaten in Zeichensprache mitzuteilen, dass ich eine ganze Reisetasche voller Filme mit mir schleppte, und bot ihm mit hilflosen Handbewegungen an, einen oder zwei davon zu zeigen, am Abend vielleicht, zur Unterhaltung der Leute und zur Stabilisierung ihrer revolutionären Moral. Er verstand überhaupt nicht, was ich ihm sagen wollte, schubste mich zur Seite und ging weiter.

Einmal stieg ich den steilen Weg zum Strand hinunter, weil ich geglaubt hatte, Antoinette von Schenk im flachen Wasser gesehen zu haben. Vorsichtig setzte ich Fuß für Fuß auf die Trittflächen der Steine und hielt mich an den Grasbüscheln fest, die aus den Felsen wuchsen. Unten angekommen, war ich allein. Ich wusch mich, fing ein paar Krebse, fand ein Dutzend menschlicher Schädel, Wirbelsäulen und Beckenknochen halb im Sand vergraben, sah einer riesigen Schildkröte dabei zu, wie sie aus den Fluten an Land kroch, und machte mich dann auf den Rückweg. Beim Aufstieg glaubte ich, dass mich jemand beobachtete, der sich in den schattigen Nischen der Felswand und hinter dem Geröll auf den Vorsprüngen verbarg, doch als ich oben angekommen war, blies mir nur der Wind um die Ohren, bis ich Kopfschmerzen bekam.

Als ich zu meiner Unterkunft zurückkehrte, war mein Zimmer von einer mir unbekannten Großfamilie belegt. Zwei kahlköpfige Zwillingsbrüder bauten sich in der Tür auf, drückten mir meine Reisetasche in die Hand und sagten, ich solle mich verpissen. Also zog ich in eine unbenutzte Garage am Ortsrand, sammelte Patronenhülsen, abgebrochene Autospiegel, Zahnräder, Sturmfeuerzeuge, Hühnergötter, Porzellanscherben und Zündkerzen, die ich auf meinen Streifzügen im Umland entdeckte, half für ein paar Stunden in der Woche den Nähern oder verteilte Essen an die wenigen Leute, die noch auf den Feldern arbeiteten. Ich schnappte das Gerücht auf, dass die Soldaten bald schon fortziehen wollten, nach Süden, um in die Sumpfprovinz einzumarschieren, obwohl es eher den Anschein hatte, als würden sie sich darauf vorbereiten, alles stehen und liegen zu lassen und in die Berge oder sonst wohin zurückzukehren. Immer seltener sah ich sie in der Schwarzen Stadt. Sie trugen keine Gewehre mehr, manche von ihnen nicht einmal eine Uniform, kommandierten uns nicht herum, bestraften uns nicht, wenn wir die Brillen absetzten, und irgendwann kletterten einige von ihnen betrunken in einen Lastwagen und rauschten davon, während ein paar andere zurückblieben und ihr Haus am Kliff nicht mehr verließen, dort ihre Ziegen hüteten und den ganzen Tag lang grünen Wein tranken, den sie aus Strauchfrüchten kelterten, die hier überall wuchsen. Die Menschen im Ort legten die Kleidung X Wohlffs ab und trugen wieder das, was sie vor der Revolution angehabt hatten. Die Näher arbeiteten die weißen Hemden wieder in Segel um. Der Besitzer einer Autowerkstatt nahm jede Lederkrawatte dankbar entgegen, die man ihm brachte, um den vielen kaputten Autos neue Keilriemen zu verpassen. Die Brillen lagen zertreten am Straßenrand oder wurden von den Kindern die Steilküste hinuntergeworfen. Ich wartete darauf, dass jemand von der Regierung aus der Republikanischen Hauptstadt vorbeikam, um einen neuen Gouverneur einzusetzen, aber nichts dergleichen geschah.

Ich wusste nicht mehr, wie oft ich in den letzten Wochen am Haus von Antoinette von Schenk vorbeigelaufen war. Immer wieder hatte ich vergeblich an die Tür geklopft und durch die Fenster geschaut, hatte ihren Namen gerufen und auf den Stufen der Veranda darauf gewartet, dass sie herauskam. Doch an diesem einen Morgen, nachdem ich einigen Dorfbewohnern dabei geholfen hatte, ihre dürren Kühe zu melken, und mich dann auf meinen Spaziergang am Kliff entlang begeben hatte, stand sie plötzlich in der geöffneten Tür ihres Hauses, lächelte mich an und sagte, dass sie mir etwas erzählen wolle. Ich trat näher und fühlte mich dabei, als würden meine Fingerspitzen Funken sprühen. So viele Fragen gingen mir durch den Kopf, aber ich stellte Antoinette von Schenk keine einzige davon, nicht zu diesem Zeitpunkt. Sie griff nach meiner Hand und zog mich ins Haus hinein, flüsterte mir zu, dass ich keine Angst zu haben bräuchte, und schloss die Tür hinter uns. Ich hatte keine Angst.

ICH DANKE

Roman Ehrlich, Jan Valk, Jörn Dege, Mathias Zeiske, Hannes Becker, Nadja Lotz, Wolfram Lotz, Judith Keller, Carlos Adrian Hidalgo, Margarita Iov, Amanda DeMarco, Kristina Schilke, Lorenz Just, Rasmus Althaus, Saša Stanišić, Anna Lerch, Katharina Hartwell, David Frühauf, Katharina Stooß, Dorothee Elmiger, Christina Maria Landerl, Laura Lichtblau, Janko Marklein, Julia Dösch, Hanne Reinhardt, Alexander Simon, Kerstin Macht, Michael Macht, Regine Horning, Anne Macht und Julia Hoyer.